BASTEI LÜBBE

Ein Roman von Peter Barsocchini

Nach dem Paramount-Film

MISSION: IMPOSSIBLE

Nach der Filmstory von David Koepp
und Steven Zaillian und
dem Drehbuch von David Koepp und
Robert Towne

BASTEI LÜBBE

BASTEI-LÜBBE-TASCHENBUCH
Band 12 568

Deutsche Erstveröffentlichung

Originaltitel: MISSION: IMPOSSIBLE
Originalverlag: Pocket Books, New York. This edition is published
by arrangement with the original publisher.

Printed in Germany, August 1996
Einbandgestaltung: Roland Winkler
Titelillustration: Bryan Allen, 5555 Communications
Satz: MPM, Wasserburg
Druck und Bindung: Elsnerdruck, Berlin
ISBN 3-404-12568-1

TEIL I

Verräterjagd

Kapitel 1

Kiew

Ein eisigkalter Regen prasselte auf Kiew nieder und schwemmte Öl von den Straßen, so daß es in der ganzen Altstadt roch wie in einem Industriegebiet. Um zwei Uhr nachts waren die Straßen leer, abgesehen von vereinzelten Taxen und Streifenwagen, die durch Pfützen rauschten und mit quietschenden Reifen um Straßenecken bogen, das stete Trommeln des Regens unterbrechend. Die wenigen Menschen, die um diese Uhrzeit die Straße bevölkerten, waren betrunken oder gefährlich – oder beides.

Ein Streifenwagen jagte eine von Schlaglöchern übersäte Straße im heruntergekommensten Viertel der Stadt hinunter, und die jaulende Sirene zerriß die lastende Stille in dem schäbigen Hotelzimmer, in dem der blutüberströmte Leichnam einer jungen Frau quer über einer dünnen Matratze lag. Blut war an die verschossenen roten Samtvorhänge und auf den abgenutzten Holzboden gespritzt. Wer immer das Mädchen umgebracht hatte, war in Rage gewesen und hatte sich nicht darum geschert, welches Chaos er hinterließ.

Gennady Kasimov, ein zerknautscht aussehender Mann mit grauem, fleischigem Gesicht saß in dem schwach erleuchteten Zimmer, das nach Zigarettenqualm und abgestandener Heizungsluft stank, und schüttelte in benommenem Unglauben den Kopf. Das pulsierende Heulen der Polizeisirene ließ ihn zusammenfahren, und ein Ausdruck von Panik trat in seine milchiggrünen Augen. Als der Streifenwagen am Hotel vorbeiraste, beruhigte dies Kasimov nur bedingt, da er wußte, daß in diesem Hotel häufig drei- bis viermal die Nacht Beamte der Sittenpolizei aufkreuzten.

Kasimov atmete schwer. Sein Schädel dröhnte, und jede Bewegung verursachte Übelkeit. Was die Sache jedoch noch unendlich viel schlimmer machte, war die Frau auf dem Bett.

Er starrte sie an, verwirrt und ängstlich. Eine einzelne nackte Glühbirne baumelte von der Decke und tauchte den blutigen Körper der jungen Frau in erbarmungslos fahle Blässe. Wie war das geschehen? Kasimov zermarterte sich den Kopf und versuchte, die Ereignisse der Nacht zu rekonstruieren. Er hatte eine private Bar aufgesucht, die Regierungsbeamten und wohlhabenden Geschäftsleuten vorbehalten war; es war dieselbe Bar, in der er seit Jahren Stammkunde war, nur daß er dort inzwischen umsonst trank, weil Kasimov im neuen demokratisierten Rußland ein aufsteigender Politiker war, der anderen den einen oder anderen Gefallen erweisen konnte. Jeder wollte ihm einen ausgeben, ihm auf die Schulter klopfen oder einen Umschlag in der Tasche seines Jacketts verschwinden lassen, dessen Inhalt dafür sorgen sollte, daß die Rädchen im Getriebe der Regierung sich zugunsten des Spenders drehten. Er hatte an diesem Abend reichlich getrunken und dann dieses Mädchen kennengelernt. Eine wahre Schönheit, die gerne trank und tanzte und weder Augen noch Hände von ihm lassen konnte. Kasimov, der wohl wußte, daß er bei weitem nicht zu den attraktivsten Männern in Kiew zählte, hatte angenommen, daß das Mädchen etwas von ihm wollte – einen Gefallen, einen Job oder ein gutes Wort, das auf höherer Ebene für ein Familienmitglied eingelegt werden sollte. Jeder wollte irgend etwas von ihm. Warum also sollte er nicht seine Freude an dieser Schönheit haben? Vielleicht würde er ihr den Gefallen tun, um den sie ihn bat, vielleicht auch nicht, abhängig davon, wie überzeugend sie ihr Anliegen vortrug.

Also war er mit ihr in eine andere Bar gegangen, in der sie weitergetrunken hatten, und dann mit ihr in ein Taxi gestiegen.

Das war das letzte, woran er sich erinnern konnte.

Und jetzt befand er sich in dieser Mausefalle von einem Bordell in Kiew, immer noch in seinem verknitterten blauen Anzug, mit Blutflecken an den Ärmeln und geronnenem Blut an den Fingern.

Die Polizeisirene verhallte in der Ferne, Kasimov holte tief Luft und blickte dann zu dem stämmigen mittelalten Mann mit dem pockennarbigen Gesicht auf. Anatoly Cherenovsky ging langsam durch den Raum. Cherenovsky war ein russischer Gangsterboß, dem Kasimov erst einmal zuvor persönlich begegnet war, von dem er jedoch wußte, daß er auch scheinbar unlösbare Probleme aus der Welt schaffte. Der russische Schwarzmarkt war schon immer von der Mafia kontrolliert worden, aber in dieser neuen Ära des Kapitalismus und der Demokratie kontrollierte sie darüber hinaus die meisten blühenden Unternehmen sowie die halbe

Regierung. Kasimov hoffte und betete, daß Cherenovsky ihm aus diesem Alptraum heraushelfen würde.

»Ich kann mich nicht daran erinnern, ich erinnere mich nicht daran, was passiert ist«, beteuerte Kasimov mit rauher, zitternder Stimme.

»Natürlich erinnerst du dich nicht«, entgegnete Cherenovsky und warf einen Blick auf die Frauenleiche. »Warum solltest du dich auch an so etwas erinnern wollen?« Sein Tonfall war sachlich-nüchtern, aber auch argwöhnisch. Es war nicht das erstemal, daß Cherenovsky eine tote Frau neben einem Mann vorfand, der bequemerweise an Gedächtnisschwund litt.

»Nein, nein, ich schwöre es«, beharrte Kasimov. »Wir waren in der Bar, haben getrunken, gelacht, uns amüsiert. Sie mochte mich. Sie mochte mich sehr.«

Cherenovsky zog mit dem Daumen ein Augenlid der Frau hoch. Ihr Blick war glasig. Sie war seit mindestens einer Stunde tot.

»Ich denke, früher am Abend hat sie dich mehr gemocht«, bemerkte Cherenovsky zynisch. »Aber ich kann die Anziehung verstehen. Sehr hübsch.«

Ein Videoschirm in einem Wandschrank zeigte den unschönen Mordschauplatz in hartem Schwarzweiß. Das Blut der Toten erschien auf dem kleinen Monitor schwarz. Ein Mann namens Jack Kiefer hockte auf einem Schemel in diesem mit elektronischen Apparaturen vollgestopften Schrank und betrachtete den Bildschirm sehr aufmerksam. Kiefer war Anfang dreißig und hatte zottiges braunes Haar und einen blassen Teint, der verriet, daß er nur selten mit Tageslicht in Berührung kam. Seine Schultern waren gebeugt von den Jahren, die er an Computerterminals verbracht hatte. Sein Blick war wachsam und konzentriert.

»Sie ist schon zu lange weg«, murmelte er nervös zu sich selbst und starrte angespannt auf die Tote.

Kasimov wischte sich Blut von den Fingern und schlug dann die Hände vor das Gesicht. »Ich weiß nicht einmal, wie ich hergekommen bin. Anatoly, ich habe sie nicht angerührt. Ich bin das nicht gewesen!«

Anatoly Cherenovsky beugte sich vor und musterte das Mädchen aufmerksam.

»Ah, ich kenne die Kleine«, sagte er leise.

Kasimovs Kinnlade klappte herunter, aber er brachte keinen Ton hervor. Für Kasimov konnte es nichts Gutes bedeuten, daß Cherenovsky das Mädchen kannte.

»Sie ist eins von Vladenskys Mädchen. Eins seiner Lieblingsmädchen. Das war keine gute Wahl, Kasimov. Mußtest du dir ausgerechnet ein so hübsches Ding aussuchen?«

»Gott«, stöhnte Kasimov, als ihm die ganze Tragweite dessen aufging, was Cherenovsky ihm soeben eröffnet hatte. Vladensky war ebenfalls ein Gangsterboß und sogar noch mächtiger als Cherenovsky.

»Hör auf zu flennen!« fuhr Cherenovsky Kasimov barsch an. »Ich hasse so was.«

Kasimov wischte sich den Schweiß aus den Augen und versuchte, sein Zittern unter Kontrolle zu bekommen. Irgendwie hatte er die Freundin eines der gefürchtetsten Gangster Rußlands getötet, und wenngleich er nicht klar denken konnte, begriff er, daß er sein Leben verwirkt hatte. Es sei denn, Anatoly Cherenovsky konnte ihm aus dieser verzwickten Situation heraushelfen.

»Es ist gut, daß du als erstes mich angerufen hast«, fuhr Cherenovsky fort. »Das war das einzig Clevere, das du heute abend getan hast.«

Im Schrank kaute Jack Kiefer energisch auf einem Kaugummi und warf einen Blick auf den Bildschirm eines Laptops. Der Computer zeigte eine Reihe von Vitalfunktionen an: Blutdruck und Herzfrequenz sanken, ebenso die Körpertemperatur.

»Das Ganze dauert zu lange«, murmelte er vor sich hin.

Kasimov war derweil in Tränen ausgebrochen. Der kleine russische Politiker war am Ende, aber er hatte immer noch nicht den Namen genannt, den Cherenovsky als Gegenleistung für seine Hilfe verlangt hatte. Cherenovsky wollte die Identität eines Kontaktmannes von Kasimov wissen, eines Mannes, der mit Spionagegeheimnissen handelte. Aber Kasimov hatte bislang trotz seiner Verzweiflung den Mund gehalten.

»Sie sind der einzige, der mir helfen kann«, flehte er Anatoly Cherenovsky an und griff wie ein Bittsteller nach seinem Ärmel.

»Reiß dich zusammen«, fuhr Cherenovsky ihn an und schlug Kasimovs Hand fort.

»Aber ich brauche ...«

Cherenovsky schlug Kasimov hart ins Gesicht.

»Sag mir endlich, was ich wissen will«, forderte er mit zornig erhobener Stimme. »Meine Hilfe gibt es nicht gratis. Das wußtest du, als du mich angerufen hast.«

»Sie werden mich umbringen!« entgegnete Kasimov kopfschüttelnd.

»Und Vladensky wird dich umbringen, wenn ich dir

nicht helfe. Du hast mich um Hilfe gebeten, Kasimov. Also mach endlich den Mund auf.« Cherenovsky ohrfeigte ihn erneut.

Kasimov nahm die Schläge aus Respekt und Furcht passiv hin.

Aber er redete nicht.

Cherenovsky steuerte die Tür an. »Ich habe genug Zeit mit dir verschwendet. Ich überlasse es dir, Vladensky zu erklären, was mit seinem Mädchen passiert ist.«

Jack Kiefer fiel im Schrank beinahe von seinem Schemel. »Nicht rausgehen«, flehte er gepreßt. »Bitte nicht. Für so etwas ist keine Zeit.«

Aber Cherenovsky drehte bereits den Türknauf.

Kiefer überprüfte die Vitalfunktionen der »Toten« auf dem Computerbildschirm. Die Frau näherte sich der Gefahrenzone. Diesmal wahrhaftig.

Im Zimmer erhob sich Kasimov flehende Stimme. »Bitte! Bitte! Anatoly, bitte!«

Cherenovsky machte kehrt und ging mit großen Schritten zu ihm zurück.

»Der Name«, befahl er.

Kasimov weinte und warf einen verzweifelten Blick auf das tote Mädchen.

»Der Name«, wiederholte Jack Kiefer in seinem Versteck. »Gib uns endlich den verdammten Namen.«

»Mein Kontaktmann ist in Minsk«, platzte Kasimov heraus. »Er arbeitet in einem Reisebüro. Mehr weiß ich auch nicht.«

Das war nicht genug.

»Der Name«, beharrte Cherenovsky. Tränen liefen Kasimov über das Gesicht. »Der NAME!« brüllte Cherenovsky schließlich, das Gesicht nur Zentimeter von Kasimovs entfernt.

Kasimov gab auf. »Sein Name ist ... Dimitri Miediev«, sagte er leise und fühlte, wie sich eisige Kälte in ihm ausbreitete. Er ballte die Hände zu Fäusten und schlug sich an den Kopf.

»Dimitri Miediev«, wiederholte Anatoly Cherenovsky.

Im Schrank tippte Jack Kiefer in einen Computer ein:

MINSK/REISEBÜRO/MIEDIEV, DIMITRI

Sekunden später erhielt er bereits Antwort.

Empfangen/Amerikanisches Konsulat/Kiew

»Wir haben ihn«, flüsterte Jack Kiefer zufrieden.

Eine Bordellbedienung rauschte mit einem Tablett ins Zimmer, auf dem eine Flasche Premium-Wodka und zwei Schnapsgläser standen.

»Es wird alles gut werden«, versicherte Cherenovsky Kasimov und schenkte ihnen ein. »Ich werde mich um alles kümmern.«

»Ja, Anatoly, ich danke dir, es wird alles gut werden«, entgegnete Kasimov zittrig und kippte seinen Wodka in einem Zug herunter.

Cherenovsky wandte sich wieder dem Schrank zu. »Cheers.«

Er trank nicht.

Wodka lief Kasimov über das Kinn. Er verdrehte die Augen und stürzte leblos von seinem Stuhl.

Cherenovsky versuchte gar nicht, seinen Fall zu bremsen.

Statt dessen sprang er auf den Schrank zu und riß die Tür auf, während er mit der anderen Hand an sein Kinn faßte und begann, daran zu zerren. Das Kinn zog sich wie Kaugummi in die Länge, und plötzlich löste sich das pockennarbige Gesicht Anatoly Cherenovskys in Fetzen Mylopar auf – die neueste von den CIA-Labors entwickelte synthetische Haut. Darunter kamen dicke Lagen Latex zum Vorschein, und als diese ebenfalls abgeschält waren, tauchte darunter ein völlig anderes Gesicht auf. Myloparfetzen und Latex klebten an Stirn und Hals von Ethan Hunt, einem Mann Anfang dreißig mit kurzem schwarzen Haar und den straffen Zügen eines durchtrainierten Athleten. Er riß sich die klebrigen Reste Latex von der Haut, entfernte die Polster aus seinem Jackett und zog die Plastikbrücke von seinen Zähnen, die seinem Mund einen gelblichen Schimmer verliehen hatte.

Um ihn herum glitten Wände zurück, und die Decke des Hotelzimmers schwebte nach oben und zur Seite. Um die Zimmerattrappe herum kam ein Lagerhaus zum Vorschein. Männer in dunkelgrünen Overalls machten sich in präziser Choreographie an die Beseitigung sämtlicher Spuren. Geschwindigkeit und Effizienz des eingespielten Teams ließen darauf schließen, daß es mit solchen Einsätzen vertraut war. Und dem war tatsächlich so, da es sich um ein Impossible-Mission-Force-Team handelte, diesmal unter Leitung von Ethan Hunt.

Genau genommen war die einzige Person im ganzen Lagerhaus, die nicht zum IMF-Team gehörte, Gennady Kasimov, der eigentliche Anlaß für diese ganze Aktion.

Ethan Hunt riß Jack Kiefer ein kleines Plastikkästchen aus der Hand und lief zum Bett.

»Schafft diesen Abschaum hier raus«, befahl er brüsk, als er über Kasimov hinwegstieg.

Sofort schleiften zwei Männer den Russen fort.

Ethan kniete sich über die Frau auf dem Bett, einen konzentrierten Ausdruck in den Augen.

»Ich weiß nicht, Ethan«, sagte Jack Kiefer, der gerade aus dem Schrank stieg und unsicher auf die reglose Frau herabblickte. »Ich traue diesem Zeug nicht. Sie war zu lange weg.«

Ethan hob eine Hand und bedeutete Jack, Abstand zu halten. Dann öffnete er das Plastikkästchen, nahm eine Spritze heraus, drückte mit dem Bolzen ein wenig Flüssigkeit heraus und stach der Frau die Nadel in den Oberschenkel. Sanft umfaßte er ihr Handgelenk und tastete nach dem Puls.

»O Mann«, sagte Jack Kiefer nervös und schüttelte den Kopf. »Das kann nicht gutgehen.«

»Es waren noch dreißig Sekunden Zeit«, entgegnete Ethan, den Blick weiter auf das Gesicht der Frau geheftet.

»Woher weißt du das?« fragte Jack, obwohl er lange genug mit Ethan Hunt zusammenarbeitete, um zu wissen, daß in seinem Hirn eine Uhr eingebaut war, die ebenso zuverlässig arbeitete wie jene in Jacks Computern. Trotzdem. Claire hatte bislang kein Lebenszeichen von sich gegeben.

Ethan Hunt konnte Jacks Sorge verstehen. Claire, die auf dem Bett, war keine gewöhnliche Agentin. Sie war mit Jim Phelps verheiratet, dem Direktor der IMF.

Ethan hob mit einer Hand Claires Kopf an und streichelte mit der anderen sanft ihr Gesicht, um sie aus ihrer tiefen Bewußtlosigkeit zu holen.

»Claire«, flüsterte er. »Claire.«

Claire bewegte sich leicht. Ihre Lider flatterten, dann schlug sie die Augen auf.

»Hallo, Claire«, sagte Ethan, das Gesicht nur wenige Zentimeter über ihrem.

Sie brachte ein dünnes Lächeln zustande, und einige Sekunden lang sahen die beiden aus wie ein junges Liebespaar, das sich einen Augenblick Intimität stahl. Ein leises Lächeln huschte über Ethans Lippen.

»Haben wir es geschafft?« flüsterte Claire schwach.

»Haben wir«, entgegnete Ethan. »Und jetzt steh auf.«

Sie versuchte aufzustehen, fiel jedoch kraftlos zurück auf die Matratze, die vollgesogen war mit falschem Blut.

»Ich will schlafen«, murmelte sie mit ihrem französischen Akzent. Sie versuchte, die Benommenheit abzuschütteln, aber es gelang ihr nicht. »Kann ich nicht hier etwas schlafen?«

Ethan zog sie sanft an den Schultern hoch und half ihr auf die Füße. »Geh«, befahl er. »Nur ein bißchen.« Er griff nach einer Flasche Mineralwasser und flößte ihr ein wenig davon ein.

Sie schluckte, versuchte dann zu gehen, fiel jedoch gegen Ethan, der sich bemühte, sie auf den Beinen zu halten.

Ethan wußte, daß Jack sie beobachtete und noch andere um sie herum waren. Er wußte, daß seine Art, mit Claire umzugehen, ihnen übertrieben zärtlich erscheinen würde, daß sie der Ansicht sein würden, daß er unnötige Zeit vergeudete, was zu Lasten anderer Dinge ging, die dringend erledigt werden mußten. Aber im Augenblick war ihm das gleich. Er war müde;

er hatte in den vergangenen neun Wochen nonstop geschuftet, und seine Professionalität begann darunter zu leiden. Ethan wollte ganz sicher sein, daß Claire okay war, und er hoffte, daß die anderen seine Sorge um Claire nur als Zeichen seiner Verbundenheit zu seinem Boß und langjährigen Freund Jim Phelps deuten würden.

»Ich gehe«, murmelte Claire, die keineswegs ging, sondern weiterhin kraftlos an Ethan lehnte.

»Reden ist gut, gehen ist besser«, entgegnete Ethan.

Schließlich erholte Claire sich so weit wieder, daß sie um eine der Seitenwände herumgehen und sich umziehen konnte.

Jack Kiefer brachte ihr eine Plastiktüte, die einige persönliche Gegenstände enthielt. Claire legte ihre Armbanduhr um und steckte sich dann den Diamantring an den Finger, den sie vor zwei Jahren zu ihrer Hochzeit von Jim Phelps bekommen hatte.

Ethan sah zu, wie der Ring über ihren Finger glitt. Es war für Ethan und jeden anderen innerhalb der IMF eine Überraschung gewesen, als Phelps und Claire ihre Heirat bekanntgegeben hatten. Die Arbeit der IMF war gefährlich, sporadisch und unpersönlich. Beziehungen zwischen Agenten wurden nicht gern gesehen und hatten im Laufe der Jahre zu einigen Entlassungen geführt. Tatsächlich war es Jim Phelps gewesen, der die betroffenen Agenten entlassen hatte. Er verlangte, daß seine Leute Befehle bedingungslos befolgten, und falls im Laufe einer Operation eine Änderung eintrat, die den einen oder anderen Agenten in Gefahr brachte, wollte er nicht, daß die Befehle aus emotionalen Gründen in Frage gestellt oder verweigert wurden. Es war eine vernünftige Politik, der Ethan rückhaltlos zugestimmt hatte; bis er Claire kennengelernt hatte. Hin und wieder kam es vor, daß die IMF verheiratete Paare rekrutierte, wenn ihre gefestigte Beziehung sich in einer bestimmten Situation als nützliche Tarnung erweisen konnte. Aber im allgemeinen war es für Agenten nicht gut, verheiratet zu sein.

Als Jim Phelps ausgerechnet eine seiner Agentinnen geheiratet hatte, hatten einige Mitglieder der IMF dies als Zeichen nachlassender professioneller Standards gewertet. Andere schlossen daraus, daß Claire eine außergewöhnliche Frau sein mußte. Ethan Hunt gehörte zu letzteren.

So wie Ethan war Jim Phelps sehr zurückhaltend, was seine persönlichen Gedanken und Gefühle anging. Und es war ihm meisterhaft gelungen, seine Beziehung mit Claire geheimzuhalten. Als die Heirat bekanntgegeben worden war, war Ethan jedoch nicht weiter überrascht gewesen; er hatte bei mehreren Operationen mit Claire zusammengearbeitet und des öfteren darüber nachgedacht, wie er es anstellen könnte, sie näher kennenzulernen. Sein Respekt für Phelps und die IMF hatte ihn jedoch davon abgehalten, zu überhastet vorzugehen. Und dann, ganz plötzlich, war sie verheiratet – mit Ethans Mentor und bestem Freund. An diesem Punkt war ihm nichts anderes übriggeblieben, als seine Absichten zu begraben und seinen Job zu tun.

Claire wischte sich mit einem kleinen, in einer Spezialflüssigkeit getränkten Handtuch das falsche Blut aus dem Gesicht. Ethan ging zu ihr hinüber, um ihre Augen zu untersuchen. Sie waren immer noch von der Droge verschleiert.

»Mach nicht so ein sorgenvolles Gesicht«, tadelte ihn Claire.

»Wenn du dieses Zeug noch einmal benutzt«, sagte er, »dann nicht bei einer meiner Operationen.«

»Hey«, entgegnete sie, seine Besorgnis mit einem leisen Lächeln quittierend. »Ich lebe noch.«

Sie wechselten einen langen Blick, dann wandte Ethan sich ab und konzentrierte sich auf die Aufräumarbeiten.

»Gibt es einen triftigen Grund, warum wir immer noch hier sind?!« brüllte er das Team an.

Sofort verschärfte sich das Arbeitstempo.

»Hey, Kumpel, die Guten haben gewonnen«, sagte Jack Kiefer aufmunternd zu Ethan und klopfte ihm auf die Schulter. »Immer locker bleiben.«

Aber Ethan erwiderte sein Lächeln nicht. Nervös beobachtete er, wie Claire immer noch wacklig auf den Beinen zu einem der Lieferwagen ging, die auf dem Verladedock bereitstanden.

Als der letzte Arbeiter das Lagerhaus verlassen hatte, inspizierte Ethan noch einmal gründlich die Halle.

In einer dunklen Ecke des leeren Lagerhauses fand er einen kleinen Knopf und hob ihn auf.

Der war bei ihrer Ankunft noch nicht dagewesen.

Ethan steckte den Knopf in seine Jackentasche und ging rasch auf die Lieferwagen zu. Er ließ das Lagerhaus exakt so zurück, wie sie es vorgefunden hatten, leer und kalt.

Kapitel 2

Mr. Phelps

Auf dem Foto, das ihr Mann auf dem Flug nach Prag betrachtete, sah Claire Phelps geheimnisvoll aus mit dem langen dunklen Haar, das ihr auf der einen Seite ins Gesicht fiel, den hohen Wangenknochen, die ihre haselnußbraunen Augen betonten, und dem gleichen leisen Lächeln, das sie Ethan in Kiew geschenkt hatte. Jim Phelps betrachtete das Bild seiner Frau nicht ohne Sorge.

Immerhin waren sie oft getrennt, da seine Position als Direktor der IMF erforderte, daß er sich häufig an anderen Orten aufhielt als in jenen Städten, in denen seine Frau gerade mit einer Mission betraut war. Er vertraute darauf, daß Ethan Hunt, sein fähigster und meistgeschätzter Mitarbeiter, ihre Sicherheit gewährleistete, wenngleich dies das bereits bestehende Band zwischen seiner jungen Frau und Ethan noch enger knüpfte. Jim wußte, daß es sinnlos war, sich wegen Claire den Kopf zu zerbrechen – er hatte ohnehin keine Kontrolle über sie. Claire ließ sich nicht besitzen, höchstens vorübergehend ausborgen; sie war verschlossen und unvorhersehbar, was den Reiz, mit ihr zusammen zu sein, noch erhöhte. Trotzdem, sobald er an sie dachte, empfand Jim Phelps diese Transatlantikflüge als immer unerträglicher.

Es hatte eine Zeit gegeben, da Jim das Fliegen richtig genossen hatte. In Rio de Janeiro eine Maschine nach Bangkok besteigen oder von einer Stunde auf die andere in einem Privatflugzeug von La Jolla nach Marokko jetten – das bedeutete frei zu sein von den Konventionen der Gesellschaft, unabhängig zu sein von den Zwängen und Strukturen eines normalen Lebens. Kein Kühlschrank, der neu gefüllt, keine Tür, die repariert, und kein Rasen, der gemäht werden mußte. Jim hatte keine familiären Verpflichtungen, weil er keine Familie hatte. Natürlich abgesehen von Claire, aber sie war erst vor relativ kurzer Zeit in sein Leben getreten.

Phelps hatte den Großteil der vergangenen dreißig Jahre mit Reisen verbracht. Und da es in seinem Geschäft nützlich war, enge persönliche Bande zu vermeiden, trug das ständige Umherreisen dazu bei, das Gefühl in Schach zu halten, daß das wahre Leben sich um hin herum abspielte, außerhalb seiner Reichweite. Er studierte das Leben in all seinen Erscheinungsformen: Er kopierte, imitierte, fälschte, manipulierte und tötete zuweilen Leben. Natürlich rein geschäftlich. Aber in letzter Zeit hatte Phelps begonnen, auf diesen endlosen Nachtflügen, wenn alle anderen Passagiere schliefen, wachzuliegen und zu grübeln. Zum erstenmal seit seiner Jugend fragte er sich, ob das wahre Leben an ihm vorbeiglitt. Die vergangenen dreißig Jahre hatte er im Schatten des Lebens anderer gelebt, Operationen geleitet, die so geheim und effektiv waren, daß auf der ganzen Welt nur eine Handvoll Leute wußten, inwieweit Phelps und die IMF die Geschichte beeinflußten. Nur einige wenige konnten wissen, wie gut die IMF war, denn jede Bezugnahme auf die Existenz dieser Sondereinheit schwächte sie in ihrer Effektivität. Welch seltsame Lebensweise, sinnierte Phelps, wie ein Schatten in einer endlosen Umlaufbahn um die Erde zu kreisen.

Während er gedankenverloren auf den dunklen Horizont über dem Atlantik starrte, drehte Jim den Ehering, den Claire ihm vor zwei Jahren an den Finger gesteckt hatte. Er warf erneut einen Blick auf ihr Foto. Er wußte, daß allein der Umstand, daß er das Bild seiner Frau bei sich trug, ein Sicherheitsrisiko war, ein grober Verstoß gegen die Regeln der IMF. Aber Phelps, der auf die sechzig zuging, war die ewigen Regeln und Vorschriften leid. Claire brauchte er nichts zu erklären. Sie schien seine jeweilige Laune zu spüren, noch ehe er sich ihrer selbst bewußt war. Sie wußte, wann er Nähe brauchte und wann Distanz. Claire vermochte es, ihn mit einer kleinen Geste wie dem Streicheln seiner Wange zu erregen. Und diese Dinge wollte er sich nicht nehmen lassen, IMF-Agent hin oder her. Tatsächlich war er mit Claires Eintritt in sein Leben ins Grübeln gekommen. Bevor er sie kennengelernt hatte, hatten die Tage, Monate und Jahre begonnen, gleichförmig ineinander überzugehen. Sie hatte ihn zum Augenblick zurückgeführt, und die plötzliche emotionale Intensität, die sie in ihm geweckt hatte, verbitterte ihn auch in gewisser Weise. Er hatte sein Leben der IMF und CIA gewidmet. Kein Geburtstag, Jubiläum oder Urlaub hatte einer Mission je im Weg gestanden. Und aufgrund seiner bedingungslosen Hingabe galt Phelps in den geheimen Kreisen der kalten Krieger als der vielleicht effektivste Agent der Nachkriegszeit. Er hatte den Fall der Berliner Mauer erlebt und den Untergang der Sowjetunion; die Rolle, die er bei diesen historischen Ereignissen gespielt hatte, würde nie belegt werden, aber er und die IMF hatten verdeckt dazu beigetragen, die Geschichte zu formen.

Und was hatte die Welt ihm im Gegenzug gegeben? Vielleicht Claire, sagte er sich.

Jim hatte Claire vor fast drei Jahren in Paris kennengelernt, als er sie von Interpol für eine Operation gegen einen libyschen Waffenhändler rekrutiert hatte. Bei dieser Mission war sie, prophetisch, in die Rolle seiner Frau geschlüpft, während Jim sich als schweizerischer Geldwäscher ausgegeben hatte. Die Mission hatte drei Wochen gedauert. In dieser Zeit hatten er und Claire jede Minute gemeinsam verbracht, und er hatte sich in sie verliebt. Nach Abschluß der Operation waren sie auf die Fidschi-Inseln geflohen, um sich eventuellen Racheakten seitens der Libyer zu entziehen. Auf den Fidschi-Inseln hatte Jim festgestellt, zum erstenmal seit Jahrzehnten, vielleicht sogar in seinem ganzen Leben, daß er sich an der ständigen Nähe eines anderen Menschen erfreuen konnte. Er wußte, daß es klischeehaft klang, daß er sich bei ihr wieder jung fühlte, das Essen plötzlich viel besser schmeckte und er Lust verspürte, sich Sonnenuntergänge anzusehen, aber so war es nun mal.

Claire schien entzückt von dem, was mit ihnen geschah, jedoch nicht überrascht; sie besaß den typisch französischen Fatalismus in Herzensangelegenheiten. Auf einem Flug von Tanger nach Belize machte er ihr einen Antrag, und sie sagte ja, in einem Tonfall, der vermuten ließ, daß sie schon lange, bevor Phelps um ihre Hand angehalten hatte, gewußt hatte, daß es so kommen würde.

Die Gegensprechanlage des Flugzeugs klickte leise. »Ladys und Gentlemen«, ertönte die Stimme des Navigators. »Der Kapitän hat die Maschine auf achtunddreißigtausend Fuß in ihre vorgesehene Flughöhe gebracht. Hier oben ist alles frei von Turbulenzen, so daß bis Prag ein ruhiger Flug vor uns liegen dürfte. Wir fliegen doch nach Prag, oder? Ja, ich denke schon. Warum nicht. Geben Sie uns Bescheid, wenn ...« Großartig, dachte Jim, ein Scherzkeks als Navigator. Jim hörte der Durchsage nicht weiter zu. Er hatte sie schon hunderttausendmal gehört und könnte das Flugzeug wenn nötig selbst fliegen. Teufel, einmal hatte er bei einer Mission in Paraguay eine 747 gelandet.

Eine fröhliche Stewardeß ging an den Sitzreihen der ersten Klasse vorbei und verteilte Kopfkissen und Dekken sowie dünne Flugbroschüren – die meisten Passagiere schliefen bereits. Als sie zu Jim Phelps gelangte, blieb ihre Art unverändert locker und fröhlich, aber der ernste Blickkontakt, den sie herstellte, verriet ihm alles, was er wissen mußte.

»Möchten Sie sich vielleicht einen Film ansehen, Mr. Phelps?« fragte sie freundlich.

»Nein, ich ziehe das Theater vor«, entgegnete er leichthin und ließ den Blick unauffällig über die Gesichter in der Kabine schweifen.

Die Stewardeß nickte. »Würde Ihnen vielleicht das Kino der Ukraine zusagen?«

»Vielleicht wären Sie so freundlich, etwas für mich auszusuchen«, entgegnete Jim.

Sie steuerte die Vorderseite der Kabine an. Jim fischte ein Päckchen Marlboro aus seinem Jackett, nahm eine Zigarette heraus und tippte abwesend mit dem Filter auf die Armlehne, während er die Stewardeß beobachtete, die in einem abschließbaren Fach kramte. Schließlich nahm sie eine Video-8-Kassette aus einer Box und fuhr mit einem Scannerstift über den Strichcode auf der Hülle. Dann brachte sie Jim die Kassette, reichte sie ihm wortlos und wandte sich wieder den anderen Passagieren zu. Jim steckte die Kassette in den Recorder, der in der Armlehne eingebaut war, und hob den kleinen Bildschirm, der sich bei den Reisenden der ersten Klasse so großer Beliebtheit erfreute. Er drehte den Schirm nach außen, in Richtung Fenster, und setzte den Kopfhörer auf. Jim Phelps lehnte sich seufzend zurück, schaltete den Recorder jedoch noch nicht gleich ein. Er zögerte einen Moment, blickte aus dem Fenster und dachte an etwas, das er sich nach außen hin nicht anmerken ließ.

Als er schließlich den Startknopf drückte, lag ein Ausdruck von Trauer in seinen Augen. Oder war es Langeweile?

Ein vertrautes Gesicht erschien auf dem Schirm.

Eugene Kittridge, Jims Boß oder »Kontrollmann« bei der CIA. Kittridge hatte wie alle Mitarbeiter und Mitarbeiterinnen der CIA, die gehobene Positionen bekleideten, ein völlig unscheinbares Gesicht. Sauber, adrett, emotionslos. Wenn man ihn so ansah, konnte man sich nur schwer vorstellen, das Gesicht eines Mannes vor Augen zu haben, der die Macht besaß, die Sprengung eines Gebäudes voller Zivilpersonen anzuordnen, um einen einzelnen zu töten. Tatsächlich besaß Kittridge ein Gesicht der gefährlichsten Art, weil es unergründlich war.

Das IMF-Team war erst seit verhältnismäßig kurzer Zeit Kittridges direkter Weisung unterstellt worden. Als Jim Phelps, selbst ehemaliger Regierungsbeamter, mit Gründung der IMF beschlossen hatte, seine eigene Show zu starten, waren seine Kontaktpersonen bei der CIA begeistert gewesen, über ein kompetentes Team verdeckter Agenten verfügen zu können, das Operationen durchführte, die zu gefährlich oder politisch zu gewagt waren, um von den Regierungsstellen bewilligt zu werden. Jim Phelps hatte sein eigenes Team rekrutiert, seine eigenen Regeln aufgestellt und in allem das alleinige Sagen behalten. Aber nach dem Aldrich-Skandal war Eugene Kittridge beauftragt worden, die Abteilung Verdeckte Operationen der CIA zu restrukturieren. Er hatte immer noch Interesse an Jim Phelps und der IMF gehabt, aber die Kontrolle über sämtliche IMF-Missionen verlangt. Im Gegenzug hatte er tief in die Taschen des inoffiziellen CIA-Budgets gegriffen und einen jährlichen Fond von einhundert Millionen Dollar eingerichtet, allein für die heikelsten CIA-Operationen. Dadurch, daß sie für Kittridge arbeiteten, hatten Phelps und die IMF Zugriff auf die neuesten und teuersten Entwicklungen auf dem Gebiet der Technologie und Spionage. Die Zeiten hatten sich geändert, und Phelps wußte, daß auch die IMF sich ändern mußte. Trotzdem mißfiel ihm der Gedanke, einen Vorgesetzten zu haben, dem er Rechenschaft schuldig war, obwohl ihm das Recht vorbehalten war, jeden Auftrag abzulehnen, der ihm nicht zusagte.

»Guten Morgen, Mr. Phelps«, sagte Kittridge. »Bei dem Mann, den Sie gleich sehen werden, handelt es sich um Alexander Golitsyn.« Das Bild eines dunkelhaarigen Mannes in den Vierzigern wurde eingeblendet. Ganz offensichtlich ein Foto, das von einer versteckten Kamera geschossen worden war. »Golitsyn ist ehemaliger hoher Offizier des KGB und verkauft heute Geheiminformationen auf dem internationalen Schwarzmarkt. Heute morgen haben wir erfahren, daß Golitsyn eine Hälfte einer CIA-NOC-Liste besitzt, einer Liste unserer inoffiziellen verdeckten Agenten in Osteuropa.«

Eine getippte Liste von Namen und Codenamen lief schnell über den Schirm.

»Aus Sicherheitsgründen«, fuhr Kittridge fort, »wurde die NOC-Liste in zwei codierte Hälften unterteilt. Golitsyn besitzt bereits die Hälfte mit den Codenamen der Agenten und ihren Operationsgebieten. Diese Hälfte ist ohne den zweiten Teil wertlos. Dieser zweite Teil umfaßt die wahren Identitäten der Agenten und wird in der CIA-Abteilung unserer Prager Botschaft aufbewahrt.«

Ein imposantes Gebäude am Ufer des Vltava-Flusses, das Jim bereits vertraut war, erschien auf dem Bildschirm.

»Unseren Informationen zufolge wird Golitsyn versuchen, bei einem Botschaftsempfang morgen abend in den Besitz dieser Liste zu gelangen. Ihre Mission, sollten Sie sich entscheiden, den Auftrag anzunehmen, würde darin bestehen, fotografische Beweise für den Diebstahl zu beschaffen, Golitsyn und eventuelle Komplizen dingfest zu machen und die gestohlene Liste zu sichern. Ich brauche Ihnen die Wichtigkeit dieser Angelegenheit wohl nicht zu erläutern, Jim. Aufgrund der Dringlichkeit habe ich bereits ein Team, das sich aus Agenten Ihrer üblichen Gruppe zusammensetzt, nach Prag geschickt.«

Diverse Fotos wurden eingeblendet: Jack Kiefer, Sarah Norman, eine Britin, Hannah, eine Deutsche mit sehr ernsten Zügen, Claire Phelps, Ethan.

»Ethan Hunt wird wie gewöhnlich als Ihr Operationsleiter fungieren.«

Jim Phelps betrachtete die Aufnahme von Ethan Hunt, lehnte sich wieder in seinem Sitz zurück, schloß gedankenverloren die Augen und stieß einen tiefen Seufzer aus. Er hatte mit Ethan Hunt manche Gefahr überstanden und würde ihm sein Leben anvertrauen – was er bereits mehrfach getan hatte. Nicht nur das, er hatte auch Ethan und niemanden sonst damit betraut, für Claires Sicherheit zu sorgen. Wenn Phelps so etwas wie einen Protegé hatte, dann Ethan. Und doch, so nahe sie sich auch standen, Phelps konnte nicht behaupten, Ethan wirklich zu kennen. Wie alle guten Agenten war Ethan sehr verschlossen und verriet nur das, was unbedingt nötig war, wenn es sich absolut nicht vermeiden ließ. Ganz wie Phelps.

Als Jim die Augen wieder aufschlug, sah er, daß auf dem Bildschirm wieder Kittridge zu sehen war.

»Wie üblich wird der Minister jegliche Kenntnis Ihrer Mission leugnen, falls Sie oder ein Mitglied ihrer IM-Force geschnappt oder getötet werden. Dieses Band wird sich in fünf Sekunden selbst zerstören. Viel Glück, Jim.«

Jim zündete die Marlboro an, als der Bildschirm schwarz wurde. Eine dünne Rauchfahne stieg aus dem Recorder in der Armlehne auf, als die Kassette sich selbst entzündete. Einige Sekunden später verkündete eine dünne graue Rauchwolke, daß die Vernichtung abgeschlossen war. Als der Rauch aus dem Kassettenschlitz aufstieg, inhalierte Jim tief und blies dann den blauen Zigarettendunst zwischen den Rauch, der sich mit dem Qualm verband und unauffällig in Richtung Kabinendecke schwebte.

Anstatt die Zigarette auszumachen, nachdem sie ihren Zweck erfüllt hatte und wie Claire es gewünscht hätte, rauchte er sie genüßlich zu Ende. Daß auf internationalen Flügen das Rauchen noch gestattet war, gehörte zu Jims wenigen Freuden auf diesem ansonsten freudlosen Flug.

Kapitel 3

Prag

»Neun Wochen nonstop, Jim«, sagte Ethan, als er und Jim Phelps in der Küche der konspirativen Unterkunft der IMF in Prag standen. »Ich habe das Team bis an seine Grenzen gebracht, und diese Mission, um die es hier geht, ist auch kein Spaziergang.«

Phelps war müde von dem langen Flug, und seine Stimme klang rauh.

»Ich denke, du bist übervorsichtig.«

»Du bezahlst mich dafür, übervorsichtig zu sein«, konterte Ethan und senkte die Stimme, damit die anderen Mitglieder des Teams, die im Wohn- und Eßzimmer zugegen waren, ihn nicht hören konnten.

Aber die Teammitglieder konnten hören – und sehen – was in der Küche vorging, dank ihres Technikexperten Jack Kiefer, der eine Visco-Brille auf der Küchenanrichte hatte liegen lassen. Der Rahmen der Visco-

Brille war ein wenig größer als üblich, aber nicht übertrieben in Anbetracht der komplexen Mikroelektronik, die darin eingebettet war. Sie übermittelte audiovisuelle Informationen über eine Linse und ein Mikrofon von beinahe mikroskopischer Größe. Auch konnten die Signale über eine Entfernung von bis zu einer Meile übermittelt werden, ohne komplizierte, manchmal auffällige Signalwiederholungen. Im Wohnzimmer verfolgte Jack Kiefer die Auseinandersetzung auf einem seiner kleinen Monitore. Er schien nicht allzu besorgt, da Ethan vor einer Mission immer sehr angespannt war und der Ton zwischen den beiden Männern eher an ein Gespräch zwischen Vater und Sohn erinnerte als an eine Unterredung zwischen Boß und Angestelltem.

»Wenn du meinen Plan für nicht durchführbar hältst, dann sag mir warum«, forderte Jim Ethan auf.

»Der Plan ist hervorragend.«

»Danke. Und was stört dich dann?«

»Erst vor vierundzwanzig Stunden hat Claire eine starke Dosis einer Droge verabreicht bekommen, deren Wirkung erst nach zweiundsiebzig Stunden vollständig abgebaut ist. Woher sollen wir wissen, welche Konsequenzen das haben kann?«

»Claire geht es gut.«

»Bist du sicher? Du bist gerade erst aus dem Flugzeug gestiegen, Jim.«

Ethan wandte sich von ihm ab und begann, Pässe und Bargeld verschiedener Währungen in die falschen Böden mehrerer Körperpflegemittelbehälter zu packen.

»Glaubst du, ich würde eine Operation planen, wenn ich nicht davon überzeugt wäre, daß sie voll einsatzbereit ist?«

»Das behaupte ich ja gar nicht.«

»Es klingt aber so.«

»Ich meine nur, daß wir alle müde sind.«

»Nach dem heutigen Abend bekommt ihr alle drei Wochen Urlaub. Ich kann diese Mission nicht verschieben. Du weißt das, und ich weiß das. Ich brauche mein bestes Team, und das seid ihr. Also bleibt es dabei.«

Jim war nicht überrascht von Ethans Sorge. Tatsächlich betrachtete er sie sogar als positiv. Er hatte in den über dreißig Jahren seiner Geheimdiensttätigkeit gelernt, daß die besten Agenten Fragen stellten. Natürlich entging ihm nicht, daß Ethans Sorge vorrangig Claire galt. Vielleicht bilde ich mir das nur ein, dachte Jim. Der Jetlag. Oder aber es lag daran, daß er selbst fünfundzwanzig Jahre älter war als Claire, während Ethan ein attraktiver, dynamischer großer Junge war, dem die Frauenherzen zuflogen. Vielleicht war es ein Zeichen dafür, daß er alt wurde, daß er sich überhaupt mit solchen Gedanken abgab. Dies war nicht der richtige Zeitpunkt für Grübeleien dieser Art.

»Ethan«, fragte er. »Hat es in Kiew irgendwelche Probleme mit dem Team gegeben, von denen ich nichts weiß?«

»Keine Probleme«, entgegnete Ethan beinahe etwas zu schnell. Er wollte sich nicht weiter über Claire auslassen. Er wollte diese Mission durchführen, dann Urlaub nehmen und sich anschließend vielleicht mit Jim unterhalten und ihm nahelegen, Claire einem anderen Team zuzuteilen.

»Es liegt bei dir«, sagte Jim nach längerem Schweigen. »Wenn du mir sagst, daß das Team nicht bereit ist, blase ich die Aktion ab.«

Ethan musterte Jim. Sie hatten schon zu vieles gemeinsam erlebt, waren für zu viele Menschenleben verantwortlich, als daß in diesem Augenblick Platz gewesen wäre für etwas anderes als die Wahrheit.

»Wir sind bereit«, sagte Ethan.

»Dann ist es wohl Zeit, sich an die Arbeit zu machen.«

»Ja.«

Jim klopfte ihm auf die Schulter, nahm die Visco-Brille von der Anrichte und ging hinüber ins Eßzimmer, wo die Einsatzzentrale eingerichtet worden war.

»Die Show ist vorbei«, sagte Jim leichthin und warf Jack die Brille zu.

Jack zuckte die Schultern, als hätte er nichts gesehen.

Die CIA unterhielt ein ständig wechselndes Netz konspirativer Häuser und Wohnungen auf der ganzen Welt. Sie waren Phelps und der IMF jederzeit zugänglich, aber Phelps benutzte sie nie. Er zog es vor, seine eigene Wahl zu treffen. Vor allem, wenn es um eine so heikle Mission ging wie diese.

Bei der konspirativen Wohnung des IMF-Teams in Prag handelte es sich um ein kleines Apartment, das aufgrund seines Panoramaausblicks und seiner Nähe zur Botschaft ausgewählt worden war. Das Haus sah aus, als wäre es seit der Zeit zwischen den zwei Weltkriegen nicht mehr renoviert worden, aber für die Zwecke der IMF war es ideal.

Jack Kiefer hatte bereits das gesamte Gebäude mit Peilsendern und Radiofrequenzmonitoren abgesucht, um auszuschließen, daß sie elektronisch abgehört oder per Video überwacht wurden. Er hatte zusätzliche moderne Überwachungsmonitore aufgestellt und Leitungen installiert, die eine sichere Übertragung garantieren sollten. Er hatte sich in die Kommunikationssatelliten der CIA eingeklinkt und Sicherheitssysteme für die gesamte Ausrüstung vorbereitet. Kiefer war so genial und effizient, daß die CIA sich schlichtweg weigerte zu glauben, daß die IMF bei einer Mission wie dieser nur einen einzigen Techniker einsetzte. Sie glaubten, Phelps würde ihnen aus Gründen der internen Sicherheit weitere Spezialisten verschweigen. Die Wahrheit war, daß es, was Elektronik anbelangte, immer nur Jack gab und sein Genie.

Für diese spezielle Operation hatte Kiefer so umfassendes technisches Material aufgebaut, daß das Prager Apartment an eine Kontrollstation der NASA erinnerte und die anderen Teammitglieder acht geben mußten, wo sie in dem Gewirr von Kabeln und Drähten die Füße aufsetzten. Überall lagen Tüten mit Lebensmitteln und anderen Besorgungen herum, dazu Dutzende von fremdländischen Zeitungen und ein Reißwolf in der Mitte des Wohnzimmers, den offenbar ständig irgend jemand mit Dokumenten und Instruktionen fütterte, die er sich eingeprägt hatte.

Es war ganz sicher nicht die ordentlichste Wohnung in Prag, aber ganz zweifellos die interessanteste.

Neben Jack Kiefer saß Sarah Norman, eine Engländerin Mitte dreißig, die fließend zweiundzwanzig Sprachen sprach. Hannah Wirth war Deutsche und hatte sich Jim Phelps Respekt dadurch verdient, daß sie einen Hamas-Terroristen sechs Wochen lang durch neun Länder und drei Zeitzonen verfolgt hatte, ohne je seine Spur zu verlieren oder entdeckt zu werden. Im Augenblick war sie gerade damit beschäftigt, Dossiers über jeden geladenen Gast des Botschaftsempfangs zu studieren.

Claire Phelps saß vor einem Computer und bewegte sich elektronisch durch die Straßen der Stadt.

»Sarah, kümmere dich um die Verdunkelung«, sagte Jim Phelps und zeigte auf die Fenster.

Sarah ließ Rollos herunter, die den Raum in Dunkelheit tauchten. Phelps betätigte einen Schalter, zwei Lampen gingen an und erhellten einen detaillierten Plan der Botschaft. Sofern Jetlag oder Zweifel Jim Phelps plagten, verflog beides, als er vor sein versammeltes Team trat. Jetzt ging es ums Geschäft, um Leben und Tod, und in diesen Angelegenheiten war er stets klar, präzise und selbstsicher.

»Unsere Aufgabe ist klar. Wir fotografieren Golitsyn dabei, wie er sich Zugang zur NOC-Liste verschafft und sie kopiert. Dann verfolgen wir ihn bis zu seinem Käufer und schnappen uns beide. Wenn der Käufer nicht allein ist, sind wir autorisiert, jegliche Gegenwehr zu neutralisieren, ohne Rücksicht auf Verluste. Also, das ist der Plan. Ethan, du gehst als hochrangige Persönlichkeit getarnt auf den Empfang. Wir verstekken dich im Rampenlicht. Bist du damit einverstanden?«

Ethan, der am anderen Ende des Tisches saß, nickte. »Ich würde es gar nicht anders haben wollen.«

»Sarah«, fuhr Phelps fort. »Du bist als Botschaftsliaison aus Washington dort. Du stellst den Kontakt zu Ethan her, und ihr beide veranstaltet eine Riesenshow.«

»Unmöglich, Jim«, entgegnete Sarah. »Ich habe nichts anzuziehen.«

»Du kriegst das schon hin. Wenn du drin bist, markierst du Golitsyn, und du, Hannah, behältst Golitsyn während des Empfangs im Auge.«

Er wandte sich Jack zu, der aussah, als würde er jeden Moment eindösen.

»Jack, weilst du unter uns?«

Jacks Kopf fuhr hoch, und Phelps musterte ihn streng. »Die NOC-Liste befindet sich im Keller, in einem gesicherten Bereich, der nur wenigen offiziellen verdeckten Agenten zugänglich ist. Die klassische ›verbotene Zone‹«, fuhr er fort und zeigte auf den Plan. »Der Zugang zu diesem Raum wird von einem Daumenabdruckscanner am Fahrstuhl kontrolliert. Jack, du verschaffst dir Zugang zum Fahrstuhlschacht und sorgst dafür, daß Sarahs Daumenabdruck vom Scanner erkannt wird. Außerdem kontrollierst du die Fahrstuhlbewegungen.«

»Ich brauche wohl keinen Smoking für die Party«, bemerkte Jack lapidar.

»Wohl kaum«, entgegnete Jim. »Öffnen. Schließen. Raus. Du hältst dich nicht länger auf als absolut nötig.«

»Nichts Neues?« fragte Jack.

»Nichts«, entgegnete Phelps und wandte sich an seine Frau. »Claire, du fährst den Wagen. Hannah stößt zu dir, sobald Golitsyn sich der verbotenen Zone nähert. Wenn ein Wagen auf Golitsyn wartet, bleibst du an ihm dran. Vergiß uns. Wenn er wegfährt, bleib an ihm dran, was auch passiert. Ich würde vorschlagen, daß du den Nachmittag damit verbringst, die Straßen im Kleinen Viertel abzufahren. Ein richtiges Labyrinth ist das.« Seine Stimme wurde weicher, als er zu seiner Frau sprach, und jene, die Phelps gut kannten, so wie

Ethan und Jack, bemerkten das Aufflackern von Sorge in seinen Augen.

Claire lächelte zu ihrem Mann auf. »Was glaubst du, was ich den ganzen Vormittag gemacht habe?«

Jim wandte sich wieder an das ganze Team. »Wir stehen wieder einmal allein da, wenn also irgend etwas schief geht, breche ich ab, und wir ziehen uns zurück. Sofort. Wir treffen uns hier, um vier Uhr. Nachts, versteht sich. Noch Fragen?«

»Ja«, meldete Ethan sich in der darauffolgenden Stille zu Wort. »Könnten wir vielleicht eine Cappuccino-Maschine besorgen? Ich weiß nämlich nicht, als was ich *das hier* bezeichnen soll ...« Er hielt seine Styroportasse mit Kaffee hoch.

Jack stimmte ihm zu. »Ich bezeichne es als grausam und undefinierbar.«

»Hey, den Kaffee habe ich gekocht«, protestierte Claire.

»Ich würde fast sagen, er schmeckt noch abscheulicher als die Brühe, die wir in der Lagerhalle in Kiew trinken mußten. Was meint ihr?« fragte Ethan in die Runde.

Phelps gestattete sich den Hauch eines Lächelns, erfreut zu sehen, daß Ethan seine Zweifel an der Mission offenbar abgelegt hatte und mitmachte.

»Wirklich, Jim«, fuhr Ethan mit gespieltem Bedauern fort. »Wir haben dich in Kiew wahnsinnig vermißt. Warst du wieder bei einer deiner Rekrutierungsaktionen? Wo haben sie dich diesmal untergebracht? Im Plaza?«

»Drake Hotel«, entgegnete Jim selbstzufrieden. »Chicago.«

»Du Armer«, sagte Jack. »Zimmerservice rund um die Uhr. Handtücher so dick wie Porterhouse-Steaks.«

»Wagen mit Chauffeur«, fügte Ethan hinzu.

»Spesenkonto«, warf Jack ein.

»Er verweichlicht auf seine alten Tage«, seufzte Ethan.

»Okay, hört zu«, sagte Jim, die Neckereien mit einem freundlichen Nicken quittierend. »Wenn diese Liste in die falschen Hände gerät, gehen die Namen unserer Agenten in jedem osteuropäischen Land an den Meistbietenden. Das heißt, die Liste geht an Terroristen, Waffenhändler, Drogenbosse – an jeden, der sich gern verdeckter Agenten wie uns entledigen will. Wenn ihre Identität aufgedeckt wird, bedeutet das für sie den Tod. Dann gibt es für sie kein Entkommen, wo sie sich auch verstecken.«

Stille senkte sich herab. Jeder von ihnen kannte mindestens ein halbes Dutzend Leute, die auf der NOC-Liste standen.

»Ich leite die Aktion von der Kommandozentrale hier aus. Die Überwachungskameras in jedem Sektor sind von mir abrufbar. Also, werden wir konkret. Ethan?« Phelps zeigte auf Claires Computer, auf dessen Bildschirm eine Aufnahme einer Ausgabe des McLaughlin-Reports aus dem amerikanischen Fernsehen lief. John McLaughlin sprach mit einem Senator aus dem Süden, den alle sofort wiedererkannten: Senator Richard Waltzer.

»Ich würde sogar noch weitergehen«, sagte der Senator gerade. »Ich behaupte, daß die CIA und ihre Schattenorganisationen bestenfalls überflüssig und schlimmstenfalls verfassungswidrig geworden sind. Der kalte

Krieg ist vorbei. Hören wir auf, Spionagespielchen zu spielen, und verwenden wir das viele Geld lieber für produktive Zwecke. Es ist höchste Zeit, ein wenig Licht ins Dunkel des ›Schwarzen Budgets‹ des Pentagons zu bringen. Die Untergruppierungen verdeckter Agenten verfügen über geheime Fonds und legen niemandem Rechenschaft ab. *Wer sind diese Leute?*«

Die digitalisierte Aufnahme endete. Ethan blickte zu Jim hinüber. »Du willst Waltzer benutzen?«

»Er ist unser Mann.«

»Hat er nicht in dieser Woche den Vorsitz beim Militärkongreß?«

»Das ist nächste Woche. Diese Woche fliegt er zum Fischen nach Oughterard Slough im County Kildare, mit einem meiner besten irischen Führer.«

»Verstehe.«

»Meinst du, du hast die Zeit nicht, es überzeugend hinzukriegen?«

»Es wird mir ein Vergnügen sein.« Ethan lächelte. Wenngleich diese Mission rein geschäftlich war, gehörte Senator Waltzer genau zu der Sorte von Politikern, mit denen er sich gern anlegte. Er wußte, daß Waltzers Anti-CIA-Rhetorik allein dazu diente, sich in seinem Heimatstaat Wählerstimmen zu sichern. Wenn es nämlich um die Etatzuweisung des Senats ging, stand Waltzer mit seinen Amtskollegen in Reih und Glied. Waltzer war ein typisches Beispiel für die Unaufrichtigkeit Washingtons, die Ethan vor Jahren desillusioniert hatte, als er noch bei den Special Forces und später bei den inoffiziellen Operationseinheiten der CIA gewesen war. Ethan diente seinem Land aus Patriotismus, aber nachdem er auf verschiedensten Gebieten als verdeckter Agent im Einsatz gewesen war, hatte er bald erkennen müssen, daß Politiker geheime Missionen gern anprangerten. Und das aus Gründen, die nichts mit Vaterlandsliebe zu tun hatten, sondern vielmehr mit der Wahrung von Interessen gewisser Unternehmen oder der Förderung versteckter politischer Ziele. Als Ethan diese Duplizität durchschaut hatte, war er aus dem Regierungsdienst ausgeschieden und von Jim Phelps für die IMF angeworben worden. Phelps hatte ihm versichert, daß er bei der IMF den Zweck einer Mission immer kennen und keinerlei Konsequenzen zu fürchten haben würde, falls er wünschte, an einer speziellen Operation nicht teilzuhaben. Phelps half Ethan aus der CIA heraus und steckte ihn in ein Ausbildungsprogramm, bei dem er ein ganz anderes Arbeitsniveau kennenlernte.

Ethan war Phelps Lieblingsschüler, und so wurde er auch zum Einsatzleiter der heikelsten Missionen der IMF bestimmt. Er erhielt von Jim weit umfangreichere Hintergrundinformationen als jeder andere innerhalb der Organisation. Phelps war nie zuvor jemand begegnet, der so schnell lernte wie Ethan. Ethan sprach nicht nur mehrere Sprachen, er besaß auch das Talent, Stimmen und Gestik perfekt zu imitieren. Mit Hilfe der kurzen Videoaufnahme würde er Senator Waltzer so überzeugend darstellen können, daß keiner der ahnungslosen lokalen Würdenträger etwas merkte. Jack Kiefer und Sarah Norman arbeiteten bereits an der Latex- und Myloparmaske für Ethan, und wenn Ethan die konspirative Wohnung verließ, würde die Ähnlichkeit mit dem Senator so verblüffend sein, daß er vermutlich auch die Hälfte von Waltzers Wählern hätte täuschen können.

Jack winkte Ethan zu seinem Arbeitsplatz herüber und öffnete eine Kiste, die Jim aus den Staaten mitgebracht hatte. Sie enthielt das neueste Gadget der IMF: Kaugummi. »Solltest du heute abend auf ein Schloß stoßen, daß du nicht knacken kannst«, erklärte er Ethan, »ist das hier der letzte Ausweg.« Er wickelte ein Stäbchen aus, das aussah wie ein gewöhnlicher Kaugummi, nur daß die eine Hälfte rot war und die andere grün. »Rotes Licht, grünes Licht«, sagte Jack langsam. »Knete sie zusammen – und achte ja darauf, daß nichts davon an dir haften bleibt. Du hast fünf Sekunden bis zur Detonation.«

Ethan nahm das Päckchen Kaugummi an sich.

Jack lächelte. »Du darfst das Zeug nur nicht kauen – sonst waren all die Jahre mit Zahnspange umsonst.«

Kapitel 4

Die Mission

Claire Phelps blickte in den Rückspiegel ihrer BMW-Limousine und sah einen sechzig Jahre alten Südstaaten-Gentleman mit gräulich-weißem Haar, sonnengebräuntem Teint und goldgeränderter Brille. Er trug einen weißen Smoking und führte leise mit Südstaatenakzent Selbstgespräche. Die Verwandlung von Ethan Hunt in Senator Richard Waltzer verblüffte sogar sie.

Als die Limousine durch die Tore der US-Botschaft rollte, fuhr Ethan leise fort, seinen Akzent zu proben, indem er die Namen verschiedener Gäste aufzählte, die ihm möglicherweise an diesem Abend vorgestellt werden würden. Gleichzeitig sah er aus dem Fenster in den Nebel, der von der Moldau aufstieg.

Es gab zwei Variablen, die Ethan Hunt bei einer Mission nicht ausstehen konnte: streikende Wagen und Wetterumschwünge. Wenngleich das IMF-Team für den Fall technischer Schwierigkeiten immer Ersatzwagen bereithielt, ging es bei ihren Operationen häufig um Bruchteile von Sekunden, so daß ein bockender Motor erhebliche Probleme schaffen konnte. Und was das Wetter betraf, war dieses noch unvorhersehbarer. Starker Wind und Regen wirkten sich ungünstig auf Verkleidungen und mikroelektronische Geräte aus. Das war auch der Grund, weshalb das Team es vorzog, nachts zu arbeiten, da die Dunkelheit doch einige wetterbedingte Tarnungsschwächen überdecken konnte.

Als der Wagen vor dem Botschaftseingang zum Stehen kam, blickte Ethan erneut in den Nachthimmel. Der Nebel begann als tiefhängender Dunst über der Moldau, schien sich jedoch langsam zu verdichten und auszubreiten. Das drohende Problem, das Ethan darin sah, war das labyrinthartige Netz winziger, verwinkelter Gassen um die Botschaft herum und die Möglichkeit, daß es Golitsyn gelingen könnte, vom Botschaftsgelände zu entkommen. Dies war ein Fakt, den er zusammen mit weiteren tausend anderen Fakten abhakte, die den Ausgang einer solchen Mission ungünstig beeinflussen konnten, als Claire dem Wachsoldaten, der sich der Limousine näherte, ihre falschen Ausweise zeigte.

Ethan stieg aus dem Wagen und erwiderte den militärischen Gruß des Wachsoldaten. Dabei sah er an ihm vorbei die Treppe hinauf, um eine Route zu wählen, auf der er den anderen Gästen weitgehend ausweichen konnte.

Jack Kiefer befand sich bereits im Gebäude. Ganz in schwarz gekleidet, schlüpfte er in den Schacht des Fahrstuhls, der den Zugang zum Hochsicherheitstrakt im Keller kontrollierte, wo auch die NOC-Liste auf Computer aufbewahrt wurde. Jack sah aus wie ein Insekt mit dem größten Modell der schwarzgeränderten Vicso-Brille auf der Nase, das sein halbes Gesicht verdeckte.

»Ich bin drin«, flüsterte er in das Mikro. »Wie ist das Bild?«

»Hervorragend. Gut gemacht«, antwortete Jim Phelps von seinem Kommandoposten in der Wohnung aus.

Phelps saß vor zwei Computerschirmen, die die Visco-Aufnahmen all seiner Agenten vor Ort wiedergaben. Der Name des jeweiligen Teammitgliedes stand in einem kleinen Kästchen direkt unterhalb des Übertragungsfeldes. Phelps empfing bereits verschiedene Ansichten des Botschaftsempfangs von Hannah und Sarah. Dann folgte auch Ethans Einstellung, als er aus dem Wagen stieg und die Lobby betrat.

Jim zündete sich eine Marlboro an, machte einen tiefen Lungenzug, beugte sich vor und betrachtete alle fünf Übertragungen. Wenn die Operation beendet war, würde er alle Fenster aufreißen und die Wohnung gründlich lüften, damit Claire ihm wegen des Rauchens keine Vorhaltungen machte. Aber die Zigarette zu Beginn einer Mission war ein ritueller Glücksbringer für Phelps, und nach all den Jahren war er nicht gewillt, auf ein Gewinnerblatt zu verzichten.

»Ethan«, sagte Jim ins Mikrofon. »Jack ist drin. Zugang um dreiundzwanzig Uhr.«

Ethans Antwort bestand in einem beiläufigen Blick auf seine Armbanduhr, doch dieses Bild reichte Jim als Bestätigung.

Jack stieg eine schmale Eisenleiter im Inneren des Schachts hinauf und fand die Metallkästen, in denen die Fahrstuhlelektronik und das zentrale Sicherheitssystem untergebracht waren, welche den Zugang zum Fahrstuhl regelten. Er schaltete die Halogenlampe ein, die an seiner Visco-Brille befestigt war, und machte sich an die Arbeit. In den Taschen seines Overall waren genügend elektronische Einzelteile untergebracht, um damit ein mittelgroßes Elektrofachgeschäft zu eröffnen. Aber er wußte genau, wo sich was befand und wozu es diente, so daß er bei der Arbeit keinen überflüssigen Handgriff machte.

Ein knarzendes Geräusch von oben weckte seine Aufmerksamkeit. Er sah hoch. Die Fahrstuhlkabine befand sich drei Stockwerke über ihm, und der alte Metallkasten gab seltsame Töne von sich. »Das Ding scheint älter zu sein als das Gebäude selbst, sofern das überhaupt möglich ist«, flüsterte Jack. »Ich glaube, die Leiter ist seit dem Zweiten Weltkrieg nicht mehr überprüft worden.«

»Mach weiter«, entgegnete Phelps. »Du liegst gut im Zeitplan.«

Jack schloß mehrere Drähte an die Schalttafel an und installierte einen Infrarotsender, der mit seinem Laptop verbunden war. In wenigen Minuten würde Sarah Norman Senator Waltzer auf einem Besichtigungsrundgang begleiten, und er würde sie auffordern, ihren

Daumen in den Scanner-Schlitz zu stecken, der den Zugang zum Fahrstuhl und somit zum Hochsicherheitstrakt im Keller regelte. Da sie nicht in der Datenbank der Botschaft gespeichert war, mußte Jack das Sicherheitssystem überlagern; er mußte bereit sein, wenn Sarah den Daumen in den Schlitz steckte, oder ihre ganze Mission würde scheitern. Sekunden verstrichen.

Während er arbeitete, hörte er über Sarahs, Hannahs und Ethans Visco-Brillen das Orchester, das im Ballsaal spielte. »Hey, hübsche Musik«, sagte Jack. »Das macht mich ganz stolz, Steuerzahler zu sein.«

»Wie lange noch?« fragte Phelps, der weiterhin seine Computerbildschirme im Auge behielt.

»Diese Fahrstuhlelektronik ist nicht aus diesem Jahrhundert«, entgegnete Jack. »Ich schätze, dem State Department ist bei der Renovierung das Geld ausgegangen.«

Phelps zündete sich noch eine Marlboro an, sah Jack bei der Arbeit zu und hörte ihn zur Musik summen. »Erinnerst du dich an das Stück?« fragte Jack. »Das war ein Hit, als Pickelhauben noch modern waren.«

Jack studierte die Codenummern auf den Chips am Schaltkasten und fand schließlich einen Mikroprozessor von der Größe einer Briefmarke, der als P-12 gekennzeichnet war. Sein Summen klang plötzlich fröhlicher. Bis er ein lautes »Klang« hörte.

Ethan hörte es ebenfalls über den Mikrolautsprecher in seiner Brille. Phelps empfing es drüben in der Einsatzzentrale.

Jack blickte über die Schulter und dann nach unten, weil er glaubte, die Leiter würde nachgeben. Dann ertönte jedoch ein zweiter metallischer Knall, diesmal eindeutig von oben.

Der Fahrstuhl bewegte sich abwärts, direkt auf Jack zu.

Er sah wieder nach unten und entschied sich gegen einen Sprung oder einen hastigen Abstieg. Statt dessen umklammerte er die Leiter und drückte sich so flach wie möglich an die Sprossen.

Der Fahrstuhl glitt an ihm vorbei und streifte seine Schulterblätter.

Dann stoppte er.

Jack saß fest, das Gesicht halb in den Kontrollkasten gedrückt, sein linkes Auge nur Millimeter vor dem P-12-Chip, den er austauschen mußte, um das Sicherheitssystem zu überlisten. Wenn der Chip blieb, wo er war, konnte Sarah ihren Daumen bis zum nächsten Jahrtausend in den Scanner stecken, ohne daß ihr Zutritt gewährt würde, und Senator Waltzer würde dem Hochsicherheitstrakt nicht näher kommen als ein Violinist des Botschaftsorchesters.

»Jim?« sagte Jack ruhig. »Siehst du das?«

Als er den Ballsaal betrat, hörte Ethan an Jacks Tonfall, daß es ein Problem gab, aber da er den freundlichen Senator auf Besuch in Prag mimen mußte, durfte er sich seine Sorge nicht anmerken lassen.

»Senator, ich bin Rand Housman, der Botschaftssekretär«, sagte ein übereifriger Ivy-League-Absolvent und nahm Ethans rechte Hand. »Es ist uns eine große Ehre, Sie hier bei uns empfangen zu dürfen. Es wäre mir eine Freude, sie beim Defilee zu begleiten. Es warten zahlreiche Gäste darauf, Ihnen vorgestellt zu werden.«

Bevor Ethan sich diskret davonmachen konnte, hatte der Sekretär ihn untergehakt und zog ihn in Richtung Empfangskomitee.

Sarah Norman durchquerte hastig den Raum und steuerte auf die beiden Männer zu.

»Senator, gestatten Sie mir, Ihnen den Direktor der Nationalgalerie vorzustellen, Mr. Jaroslav Reid«, sagte Rand Housman. »Und das ist Mr. Peter Brandl, der Bürgermeister von Prag.«

Sarah wollte keine weiteren Bekanntmachungen riskieren. Sie trat vor, ergriff die Hand des Senators und schenkte ihm ein charmant-schüchternes Lächeln. »Ich wette, Sie erinnern sich nicht mehr an mich, Senator.«

Ethan musterte sie einen überzeugend langen Augenblick.

»Dann lassen Sie sich überraschen, ich erinnere mich nämlich sehr wohl«, entgegnete er dann. »Miss Norman, richtig?«

Er beugte sich vor und umarmte sie plötzlich zurückhaltend.

»Ich habe Golitsyn ausgemacht«, raunte sie ihm ins Ohr. »Hinter mir, unter dem Türbogen.«

Ethan nickte.

Dann vernahmen sie beide Jim Phelps über ihre Mikrolautsprecher.

»Zielobjekt markieren«, befahl Phelps Sarah. »Phase zwei.«

»Ich mußte Ihrem Büro einen Besichtigungsrundgang versprechen«, sagte Sarah zu Senator Waltzer. »Ich habe alles arrangiert.«

»Sehr schön«, erwiderte Ethan mit perfektem, schleppenden Südstaatenakzent. »Gehen wir?«

Er wandte sich Rand Housman zu. »Wenn Sie uns einen Augenblick entschuldigen würden. Ich stehe Ihnen gleich wieder zur Verfügung.«

Der junge Botschaftssekretär nickte verwirrt, aber nicht gewillt, einem Senator der Vereinigten Staaten zu widersprechen, schon gar nicht wenn dieser den Ruf hatte, jähzornig zu sein.

Sarah führte Ethan durch den Saal, wobei sie geschickt jenen Personen auswich, die geneigt sein könnten, sich selbst vorzustellen.

Sie peilten Golitsyn an. Er war groß, dunkelhaarig und trug einen maßgeschneiderten Smoking. Er sah ganz wie ein Diplomat aus und überhaupt nicht wie ein verdeckter Agent. Da Golitsyn offensichtlich solchen Wert aufs Detail legte, wußte Sarah, daß sie vorsichtig sein mußte. Ethan wußte auch ohne Worte, was in ihrem Kopf vorging, und so warteten sie ab, bis ein Ober mit einem Tablett Kanapees in der Nähe war. Ethan begutachtete die Appetithäppchen mit übertriebenem Interesse, um auch Golitsyn aufmerksam zu machen. Als der Agent sich daraufhin ebenfalls über das Tablett beugte, nutzte Sarah die Gelegenheit und besprühte Golitsyns Hinterkopf mit einer Flüssigkeit aus einem Parfümzerstäuber, wobei sie vorgab, sich selbst zu parfümieren. Das Ganze dauerte nur zwei Sekunden, und alles ging glatt, aber Ethan und Sarah hatten diese Aktion auch schon tausendmal geprobt.

»Paket gekennzeichnet, Hannah«, teilte Jim Phelps von der Zentrale aus mit. »Laß die Rollos runter.«

Hannah stand auf halber Höhe der geschwungenen Marmortreppe, von wo aus sie einen wunderbaren Blick über die gesamte Empfangshalle hatte. Auf Jims

Befehl hin legte sie einen winzigen Schalter an ihrem Brillengestell um. Die Gläser verdunkelten sich merklich, und der Raum war abrupt in Dämmerlicht getaucht. Es war, als würde sie die Welt durch ein Nachtsichtgerät wahrnehmen, und Golitsyns Hinterkopf schimmerte dort, wo Sarah ihn angesprüht hatte, in fluoreszierendem Limonengrün.

»Paket leuchtet«, sagte Hannah.

»Bleib an ihm dran«, entgegnete Jim.

Als Ethan und Sarah über die Treppe in den zweiten Stock gelangten, bogen sie nach links ab und gingen den kurzen Flur zum Fahrstuhl hinunter, an dem ein Schild mit der Aufschrift »Außer Betrieb« befestigt war.

Sarah ging schnurstracks auf den Lift zu.

Ehe sie Jack fragen konnte, ob alles bereit war, versperrte ihr ein Wachsoldat in blauer Galauniform, der ganz plötzlich hinter der Tür zur Sicherheitsabteilung hervorkam, den Weg.

»Bedaure«, sagte er, »aber dieser Teil der Botschaft ist für den heutigen Abend gesperrt.«

Sarah schlüpfte schnell wieder in ihre Rolle als Führerin von Senator Waltzer. »... der direkt in den Sicherheitstrakt im Keller führt, Senator, der einzigen Abteilung im ganzen Botschaftsgebäude, deren Zugang einem bestimmten Personenkreis vorbehalten ist.«

»Dann lassen Sie mal sehen, wozu der von uns verabschiedete Etat verwendet wird«, sagte Ethan.

Sie nahm einen Ausweis aus ihrer Handtasche und hielt ihn kurz der Wache unter die Nase. »Senator Waltzer werden Sie ja kennen«, sagte sie leichthin.

Die Wache salutierte, rührte sich jedoch nicht von der Stelle.

»Wie Sie sehen«, fuhr Sarah an Ethan gewandt fort, »ist dieser Bereich mit einer Wachstation und Videoüberwachung ausgestattet. Er wird rund um die Uhr gesichert.«

»Ich hoffe, wir zahlen Ihnen die Überstunden«, bemerkte Ethan.

»Es ist eine Ehre, unserem Land zu dienen, Sir«, entgegnete der Soldat.

»Ja, das ist es«, sagte Ethan.

Jim Phelps verfolgte die Szene über seine Bildschirme, konnte es jedoch nicht riskieren, etwas zu sagen, solange der Wachsoldat in dem ansonsten verlassenen Flur direkt vor ihnen stand.

Sarah steckte ihren Daumen in den Scannerschlitz gleich neben den Fahrstuhltüren. Eine kleine Anzeigetafel über dem Scanner flammte auf: ZUTRITT VERWEIGERT.

Sie löschte die Nachricht und versuchte es erneut, wobei sie dem Senator einen entschuldigenden Blick zuwarf.

Die unerschütterliche Wache rührte sich nicht von der Stelle.

»Senator«, sagte Sarah und schob erneut ihren Daumen in den Scanner. »Gehört Ihrem Stab nicht auch ein junger Mann namens Jack an?«

»Jack? Ich glaube, wir hatten tatsächlich einen jungen Mitarbeiter dieses Namens. Jedenfalls vorübergehend. Kein sehr zuverlässiger Mann, wenn ich mich recht erinnere. Er kam ständig zu spät oder war in seiner Arbeit zurück. So etwas toleriere ich in meinem Stab nicht.«

»Womit Sie ganz recht haben«, bemerkte Sarah zustimmend.

»Entschuldigen Sie, Ma'am«, sagte die Wache und trat näher. »Ich muß Ihren Ausweis noch einmal überprüfen. Entschuldigen Sie, Senator.«

Sarah blickte hilflos zu Ethan auf.

»Haltet ihn hin«, flüsterte Jim Phelps.

»Entschuldigen Sie sich niemals dafür, daß Sie Ihre Arbeit tun, Soldat«, sagte Ethan zur Wache. »Um noch mal auf diesen jungen Mann, Jack, zurückzukommen. Da er in seiner Arbeit so nachlässig war, sahen wir uns gezwungen, ihn an meinen besten Hengst zu fesseln und ihn einige Male um die Scheune herum zu schleifen. Leider hat nicht einmal das etwas genützt.«

Sarah drückte ein zweites Mal den Daumen auf den Scanner. Wieder: ZUTRITT VERWEIGERT.

Was zum Teufel glaubt ihr, was ich hier mache, Kaffeepause? – wollte Jack schreien. Er war immer noch zwischen Fahrstuhl und Leiter eingeklemmt, unfähig, die Arme zu bewegen. Jack Kiefer hatte den Großteil seines Erwachsenendaseins an beengten Orten wie Heizungs- und Abwasserrohren, Belüftungsschächten und ähnlichen Klaustrophobie verursachenden Infrastrukturen zivilisierter Länder auf der ganzen Welt verbracht. Er war daran gewöhnt, darauf trainiert. Aber in diesem Fall war er weniger gut vorbereitet als sonst, weil der Fahrstuhl sich eigentlich nur auf seinen Befehl hin hätte bewegen dürfen. Als erstes hatte er gleich nach Betreten des Schachts die Elektronik dahingehend manipuliert, daß nur noch er oder Jim Phelps den Fahrstuhl steuern konnten. Offensichtlich hatte er jedoch irgend etwas übersehen. Das hier war Prag. Die Elektronik war nur so gut wie die Gesamtanlage im

Gebäude, und Gott allein wußte, welch antikes Schaltkreislabyrinth dieses Gemäuer barg.

Als er das elektronische Klicken des Scanners hörte, der von Sarahs Daumen aktiviert wurde, wußte Jack, daß ihm nur Sekunden blieben, ehe die Mission abgebrochen werden mußte. Es war eine Frage der Berufsehre für ihn, daß nicht er als schwaches Glied in der Kette einen Abbruch verursachte.

Kiefer holte tief Luft und atmete dann jedes Sauerstoffmolekül in seinem Körper aus, um sich so schmal zu machen wie irgend möglich. Er glitt an der Leiter abwärts und fühlte, wie die Fahrstuhlkabine an seinem Hinterkopf schabte. Eine altersschwache Leitersprosse gab unter ihm nach, so daß er die Knie anziehen und sich selbst zwischen Fahrstuhl und Wand festklemmen mußte, um nicht in die Tiefe zu stürzen.

Er hob die Hände in Richtung Schaltkasten. Jack konnte jetzt nicht mehr hineinsehen und war ganz auf seinen Tastsinn angewiesen. Glücklicherweise hatte er sich im Rahmen seiner Vorbereitungen den Plan des Sicherungskastens eingeprägt, und wie ein erfahrener Soldat, der sein Gewehr im Dunkeln auseinandernehmen und wieder zusammensetzen kann, arbeitete Jack blind. Er fuhr mit den Fingern über die Chips im Sicherungskasten und machte bei P-12 halt. Zumindest hoffte er, daß es sich um P-12 handelte, falls er nämlich den falschen Chip herauszog, würde das System blockieren und nur mittels spezieller Codes – die weder er noch Phelps kannten – wieder gestartet werden können. Aber für langes Zögern war keine Zeit. Jack zog den Chip heraus und ließ ihn in seinen Ärmel fallen.

Er hörte den Wachsoldaten sagen, daß er Sarahs Ausweis noch einmal sehen wolle. Der Scanner hatte ihr bereits zweimal den Zugang verweigert. Geschickt fischte er einen Chip aus seiner Tasche, an dem er zwei winzige Elektroden befestigte, und tastete sich dann wieder zum Schaltkasten hoch.

Den Blick auf den Monitor geheftet, zog Jim Phelps so kraftvoll an seiner Marlboro, daß sie bis zum Filter herunterglühte.

Jack setzte den Chip ein, umfaßte mit einer Hand den Rand der Fahrstuhlkabine und zog sich mühsam hoch, wobei er das Gefühl hatte, sich mindestens drei Rippen zu brechen. Nach Luft ringend und keuchend vor Schmerzen zog er das kleine Notebook aus seinem Fach und klappte es auf. Auf der einen Hälfte des Bildschirms erschien Sarahs Ausweis, auf der anderen Hälfte ihr Daumenabdruck.

Jack hörte Ethan erzählen, wie jemand namens Jack von Pferden um eine Scheune herum geschleift wurde, wobei er in diesem Augenblick dachte, daß er ein solches Szenario vielleicht sogar seiner derzeitigen Lage vorziehen würde.

»Speichern«, flüsterte Jack und krümmte sich leicht, als ein stechender Schmerz von seinen Rippen ausstrahlte.

Oben auf dem Flur gab Sarah sich weiterhin scheinbar unbekümmert und steckte ein weiteres Mal den Daumen in den Scanner, während die Wache ihren Ausweis eingehend betrachtete. Ein leises Klingeln ertönte, und die Anzeigetafel zeigte in leuchtendgrünen Lettern an: IDENTITÄT BESTÄTIGT.

Der Soldat warf einen Blick auf die Anzeige und

schien erleichtert, da er nicht gezwungen wurde, einem Senator der Vereinigten Staaten den Zutritt zum Sicherheitstrakt einer amerikanischen Botschaft zu verwehren.

Die Fahrstuhltüren glitten auf, und Sarah und Ethan betraten die Kabine.

Der Wachsoldat salutierte erneut, und Ethan quittierte den militärischen Gruß mit einem knappen Nicken.

Über ihnen war Jack Kiefer zur Lüftungsklappe auf dem Kabinendach gekrochen. Er blickte auf seine beiden Kollegen herab.

Sie waren alle drei zu erleichtert, etwas zu sagen.

Phelps meldete sich, sachlich wie immer. Er prüfte seine Bildschirme und stellte fest, daß er Golitsyn nirgendwo sehen konnte. »Hannah, ich kann wieder nichts sehen«, sagte er. »Wo ist unser Paket?«

»Steuert auf den Sicherheitstrakt zu.«

Als sie im Keller angelangten, glitten die Fahrstuhltüren auf, und sie sahen den Computerraum vor sich. Er war sehr dürftig ausgestattet, kein Vergleich zu den hochtechnisierten Zentralen, die die Techniker aus Langley in anderen Botschaften eingerichtet hatten. Ethan war überrascht, als er den Blick durch den Raum mit seinen veralteten Computern, Aktenschränken und Tresoren schweifen ließ, daß die NOC-Liste, verschlüsselt oder nicht, tatsächlich von einem solchen Ort aus abrufbar war. Aber so wie jede Regierungsstelle konnte auch die CIA sehr geizig sein und am falschen Ende sparen. Golitsyn hatte ganz offensichtlich eine Schwachstelle entdeckt und den Weg des geringsten Widerstandes gewählt – die Prager Botschaft.

Ethan reichte Sarah seine Visco-Brille und hastete

zum Zentralcomputer. Er schnallte sich einen Visco-Monitor von der Größe einer Armbanduhr ums Handgelenk und bedeutete Sarah, die Brille in Position zu bringen.

Golitsyn war unterwegs, was bedeutete, daß Ethan und Sarah innerhalb kürzester Zeit wieder verschwinden mußten.

Sie legte die Brille verkehrt herum auf einen Aktenschrank und wartete auf Ethans Weisungen. Er saß vor dem Terminal, exakt an der Stelle, an der Golitsyn sitzen würde, wenn er sich Zugang zum Computer verschaffte, und prüfte das Bild, das von der Brille an den Monitor an seinem Handgelenk übermittelt wurde.

»Höher«, sagte er, den Monitor nicht aus den Augen lassend.

Sie folgte seiner Anweisung.

»So ist es gut. Genau richtig. Jim?«

»Okay«, bestätigte Jim und fügte dann hinzu: »Seht zu, daß ihr dort wegkommt, Golitsyn ist schon auf dem Weg.«

Ethan und Sarah stürzten zum Fahrstuhl und warteten, daß Jack ihnen die Türen öffnete.

Aber anstatt sich zu öffnen, glitt der Fahrstuhl nach oben.

»Jack, wir sind in Position, laß uns raus«, sagte Ethan eindringlich.

Aber Jack saß oben auf der Fahrstuhlkabine und starrte ungläubig auf seinen Computerschirm. Er gab auf seinem Laptop einen Befehl ein, aber der Fahrstuhl glitt weiter nach oben.

»Ein Kurzschluß«, sagte Jack. »Ich habe kein Signal gegeben, nach oben zu fahren.«

Die Fahrstuhltüren glitten auf. Alexander Golitsyn betrat die Kabine und drückte auf den Knopf für das Untergeschoß.

»Er ist drin, Ethan«, sagte Phelps besorgt. »Das Paket ist in der Kiste.«

Es gab keinen anderen Ausgang aus dem Keller als über den Fahrstuhl oder den Schacht.

»Wir müssen unten durch den Schacht«, sagte Ethan.

»Ich öffne die Türen«, entgegnete Jim Phelps und betätigte einige Tasten an seinem Computer.

Die Sicherheitstüren des Fahrstuhls öffneten sich, und der leere Schacht kam zum Vorschein.

Aber inzwischen fuhr der Fahrstuhl bereits mit Golitsyn abwärts.

»Haltet die Kiste an«, sagte Ethan zu Jack und Jim gleichermaßen.

»Wenn wir sie stoppen, wird Golitsyn Verdacht schöpfen und einen Rückzieher machen«, sagte Phelps. »Los.«

Ethan und Sarah blickten in das schwarze Loch unter ihnen.

Da keine Zeit mehr war für Überlegungen, nahm Ethan Sarahs Hand, und sie sprangen gemeinsam ins Dunkel. Zweieinhalb Meter tiefer landeten sie hart auf dem Zementboden.

Sarah rappelte sich hoch, aber Ethan zog sie wieder nach unten. Der Fahrstuhl hielt nur wenige Zentimeter über ihren Köpfen.

Ethan hob die Hand mit dem Visco-Monitor und beobachtete, wie Golitsyn zum Zentralcomputer hastete, Latexhandschuhe überstreifte und sich an die Arbeit machte. Dreißig Sekunden später schob Golitsyn eine

Diskette ins Laufwerk A und begann, die NOC-Liste zu kopieren. Eine Minute später hatte er seine Kopie und verstaute die Diskette in einer Plastikbox.

Ethan gab Sarah ein Zeichen, zu der kleinen Diensttür am unteren Schachtende zu robben. Sie krochen darauf zu, stießen sie auf und gelangten in einen Raum, in dem verschiedene Abfallbehälter untergebracht waren. Er riß sich die Maske vom Gesicht, wusch sich das Gesicht mit einem kleinen Handtuch ab, das mit einer speziellen Flüssigkeit getränkt war, warf die Maske in eine Mülltonne und besprühte sie mit einem Lösungsmittel, das die Maske in einen formlosen Klumpen verwandelte. Soviel zum hochgeschätzten Senator Waltzer.

Beim Verlassen des Müllraums zog Ethan seine Smokingjacke aus und wendete sie. Dann schlüpfte er wieder hinein und trug jetzt ein andersfarbiges Jackett. Als Ethan Hunt nahm er Sarahs Hand und schlenderte mit ihr auf die Uferpromenade zu, die an der Botschaft vorbeiführte.

Er lächelte auf Sarah herab, als wäre sie die Liebe seines Lebens, hob den Arm mit dem Monitor am Handgelenk und sprach mit Jack Kiefer.

»Hast du die Fahrstuhltüren unter Kontrolle?«

»Müßte ich«, entgegnete Jack.

»Gut. Claire? Wagen bereit?«

»Roger«, kam Claires Antwort aus dem wartenden Wagen.

»Basis, wie ist die Bildübertragung von unserer Zielperson?«

»Perfekt«, entgegnete Jim.

Als nächstes wandte Ethan sich an Hannah. »Treppe, Auftrag erledigt, geh zum Wagen.«

»Roger«, sagte Jack. »Die Türen öffnen sich jetzt.«

Trotz der Verzögerungen mit dem Fahrstuhl und der Scannerelektronik schien alles bestens. Golitsyns Diebstahl war auf digitalisiertem Video festgehalten, und Jim Phelps schickte die Aufnahme bereits via Satellit nach Langley. Jetzt war es an der Zeit, sich an Golitsyns Fersen zu heften und die Diskette wiederzubeschaffen.

»Die Türen reagieren nicht«, sagte Jack und entfernte die Drähte, die den Laptop mit der Schalttafel verbanden.

Golitsyn drückte mehrmals den Knopf und wurde nervös, als der Fahrstuhl nicht reagierte. War er entdeckt worden? War er im Sicherheitstrakt gefangen?

Dann setzte der Fahrstuhl sich doch in Bewegung.

Jedoch nicht abwärts, wie er eigentlich sollte.

Statt dessen bewegte er sich ruckartig nach oben.

»Hey«, rief Jack leise.

Ethan Hunt kannte Jacks Stimme, und dieses »Hey« hatte sehr besorgt geklungen. Ganz offensichtlich war irgend etwas schiefgelaufen.

Jim Phelps wußte nach einem Blick auf seinen Bildschirm sofort, was los war.

»Jack? Was zum Teufel tust du denn?« fragte er.

»Gar nichts. Das ist ja das Problem. Er bewegt sich von ganz allein.«

Jim drückte an seinem Ende ein paar Tasten. Nichts geschah.

Unten im Untergeschoß hörte Golitsyn, wie der Fahrstuhl sich bewegte, jedoch nicht abwärts. Wie Ethan wußte auch Golitsyn, daß sich auf dem Boden des Schachts eine kleine Tür befand. Es war an der Zeit, daß er selbst auf Plan B zurückgriff. Er stemmte die Sicherheitstüren gewaltsam auf und sprang in den Schacht hinunter. Er nahm eine winzige Taschenlampe aus seiner Jackentasche. Die Sicherheitsbeleuchtung an der Tür brannte nicht, aber er hatte keine Zeit, sich darüber den Kopf zu zerbrechen. Er stieß die Tür auf.

Derweil glitt der Fahrstuhl mit Jack auf dem Dach weiter aufwärts.

Jack hackte wütend auf seine Tastatur ein.

»Es funktioniert nicht«, sagte er zu Jim. »Übernimm du. Ich wiederhole, übernimm du.«

»Ich versuche es ja«, entgegnete Jim. »Aber es tut sich nichts. Ich habe keine Kontrolle.«

»Dann habe ich ein echtes Problem«, sagte Jack, hob den Kopf und blickte an die Decke des Schachts. Sie war nur noch zwei Stockwerke über ihm und kam unaufhaltsam näher.

Ethans Stimme ertönte aus dem Lautsprecher von Jacks Visco-Brille. »Unterbrich die Stromzufuhr«, sagte er leise und angespannt. »Schalte den Strom ab, Jack. Hörst du? Dreh dem Ding einfach den Saft ab.«

Jack nickte und wandte sich dem Schaltkasten auf dem Fahrstuhldach zu, der das Notstromaggregat aktivierte. Er riß die Abdeckung des Kastens herunter.

»Komm schon, Jack«, zischte Ethan, den Blick auf den Monitor an seinem Handgelenk geheftet. »Jetzt.«

Jack riß Drähte und Kabel aus dem Kasten, nahm das gesamte Innenleben auseinander.

Aber der Fahrstuhl bewegte sich weiter aufwärts. Jack sah nach oben.

Der Fahrstuhl passierte einen Kippschalter, und eine Anzahl von einen Meter langen, spitzen Eisenstäben trat aus der Decke des Schachts. Ethan und Phelps sahen das plötzliche Aufblitzen der Stahlspitzen.

»Jetzt, Jack, jetzt!« rief Ethan verzweifelt.

Jack riß jeden Draht, jedes Kabel, jedes Verbindungsstück aus dem Schaltkasten, aber es war alles umsonst. Er blickte wieder nach oben, und das letzte, was er sah – und was auch Ethan und Phelps sahen –, war, wie die ersten Stahlspitzen sich in seinen Rücken bohrten. Jacks Todesschrei hallte durch die Mikrolautsprecher, während Ethan auf seinem Minimonitor nur noch Schnee empfing.

»Jack!« flüsterte Ethan. »Jack!« wiederholte er noch einmal, nicht akzeptieren wollend, was seine Augen und Ohren gerade aufgenommen hatten.

Als Sarah den Ausdruck in seinen Augen sah, erstarrte sie.

»Ein Ausfall«, sagte Jim Phelps verwirrt und zornig. »Ich bin schon unterwegs.«

Ethan hörte, wie Jim aus der Wohnung stürmte und die Tür hinter sich zuknallte.

Kapitel 5

Abbruch

Alexander Golitsyn verharrte einen Augenblick im Müllraum vor dem Zugang zum Fahrstuhlschacht, die NOC-Liste sicher in der Innentasche seines Jacketts untergebracht. Er klopfte sich den Staub vom Smoking, fuhr sich mit den Fingern durch das Haar und zündete sich eine Zigarette an. Die Überwachungskameras der Botschaft im Auge behaltend – er kannte ihre Positionen und die exakten Winkel, in denen sie ausgerichtet waren –, schlenderte er auf einem Kurs, den er vorab bestimmt hatte und der jeden, der zufällig die Monitore bewachte, von der Tatsache ablenken sollte, daß einer der Gäste aus dem Müllraum gekommen war, in Richtung Uferpromenade. In Golitsyns Augen waren die zwei attraktiven jungen Leute, die keine zwanzig Meter entfernt an der Mauer lehnten, ein romantisches Paar, das sich am Glitzern der Lichter auf dem Fluß erfreute. Das Leuchten, das von der Armbanduhr des Mannes ausging, schien vom reflektierenden Licht einer Straßenlaterne in der Nähe herzurühren.

Tatsächlich blickte Ethan Hunt angespannt auf seinen Visco-Monitor. »Ich bin unterwegs«, sagte Jim keuchend. »Bleibt mit euren Viscos auf Empfang.«

Das Bild auf Ethans Monitor war unscharf und verwackelt; Jim rannte, so schnell er konnte. Dennoch erkannte Ethan die Karlsbrücke, als sie in Jims Blickfeld kam. Abrupt schwenkte die Minikamera herum: Jim sah im Laufen über die Schulter. Die Sicht wurde von dichtem Nebel verdeckt. Ethan warf einen Blick auf den Fluß und sah, wie der dichte weiße Dunst immer höher stieg und sich rasch ausbreitete; die Sicht war stark eingeschränkt, ganz so wie Ethan es bei seiner Ankunft befürchtet hatte.

Sarah packte Ethans Arm und zeigte auf die Uferpromenade vor der Botschaft. Golitsyn steuerte zügig durch eine Gruppe von Gästen, die den Empfang verließen.

Ethan schaltete das Mikro an seinem Monitor ein.

»Jim! Jim! Das Paket ist im Freien.«

»Wo?«

»Westliches Flußufer, es bewegt sich in nördliche Richtung.«

Jims nächste Erwiderung kam unerwartet. »Ich habe einen Schatten.«

Ethan behielt Golitsyn im Auge. »Kannst du ihn abschütteln?«

»Nein. Abbrechen.«

»Ethan«, sagte Sarah, als Golitsyn sich von der Gruppe löste und den Schritt beschleunigte. »Er entwischt.«

»Jim, wir können nicht abbrechen«, bellte er ins Mikrofon.

»Abbrechen«, wiederholte Phelps zornig. »Das ist ein Befehl.«

»*Negativ!* Golitsyn haut ab!«

»Nein, verdammt, nein, ich befehle einen sofortigen ABBRUCH! Ich wiederhole, Operation abbrechen! Claire, halt dich bereit.«

Zwei Blocks entfernt hörte Claire Phelps in der Limousine Jims und Ethans Streit mit. »Roger, bin bereit«, entgegnete sie. Sie hatte die beiden Männer schon öfter streiten hören. Allerdings bislang nicht während eines Einsatzes. Jim hatte einen Befehl gegeben.

Ethan wandte sich Sarah zu. »Behalt du die Zielperson im Auge«, sagte er. Dann ins Mikro: »Jim, ich komme zu dir.«

Sarah krallte die Finger in Ethans Arm. »Jim hat befohlen abzubrechen«, sagte sie eindringlich. »Wir müssen alle das Gelände verlassen.« Aber Ethan funkelte sie nur zornig aus blitzenden Augen an. »Nein, wir holen die Diskette zurück, verstanden?! Und jetzt beweg dich!«

Ethan rannte los, in Richtung Karlsbrücke.

Sarah zögerte und machte sich dann an die Verfolgung Golitsyns. Sie konnte seine schwarze Gestalt nur noch undeutlich am Flußufer erkennen und beeilte sich, den Abstand zu verringern. Sie kam an einem betrunkenen jungen Paar vorbei, das lautstark stritt.

Ethan, der sich rasch der Brücke näherte, hörte ein Krächzen aus dem Monitor, den er ans Ohr gedrückt hielt.

»Wo bist du?« fragte Jim.

»Noch zweihundert Meter von der Brücke.«

»Sie hören diese Frequenz ab, Ethan«, keuchte Jim. »Jeglichen Funkverkehr einstellen. Ich wiederhole, jeglichen Funkkontakt einstellen.«

Als er sich den Stufen zur Brücke näherte, kam Ethan an Claire in der wartenden Limousine vorbei. Eine Hand ruhte auf dem Lenkrad, die andere auf dem Steuerknüppel; sie war bereit loszufahren, sobald das Team eingetroffen war.

Ethan blickte auf den Monitor.

Jim hatte das andere Ende der Brücke erreicht. Er lief nicht mehr und blickte ständig über die Schulter in den immer dichter werdenden Nebel. Plötzlich schwenkte die Mikrokamera herum, und auf dem winzigen Bildschirm war deutlich der Lauf einer Pistole zu sehen, der aus nächster Nähe auf Jim zielte. Durch das statische Rauschen im Lautsprecher war ein leises »Plopp« zu hören, und die Übertragung spielte einen Augenblick verrückt. Dann senkte Jim erschreckend langsam den Kopf und blickte an sich herab.

In der Mitte von Jims Brust war ein blutiges Loch.

»Jim!« schrie Ethan und rannte wieder los.

Die Szene auf dem Monitor schwenkte erst nach oben und dann wieder nach unten. Jim taumelte auf das Brückengeländer zu. Die dunkle Flußoberfläche erschien auf dem Bildschirm.

Jim stürzte.

Ethan hetzte durch den Nebel und sah sich nach dem Schützen um, konnte aber niemanden entdecken. Er beugte sich weit über das Geländer und blicke hinab auf das dunkle, unruhige Wasser, das jetzt kaum noch auszumachen war.

Von Jim war weit und breit nichts zu sehen. Und auch wenn die Schußverletzung nicht tödlich gewesen war, würde das eisige Wasser ihn innerhalb von Minuten umbringen.

Ethan hörte ein Geräusch von der Uferpromenade. Er machte kehrt und sah Golitsyn zügig am Fluß entlangmarschieren. Ethan setzte ihm nach und warf einen Blick zurück auf den BMW. Er konnte undeutlich Claire am Steuer sitzen sehen. Als Ethan gerade überlegte, wie er ihr Jims Tod beibringen sollte, gab es eine gewaltige Explosion.

Der Wagen hob mehrere Meter vom Boden ab und verwandelte sich in einen Feuerball.

Die Druckwelle schleuderte Ethan zurück, während die pilzförmige Feuerwolke das Flußufer taghell erleuchtete.

»Claire!« schrie Ethan und hob instinktiv beide Arme vor das Gesicht, um sich vor Glassplittern und anderen Metallteilen zu schützen, die durch die Luft geschleudert wurden.

Rasch bildete sich eine dichte Menge von Schaulustigen, die das Inferno aus verbogenem Metall begafften.

Sarah hörte die Detonation und sah den Lichtschein durch den Nebel hindurch aufleuchten. Aber sie blieb weiter Golitsyn auf den Fersen, begann sogar zu laufen, um mit ihm Schritt zu halten.

Sarah war überzeugt davon, daß die Explosion etwas mit dem IMF-Team zu tun hatte, und sie machte sich Sorgen, daß Ethans Weigerung, Jims Befehl zum Abbruch zu befolgen, tragische Konsequenzen gehabt haben könnte. Aber Ethan hatte hundert Operationen geleitet, an denen auch Sarah teilgehabt hatte. Sie wußte, daß er nicht leichtsinnig Risiken einging; er traf rasche, überlegte Entscheidungen. Und dies war sicher nicht der richtige Augenblick für irgendwelche Zweifel. Alexander Golitsyn trug eine Diskette bei sich, die der Schlüssel zu Hunderten von Leben und Tausenden von verdeckten Operationen war. Es war Sarahs Aufgabe, ihn im Auge zu behalten, bis Ethan zurückkehrte, und genau das beabsichtigte sie zu tun.

Golitsyn verlangsamte endlich das Tempo; offenbar hatte er eine Art Treffpunkt erreicht. Er bewegte sich auf einen Bogengang zu und schien sich mit jemandem zu unterhalten, der in der Gasse verborgen blieb.

Sarah schlich lautlos auf Zehenspitzen über die gepflasterte Straße, als ihr in diesem Moment bewußt wurde, daß man sie verfolgte. Sie warf einen Blick über die Schulter und erkannte im Nebel das betrunkene Pärchen, das vorhin bei der Botschaft gestritten hatte. Sie stritten immer noch, aber inzwischen leiser und im

Gehen. Sarah glaubte nicht an Zufälle; nicht bei Spionageoperationen. Sie wandte sich wieder um und sah gerade noch, wie Golitsyn plötzlich erstarrte und dann zusammensackte. Dann sah sie, wie aus der Gasse ein Arm auftauchte und etwas aus Golitsyns Jackentasche fischte. Die Diskette. Sarah rannte los und nahm im Laufen einen dicken Kugelschreiber aus ihrer Handtasche, der ein Projektil mit Titanspitze enthielt, das mit einer tödlichen Chemikalie gefüllt war. Das Geschoß konnte einen angreifenden Bären schlagartig außer Gefecht setzen. Als sie jedoch bei Golitsyn ankam, war weit und breit niemand zu sehen. Sie drehte Golitsyn auf den Rücken und sah einen roten Fleck direkt unterhalb des Brustbeins. Ein gezielter, nach oben gerichteter Stoß mit einer scharfen Klinge. Sarah hörte laufende Schritte auf dem Kopfsteinpflaster, aber sie schienen näher zu kommen, anstatt sich zu entfernen. Ganz sicher war das Ethan. Aber als sie den Kopf wandte, nahm sie aus den Augenwinkeln verschwommen eine Bewegung war und fühlte einen Schlag gegen die Brust. Gleich darauf war der Mann, der so unvermittelt aus dem Nebel aufgetaucht war, auch schon wieder verschwunden.

Erst dachte sie, der Schlag hätte ihr den Atem geraubt, da sie keine Luft mehr bekam. Sie krümmte sich und versuchte einzuatmen, aber als sie das Kinn senkte, fühlte sie, wie eine salzige Flüssigkeit in ihrer Kehle aufstieg. Sie hustete und spuckte Blut. Erst jetzt sah sie, daß etwas aus ihrer Brust ragte; das Heft eines Messers. Sarah erkannte, daß die Ruhe und scheinbare Losgelöstheit vom Schock herrührte.

Ethan tauchte aus dem Nebel auf, als Sarahs Knie

nachgaben und sie kraftlos zu Boden sackte. Er lief zu ihr, kniete sich hin und hob ihren Kopf an.

Sie blickte ausdruckslos zu ihm auf. Dann sah Ethan das Messer. Und in dem Augenblick, da ihre Blicke sich trafen, erkannte Sarah an dem entsetzten Ausdruck in seinen Augen, daß sie sterben würde. Er zog das Messer aus ihrer Brust; es hatte eine lange, gezackte Klinge. Das letzte, was sie sah, war das betrunkene russische Pärchen, das vom Nebel eingehüllt auf der anderen Straßenseite stehengeblieben war. Sie machten gar keinen betrunkenen Eindruck mehr, sondern schienen sie sehr aufmerksam zu mustern. Sarah ging durch den Kopf, wie dumm es wäre, in dieser fremden Stadt zu sterben, unter den Blicken zweier Fremder, die sie von der anderen Straßenseite aus anstarrten. Der Nebel schien sich zu kristallisieren und in Sarahs Augen zu prickeln, als sie spürte, wie sie das Bewußtsein verlor.

Dann starb sie.

Ethan ließ ihren Kopf langsam herunter auf das Pflaster, richtete sich auf und untersuchte das Messer auf irgendwelche verräterischen Spuren. Er legte es auf den Boden und trat zu Golitsyn. Eilig durchsuchte er seine Taschen und stellte fest, daß sie leer waren. Kein Schlüssel, keine Münze, nicht einmal ein Fussel.

Sirenengeheul zerriß die nächtliche Stille. Noch weit entfernt, aber es wurde rasch lauter. Ein Boot der Prager Polizei legte mit blinkenden Lichtern vor der Botschaft an. Mehrere Beamte sprangen an Land und liefen auf den brennenden Wagen zu. Ein zweites Polizeiboot näherte sich aus der entgegengesetzten Richtung, dockte an, und die Beamten rannten die Uferpromenade hinunter.

Ethan blickte erst auf Golitsyn, dann auf Sarah. Blut durchtränkte ihre Kleider.

Ethan konnte nichts mehr tun. Den Wagen gab es nicht mehr, er war jetzt offenbar völlig auf sich gestellt.

»Hannah«, rief er ins Mikro seines Visco-Monitors. »Hannah!«

Keine Antwort. Er atmete schwer, und Schweiß rann ihm in Strömen über das Gesicht. Ethan wirbelte herum und sah Polizeibeamte durch den Nebel in seine Richtung laufen.

Höchste Zeit, die Beine in die Hand zu nehmen.

Kapitel 6

Kittridge

Ethan Hunt rannte durch die nassen, dunklen Straßen Prags und wich Lichtern, belebten Straßen und damit neugierigen Blicken aus.

Junge Leute aus der ganzen Welt waren in der Stadt. Es hatte sich herumgesprochen, daß Prag so war wie Paris in den Zwanzigern; voller Expatriierter und Studenten, die versuchten, eine Welt zu begreifen, in die sie noch nicht ganz bereit waren, sich einzuklinken. Zimmer und Verpflegung waren billig. Dutzende kleiner Zeitungen wurden in der Stadt herausgebracht. In Cafés und Bars drängten sich Nacht für Nacht junge Menschen, die über Politik, Musik und Sex reden wollten. Wenngleich es schon spät war, wimmelte es auf den Straßen von jungen Leuten.

Ethan beäugte das Kommen und Gehen der Jugendlichen vor den Lokalen mißtrauisch. Die katastrophale Wendung der Botschaftsmission war für ihn noch so gegenwärtig, daß er in jedem eine potentielle Gefahr sah. Er fühlte sich von allem und jedem isoliert. Ethan war erschüttert und kochte gleichzeitig vor Wut, während er sich jede Phase der Operation nochmals vergegenwärtigte – er hatte ein fotografisches Gedächtnis – und die schrecklich lebendigen Bilder nach Anhaltspunkten dafür durchforstete, was schiefgelaufen sein könnte.

Claire war tot.

Jim war tot.

Ebenso wie Jack, Sarah und aller Wahrscheinlichkeit nach auch Hannah.

Und Ethan war es gewesen, der Jims Befehl abzubrechen mißachtet hatte. Und er allein hatte überlebt. Es war auch in der Vergangenheit schon vorgekommen, daß Operationen aus dem einen oder anderen Grund abgebrochen worden waren; manchmal war eine Mission ohne Kommentar oder Erklärung auf Befehl von Langley in letzter Sekunde abgeblasen worden. Manchmal war das Signal zum Abbruch gegeben worden, nur weil Jim oder Ethan eine Falle gerochen hatten. Das gehörte zum Alltag des IMF-Teams. Aber Golitsyn hatte sich mit der NOC-Liste davongemacht, der geheimsten aller CIA-Dateien, einer Liste, die, wie Ethan wußte, unweigerlich eine Katastrophe nach sich ziehen würde, wenn sie in die falschen Hände geriet. Darum hatte er Jims Befehl mißachtet und seine eigene Entscheidung als Einsatzleiter getroffen.

Aber es war alles entsetzlich danebengegangen. Und

zweifellos war es noch bei weitem nicht zu Ende. In Notfällen wie diesem galt es, eine bestimmte Vorgehensweise einzuhalten, die mit dem Abbruch begann.

Er brauchte eine Weile, aber schließlich fand er doch eine einsame Telefonzelle vor einem Haus in einer verlassenen Straße am Rand des Studentenviertels. Er schraubte die Sprechmuschel ab und nahm eine flache Metallscheibe mit sechs winzigen silbernen Häkchen aus seiner Jackentasche. Ethan setzte die Scheibe ein und schraubte die Abdeckung wieder auf den Hörer. Die Häkchen gruben sich in die Drähte, und plötzlich ertönte das Freizeichen. Ethan gab aus dem Gedächtnis vierzehn Zahlen ein, seine ganz spezielle Geheimnummer, die ausschließlich Notfällen vorbehalten war. Eine Reihe von Klickgeräuschen ertönte und vorübergehendes Rauschen; die Verbindung wurde via Satellit hergestellt. Dann meldete sich in Langley, Virginia, eine ausdruckslose Stimme.

»Sarcom sieben.«

Ethan räusperte sich. »Zentraleuropa. Ungesichert.«

»Empfänger?«

»Bravo Echo Eins Eins.«

Es dauerte eine Weile, während die Telefonistin in Langley den Code im Computer überprüfte.

»Ich verbinde«, sagte die ausdruckslose Stimme.

Hierauf folgten wieder verschiedene Klicktöne und Rauschen, und die Dauer der Vermittlung verriet Ethan, daß der Anruf wieder über Satellit geschickt wurde. Mit wem auch immer man ihn verband, der Betreffende befand sich nicht in Langley. Endlich meldete sich eine angespannte, schroffe Stimme. Sie gehörte zu einem Mann, von dem Ethan schon viel gehört hatte, dem er jedoch noch nie persönlich begegnet war: Jim Phelps' Boss bei der CIA.

»Kittridge hier.«

Ethan überprüfte instinktiv noch einmal sein Umfeld. Ein paar Kids, die einen Joint rauchten, schlenderten die Straße herunter und summten eine etwas holprige Version eines Songs von Alanis Morrisette. Ethan beobachtete sie aufmerksam und suchte denjenigen aus, mit dem er sich zuerst befassen wollte, falls sie ihm zu nahe kamen.

Aber sie schenkten ihm keinerlei Beachtung und gingen vorbei.

»Schalten Sie den Zerhacker ein«, sagte Ethan.

Kittridge antwortete nicht, aber Ethan hörte ein Wirrwarr elektronischer Geräusche, die ihm verrieten, daß der Anruf durch einen Zerhacker geschaltet wurde, so daß das Gespräch nicht abgehört werden konnte.

»Sprechen Sie«, sagte Kittridge.

»Sie sind tot.«

»Wer?«

»Mein Team. Claire, Jack, Sarah, sogar Jim – Hannah vermutlich auch – das weiß ich nicht genau ...«

»Sind Sie verletzt?«

»Sie haben von unserem Einsatz gewußt«, sagte Ethan bitter. »Golitsyn ist ebenfalls tot. Die Liste ist in Umlauf.«

»Sind Sie in Ordnung?« fragte Kittridge mit fester Stimme.

»Haben Sie nicht verstanden?« zischte Ethan. »Mein Team ist tot. Die Liste ist weg.«

»Ich habe verstanden.«

»... und sie haben verdammt noch mal gewußt, daß wir dort sein würden.«

»Bringen wir Sie erst einmal heil nach Hause, und dann kümmern wir uns um alles andere. Ist Ihnen jemand vom Einsatzort aus gefolgt?«

Kittridge klang sehr beherrscht, besorgt und beruhigend.

Ethan holte tief Luft. »Ich denke nein.«

»Denken Sie nicht, vergewissern Sie sich. Sind Sie sauber?«

Ethan nickte. »Ja.«

»Gut. Treffpunkt Grün. In einer Stunde. Ich werde persönlich dort sein.«

»Sie sind in Prag?«

Kittridge antwortete nicht gleich. Dann sagte er: »Ich habe viel von Ihnen gehört, Hunt. Enttäuschen Sie mich nicht.«

»Nein, Sir.«

»In einer Stunde.«

Kittridge hängte ein. Ethan hielt den Hörer noch einige Sekunden in der Hand und starrte ihn befremdet an. Wenn der CIA-Direktor für verdeckte Ermittlungen sich in Prag aufhielt, bedeutete das, daß die Botschaftsoperation absolute Priorität hatte. Was zum Teufel war dann mit der Rückendeckung der CIA? IMF-Mission oder nicht, warum sollte Kittridge riskieren, daß Golitsyn durch die Maschen ihres Netzes schlüpfte? Niemals würde er ein solches Risiko eingehen. Verborgen oder nicht, die Aktion mußte doppelt gesichert gewesen sein. Irgendwie. Nur für alle Fälle.

Er sah auf die Uhr. Vor ihm lag noch eine Stunde des Nachdenkens.

Im Studentenviertel fand Ethan einen Straßenverkäufer, bei dem er Jacke, T-Shirt, zerknitterte Hosen und Sportschuhe kaufte. In einer Seitengasse zog er sich um und stopfte seinen Smoking in eine Abfalltonne. Dann steuerte er den Treffpunkt Grün an, wobei er der Straßenkarte folgte, die er sich früher an diesem Tag eingeprägt hatte.

Jedesmal, wenn er Sirenen hörte, ging er eilig in Deckung und wartete, bis die Einsatzfahrzeuge vorbei fuhren. Zwei Krankenwagen rasten jaulend vorüber, und der Gedanke, daß sie vielleicht die Leichen seiner Freunde transportierten, machte ihn ganz krank.

Inzwischen wimmelte es an den Tatorten von Ermittlungsbeamten. Der Fluß wurde mit Netzen nach dem Leichnam von Jim Phelps abgesucht. Beamte der Spurensicherung untersuchten das Messer, das zwischen Sarah und Golitsyn auf dem Asphalt lag, auf Fingerabdrücke, während andere versuchten, Fußabdrücke vom nassen Pflaster am Schauplatz der Messerstecherei zu sichern. Andere Techniker sammelten Einzelteile des BMW ein, die über die Uferpromenade verstreut worden waren. Aber Ethan wußte, daß die Ermittler keine sachdienlichen Hinweise finden würden. Wer immer Sarah und Golitsyn getötet hatte, war ebenso schnell wie effizient gewesen. Die Autoexplosion war stark genug gewesen, sämtliche Spuren zu beseitigen, und zeugte von professioneller Hand. Keine sonstigen Sachschäden. Nur der Wagen und seine Insassen. Die Bombe war in einem präzisen Augenblick gezündet worden, als sich keine Passanten in der Nähe aufhielten, um nicht unbeabsichtigt die Tochter eines Diplomaten zu töten, was internationales Aufsehen hätte erregen können. Nein, der Anschlag war sorgfältig geplant worden. Hinweise, sofern überhaupt welche gefunden wurden, würden bewußt plaziert worden sein, um die Polizei in die Irre zu führen. Jack Kiefer war im Inneren des Botschaftsgebäudes getötet worden, von jemandem, der über modernste Elektronik verfügte, eine Ausrüstung, die so gut war, daß sie Jacks eigenes brandneues Material hatte austricksen können. Saubere Arbeit, dachte Ethan, geplant, vorbereitet, zeitlich sorgfältig aufeinander abgestimmt.

Wenn Hannah noch lebte, würde sie zu ihrer konspirativen Wohnung zurückkehren. Die Regel beim Abbruch eines Einsatzes lautete dahingehend, daß das Team sich augenblicklich aufzulösen hatte, um sich zu einer festgelegten Zeit in der Zentrale wiederzutreffen – in diesem Fall vier Uhr früh. Aber Hannah hatte reichlich Zeit gehabt, von der Botschaft zum Wagen zu gehen. Sie hatte aller Wahrscheinlichkeit nach bei Claire in der Limousine gesessen, als die Bombe hochgegangen war. Ethan wußte, daß er sich zwar weiter Hoffnungen machen konnte, daß Hannah noch lebte, daß er sich damit jedoch nur etwas vormachte. Daß er diese Möglichkeit überhaupt in Betracht zog, verriet ihm, daß der Schock ihn verwundbar gemacht hatte, trotz seiner IMF-Ausbildung und seiner langjährigen Einsatzerfahrung. Wenn Hannah noch lebte, würde sie um vier Uhr in die Zentrale kommen, und Ethan würde sie dort erwarten. Es würde ein trauriges Wiedersehen werden.

Er blickte erneut auf seine Armbanduhr und setzte seinen Weg zum Treffpunkt Grün fort. Niemals würde er das Risiko eingehen, ein Taxi zu nehmen oder öffentliche Verkehrsmittel zu benutzen. In Anbetracht der verschiedenen Punkte, die auf Verrat hindeuteten, gab es in ganz Prag wohl keinen Quadratzentimeter, auf dem Ethan sich sicher gefühlt hätte. Er mußte Kittridge erreichen; erst dann würde er sich ein wenig entspannen und aufhören können, über die Schulter zu sehen.

Hinter dem Codenamen des besagten Treffpunkts steckte ein schickes Restaurant, das im Säulengang eines alten böhmischen Palastes errichtet worden war. Hinter den Glasscheiben wucherte ein von Menschenhand geschaffener Urwald; riesige Kübelpalmen und Farne füllten den Raum zwischen Aquarien und Hummerbecken aus. Fast die gesamte Vorderfront bestand aus einem überdimensionalen Aquarium – ein Wunderwerk modernen Ingenieurwesens, das deutlich machte, daß der Kapitalismus auch in Prag Fuß gefaßt hatte. Natürlich war das Restaurant nicht für die einheimische Bevölkerung gedacht. Dazu war es viel zu teuer. Vielmehr verkehrten dort Touristen mit US-Dollar, Deutscher Mark oder diversen Kreditkarten.

Ethan stieß die Doppeltüren auf und trat langsam ein, wobei er die Gäste unauffällig musterte. Er nahm ein Streichholzbriefchen vom Tresen im Foyer, um sich mehr Zeit zu verschaffen, den Speisesaal in Augenschein zu nehmen. Nach jahrelangem Training war es ihm in Fleisch und Blut übergegangen, sich beim Betreten eines Raumes dessen Eigenheiten einzuprägen. Er registrierte Türen, Treppen, Vorhänge, wer mit dem Rücken zur Wand saß und wer an jenen Tischen, die den besten Überblick über den Raum boten. Außerdem merkte er sich, wer in der Nähe eines Ausgangs saß und wessen Kleidung nicht zum Umfeld paßte. Und während er diese Informationen in sich aufnahm, bewegte sich Ethan lässig auf einen Tisch in der Mitte des Restaurants zu, an dem Eugene Kittridge allein zu Abend aß. Die Gerüche erlesener Speisen verursachten Ethan Übelkeit, und der Anblick der Gäste, die unbekümmert aßen, als wäre mit der Welt alles in Ordnung, machte ihn wütend. Mehrere seiner Kollegen und Freunde waren eben erst abgeschlachtet worden, und die Erinnerung an ihre sterbenden Gesichter und Jacks Todesschreie hatten sich in seinen Kopf eingebrannt. Wenngleich Kittridge undercover hier war, stieg Zorn in Ethan auf, als er ihn genüßlich seinen Hummer verspeisen sah. Aber er wahrte so gut es ging sein viel geprobtes Pokergesicht.

Wie auf den Bildern, die Ethan von Kittridge gesehen hatte, sah der CIA-Direktor wie ein Mann aus, der die meiste Zeit mit Papierkram und Komiteesitzungen verbrachte. Er hatte den fahlen Teint eines Bürokraten, aber dazu den selbstsicheren, durchdringenden Blick eines Machtmenschen. Kittridge schien es nicht eilig zu haben, und er wirkte auch nicht sonderlich bedrückt. Tatsächlich hatte es den Anschein, als schmecke ihm der Hummer vorzüglich. Als Ethan nur noch zwei Meter entfernt war, deutete Kittridge auf den freien Stuhl an seinem Tisch, legte das Besteck beiseite und erhob sich, um Ethan die Hand zu schütteln.

»Ich kann Ihnen gar nicht sagen, wie leid es mir tut«, sagte er leise. »Ich weiß, wie viel vor allem Jim Ihnen bedeutet hat, Ethan. Privat sowie als Kollege.«

Ethan ließ noch einmal rasch den Blick durch den Raum schweifen. »Ja.« Dann setzte er sich.

Kittridge nahm ebenfalls Platz und wandte sich wieder seinem Hummer zu. Neben Kittridges Weinglas, das nur Wasser enthielt, lag ein kleiner Stapel Dokumente. Ethan griff danach. Bei den Unterlagen waren ein kanadischer Paß mit seinem Bild auf den Namen Philippe Doucette, diverse Kreditkarten, ein Führerschein sowie diverse andere persönliche Dokumente.

»Paß, Visa – Sie kennen ja die Routine«, sagte Kittridge und schob einige leere Schalen beiseite. »Wir schaffen Sie über Kanada außer Landes. Von Ottawa über Toronto nach New York. Dann nach Washington. Berichterstattung in Langley. In der Zwischenzeit werfen wir der Prager Polizei einen Knochen zu, liefern ihr einige Verdächtige. Sie können mir folgen?«

Ethan nickte. »Natürlich«, sagte er und sah Kittridge das erstemal direkt in die Augen.

Kittridge seufzte. »Wir haben für diese Nacht genügend Agenten verloren.«

»Sie meinen, *ich* habe für eine Nacht genug Agenten verloren.«

Es schien, als wollte Kittridge etwas erwidern, aber dann nippte er statt dessen an seinem Glas Wasser. Offensichtlich wählte er seine Worte sehr sorgfältig. »Sie scheinen sich selbst die Schuld zu geben an dem, was heute nacht passiert ist, Ethan.«

»Nun, wer ist denn sonst noch übrig?«

Kittridge drehte den Hummer auf den Rücken und inspizierte die Unterseite. Dann brach er mit einem kurzen Knacken und Knirschen den Schwanz ab. »Ja«, sagte er, »ich verstehe, was Sie meinen.«

Ethan beugte sich vor und schob die falschen Papiere

wieder auf Kittridges Tischseite. »Warum war ein anderes Team vor Ort?«

Kittridge legte die Gabel aus der Hand. »Wie bitte?«

»IMF-Agenten. In der Botschaft. Heute abend.«

»Ich kann Ihnen nicht ganz folgen.«

»Mal sehen, ob Sie mir durch diesen Raum folgen können.« Ethan wandte sich um und blickte auf die anderen Gäste. »Die betrunkenen Russen von der Uferpromenade vor der Botschaft sitzen bei sieben und acht Uhr. Das Paar, das in der Botschaft um mich herumgetanzt ist, sehe ich bei neun und elf Uhr. Der Ober, der hinter Hannah auf der Treppe gestanden hat – zwölf Uhr. Sie sind alle da. Das zweite IMF-Team. Sie sind meinetwegen beunruhigt, Kittridge. Warum?«

Ein angespanntes leises Lächeln auf den Lippen, ließ Kittridge den Blick durch den Raum schweifen und wandte sich dann wieder Ethan zu. Er zuckte die Achseln. »Sie haben recht, Hunt. Vielleicht erspart uns das Zeit.«

Ethan registrierte, daß die anderen Agenten im Restaurant nervös wurden. Hände und Füße bewegten sich, auf ein Zeichen Kittridges einsatzbereit. Aber Kittridge signalisierte mit einer diskreten Handbewegung, daß alles in Ordnung wäre. Er säuberte sich die Finger in einer Wasserschale und trocknete sie anschließend mit seiner Serviette. Offensichtlich wollte er Ethan schmoren lassen, ihn durch demonstrative Gleichgültigkeit provozieren, aber Ethan saß nur reglos da und musterte ihn aufmerksam. Schließlich langte Kittridge in die Innentasche seines Jacketts und holte weitere Dokumente hervor. »Seit etwas über zwei Jahren beobachten wir eine auffällige Mißerfolgsrate bei den IMF-

Operationen«, sagte er. »Wir haben einen Verräter in unseren Reihen. Vor ein paar Tagen haben wir über Internet eine Nachricht eines Tschechen entschlüsselt, der uns unter dem Namen Max bekannt ist.«

Ethan nickte. »Der Waffenhändler.«

»Richtig. Offenbar besitzt dieser Max zwei einzigartige Talente. Die Fähigkeit, seine Anonymität zu wahren, und die, bestechliche Agenten auszumachen. Diesmal hat er sich an einen internen Mitarbeiter herangemacht und sich dadurch in die Position gebracht, in den Besitz unserer NOC-Liste zu gelangen. Diese Operation bezeichnete er als ›Job 314‹. Das ist der Auftrag, den Golitsyn heute nacht ausführen sollte.«

Ethans Miene verdüsterte sich. »Und die Liste, die Golitsyn heute nacht gestohlen hat, war gefälscht.«

»Selbstverständlich. Die echte Liste wird in Langley sicher verwahrt. Es gibt von außen keinen Zugriff auf die NOC-Liste. Golitsyn war ein Blitzableiter – einer von uns.«

»Einer mehr aus unseren Reihen, der die heutige Nacht nicht überlebt hat«, bemerkte Ethan.

»Das ist leider richtig.«

»Der Preis fürs Geschäft«, sagte Ethan und starrte Kittridge in die Augen.

»Ich würde es zwar etwas anders formulieren, aber grundsätzlich ist das wohl korrekt.«

Ethan beugte sich vor.

»Diese ganze Operation war allein darauf gemünzt, einen Verräter zu entlarven«, sagte Ethan mit eisiger Stimme.

»Ja«, entgegnete Kittridge und beobachtete Ethans zunehmend drohende Haltung. »Der Verräter ist mitten unter uns. Und, wie Sie bereits sagten – nur Sie haben überlebt.«

Die beiden Männer starrten einander noch mehrere Sekunden durchdringend an.

Es hätte mir klar sein müssen, als ich hörte, daß Golitsyn es auf die NOC-Liste abgesehen habe, dachte Ethan, den Blick unverwandt auf Kittridges Gesicht geheftet. Das war zu groß, zu verlockend. Genau das Richtige, einen Verräter hervorzulocken. Aber das hier war kein Spiel. Sechs Menschen waren tot, darunter fünf, die Ethans Freunde gewesen waren.

»Mein gesamtes Team ist tot«, sagte Ethan gepreßt. »Und das alles nur, um einen Verräter zu entlarven?«

»Ich möchte Ihnen etwas zeigen, Ethan«, sagte Kittridge höhnisch und schob ihm die neuen Papiere über den Tisch zu. Ethan blickte auf sie herab. Es handelte sich um Fotokopien von Bankauszügen. »Seit dem Tod Ihres Vaters hat die Farm Ihrer Familie rote Zahlen geschrieben, und plötzlich weist das Konto ihrer Mutter und ihres Onkels ein Guthaben von über hundertzwanzigtausend Dollar auf.« Kittridges Stimme wurde tiefer vor selbstgerechter Empörung und Verachtung für Ethan Hunt. »Die Krankheit Ihres Vaters hat alle Ersparnisse ihrer Mutter verbraucht. In Amerika eines langsamen Todes zu sterben kann eine kostspielige Angelegenheit sein, nehme ich an. Warum verlassen wir nicht in aller Ruhe das Lokal und steigen ins Flugzeug?«

Inzwischen spuckte Kittridge Ethan die Worte förmlich ins Gesicht.

Ethan zitterte vor Wut. Langsam, ganz unauffällig senkte er die rechte Hand unter die Tischdecke und griff in seine Jackentasche.

»Warum gehen wir nicht statt dessen auf die Herrentoilette, und ich wasche Ihnen den Mund mit Seife aus, Sie armseliges, borniertes Bürokratenarschloch?«

Kittridge unternahm einen schwachen Versuch, Besorgnis zu heucheln. »Ich kann verstehen, daß Sie aufgebracht sind.«

Ethan zog langsam die Hand aus der Tasche, hielt sie jedoch weiter unter dem Tisch verborgen.

Lastende Stille senkte sich herab, nur das stete Sprudeln der Aquariumfilter war zu hören. Aus den Augenwinkeln registrierte Ethan, daß Hände unter Jacketts verschwanden und sich zu Hüftholstern vortasteten. Er wußte, daß um ihn herum genug Waffen vorhanden waren, seinen Rücken zu durchsieben. Kittridge war sich dessen zweifellos ebenfalls bewußt. Er versuchte sein Bestes, Ethan niederzustarren, wobei er den Agenten erneut ein Zeichen gab stillzuhalten. Dann verzogen sich seine Lippen zu einem herablassenden, gespannten Zug, und er beugte sich drohend vor. »Hunt, Sie haben bestochen, geschmeichelt, getötet – und sich auf die Loyalität anderer verlassen, um damit durchzukommen. Sie wollten unbedingt dem Teufel die Hand schütteln, und ich werde dafür sorgen, daß Sie das auch tun – in der Hölle.«

Während Kittridge sprach, zog Ethan einen Kaugummi aus dem Päckchen, das er von Jack bekommen hatte, und wickelte ihn aus dem Silberpapier. Stumm zählte er die Sekunden, während er die grüne und die rote Hälfte zusammenknetete.

Dann fegte Ethan blitzschnell mit dem linken Arm das Weinglas vom Tisch und schleuderte gleichzeitig mit der Rechten die Knetmasse quer durch den Saal.

Kittridge folgte mit den Blicken der Flugbahn des Geschosses. Verständnislos sah er, wie die Knetmasse an der Glasscheibe des riesigen Aquariums am Eingang haften blieb, das fast eine ganze Wand einnahm. Dann, zu spät, verstand er, und seine Augen weiteten sich.

Die Explosion erschütterte die ganze Vorderseite des Restaurants, und unzählige Kubikmeter Wasser brachen durch die geborstene Scheibe. Hummer, Seetang, Steine und Fische wurden durch den Raum katapultiert. Tische stürzten krachend um, als die Agenten in Deckung gingen. Stühle kippten um, Tabletts fielen klappernd zu Boden. Ethan nutzte das Chaos zur Flucht. Er jagte auf den Ausgang zu und sprang durch die berstenden Glastüren, gefolgt von einer tosenden Wasserwand.

Er sprintete über den Platz und verschwand im Nebel, ehe die CIA-Agenten sich von dem Schrecken erholt hatten und die Verfolgung aufnehmen konnten.

Zwei Agenten halfen Eugene Kittridge auf die Füße. Seine Ohren dröhnten von der Detonation. Als er auf das klaffende Loch starrte, das einmal die Front des Restaurants gewesen war, sah er nur Dunkelheit, Nebel und Wasser.

Ihm fiel etwas ein, das Jim Phelps einmal stolz über Ethan Hunt gesagt hatte: »Wenn ein so herausragender Agent wie Ethan je zum Verräter würde«, hatte Phelps gewitzelt, »können Sie nur hoffen, daß ich in der Nähe bin, um ihn zu fassen, denn außer mir wird es keinem gelingen.«

Kapitel 7

Die konspirative Wohnung

Ethan Hunt rannte der Moldau entlang, da der Nebel dort am dichtesten war und ihn praktisch unsichtbar machte. Er gelangte zu einer Gasse gegenüber der Straße, in der sich die Wohnung befand, wo sie ihre Einsatzzentrale eingerichtet hatten, und riß den Deckel eines Müllcontainers auf, der an einen Zaun gekettet war. Im Inneren fand er exakt dort, wo er sein sollte, einen schwarzen Kasten, der mit Klebeband an der Rückwand befestigt war. Der Kasten war elektronisch gesichert. Ethan gab den Nummerncode ein und nahm den Empfänger heraus, den Jack Kiefer im Rahmen seiner Sicherheitsvorkehrungen dort hinterlegt hatte. Der Empfänger war mit einem Bewegungsmelder im Inneren der Wohnung verbunden, der codierte Signale an das Empfangsgerät sendete, falls sich in der Zentrale etwas regte, nachdem der Einsatzleiter – in diesem Fall Phelps – seinen Posten verlassen hatte. Phelps hatte das System vorschriftsmäßig aktiviert, bevor er zur Botschaft gelaufen war. Ethan prüfte den Empfänger sorgfältig, aber er wies nicht die geringste Aktivität innerhalb der Wohnung auf, seit Jim sie vor Stunden verlassen hatte.

Die exakte Lage der Einsatzzentrale bei einer IMF-Mission war nur den Agenten bekannt, die unmittelbar an der Operation beteiligt waren. Phelps gab den Standort nicht einmal seinen Bossen in Langley bekannt; diese Vorgehensweise hatte sich dreißig Jahre lang bewährt und war entsprechend unverändert beibehalten worden. Dennoch betrat Ethan aufgrund der Vorkommnisse des Abends das Haus mit allergrößter Vorsicht. Er zog seine Jacke aus und schraubte auf dem Treppenabsatz des Stockwerks, auf dem sich die Einsatzzentrale befand, die nackte Glühbirne aus der Fassung. Er zerdrückte die Glühbirne in der Jacke und verstreute dann die Glassplitter auf den oberen drei Treppenstufen. Gleichermaßen verfuhr er mit der Glühbirne unmittelbar vor der Wohnungstür.

Nachdem er die Wohnung betreten hatte, hastete Ethan ins Wohnzimmer, wo die leeren Computerschirme noch im Dunkeln leuchteten. Ethan sah Jims Marlboros auf dem Tisch liegen, neben einem Aschenbecher mit einem halben Dutzend Kippen. Er nahm eine Vase vom Kaminsims, schraubte den falschen Boden ab und nahm eine Beretta-9-mm-Halbautomatik mit Vierzehn-Schuß-Magazin heraus. Er entsicherte die Waffe und lief dann ins Bad, wo er die falschen Böden von Rasierschaum- und Haarspraydosen abschraubte, in denen er ganze Bündel von Geldscheinen versteckt hatte – Dollar, Deutsche Mark, Britische Pfund, Francs, Pesos und Tschechische Kronen. In einer Shampooflasche befand sich ein liechtensteiner Paß mit Ethans Foto. Mit diesem Bargeld und dem Paß konnte er einen Monat lang untertauchen. Hinzu kam, daß die IMF drei von der CIA genehmigte geheime Bankkonten unterhielt, die dazu dienten, in Notfällen Ausrüstungsgegenstände und Bestechungsgelder zu finanzieren. Auch diese Konten hatte Phelps dreißig Jahre lang unterhalten und sich strikt geweigert, diese Praktik Kittridge oder der CIA zuliebe aufzugeben. Soweit Ethan wußte, waren er und Phelps die einzigen IMF-Agenten, die den Code kannten, der den Zugriff auf die Konten ermöglichte. Aber nach allem, was an diesem Abend in der Botschaft passiert war, fragte sich Ethan, ob er es wagen durfte, sich dieser Konten zu bedienen.

Er spritzte sich kaltes Wasser ins Gesicht, wusch sich Schmutz und Sarah Normans Blut von den Händen und sah dann in den Spiegel. Er war erschöpft, wurde von purem Adrenalin aufrecht gehalten, und seine Züge waren entsprechend angespannt. Der Anblick seines Spiegelbilds erinnerte ihn an seine Familie, und er kochte wieder vor Wut, daß Kittridge seine Mutter und seinen Onkel ins Spiel gebracht hatte und so unverschämt gewesen war, den Tod seines Vaters zu erwähnen. Ethan hatte auf seine ganze Professionalität und Selbstbeherrschung zurückgreifen müssen, um Kittridge nicht im Restaurant über den Tisch hinweg die Zunge herauszureißen. Dennoch fiel es ihm schwer zu glauben, daß ein so erfahrener Mann wie Kittridge ernsthaft glauben konnte, daß ein hochdekorierter IMF-Agent wie Ethan für einhundertundzwanzigtausend Dollar seine Familie, seine Kollegen und seine Integrität kompromittieren würde. Und doch. Kittridge hatte Jahre unter den Folgen des Aldrich-Ames-Skandals zu leiden gehabt, bei dem streng geheime Militär- und Geheimdienstinterna an die Sowjets verkauft worden waren, nur damit Ames sich ein hübscheres Haus leisten und einen Jaguar fahren konnte. Der Preis des Verrats war in diesem Fall zweifellos beschämend niedrig gewesen. Kittridge glaubte ganz sicher, daß Ethan im Laufe der Jahre Millionen an schmutzigem Geld beiseite geschafft hatte. Oder Kittridge hatte die Geheimkonten der IMF entdeckt und glaubte, Ethan würde die Gelder veruntreuen. Glaubte Kittridge wirklich, daß Ethan fähig wäre, Jim und Claire Phelps für Geld ans Messer zu liefern?

Wenngleich Ethan Hunt wußte, daß er nicht der Verräter war, nach dem Kittridge suchte, belastete ihn seine Entscheidung, Jim Phelps Befehl zum Abbrechen mißachtet zu haben.

So viele Leben, nur um einen Verräter zu entlarven? Und dann noch den Falschen zu verdächtigen. Er war immer noch überzeugt, daß es richtig gewesen war, Golitsyn auch gegen Jims Befehl verfolgt zu haben, in Anbetracht der Brisanz der von ihm gestohlenen Informationen. Dennoch fiel es ihm in diesem Augenblick schwer, sich keine Vorwürfe zu machen.

Ethan ging in die Küche, nahm eine Flasche Mineralwasser aus dem Kühlschrank und leerte sie gierig. Dann nahm er sich zwei von Claires proteinreichen Power-Riegeln, wickelte sie aus dem Papier und schob sie sich in den Mund.

Kauend stand er da, ohne etwas zu schmecken, allein darauf bedacht, seine wachsende Müdigkeit mit dieser Art der Energiezufuhr in Schach zu halten. Seine Gedanken überschlugen sich. Er fragte sich, ob Jim den Abbruch befohlen hatte, weil Jack getötet worden war oder weil er fürchtete, daß Claire in Gefahr sein könnte. Hatte er denn nicht gewußt, daß Ethan sein eigenes Leben für sie oder jedes andere Mitglied des Teams gegeben hätte? Wäre Jim auf seinem Posten geblieben, hätte er dann nicht Sarah vor dem Angreifer warnen können, der sie und Golitsyn erstochen hatte? Ethan wußte, daß er sich nicht nur die ganze Nacht den Kopf darüber zerbrechen würde, sondern den Rest seines

Lebens. Aber er mußte sich auf die Gegenwart konzentrieren. Er mußte Pläne schmieden, und zwar schnell. Kittridges Spezial-Überwachungs- und Fahndungsteam aus Wien war sicher bereits in Prag und führte eine gründliche, systematische Suche durch, unterstützt von den Teams der europäischen CIA. Prag würde schon bald zu klein sein, um unterzutauchen.

Aber unterzutauchen war auch gar nicht sein Bestreben. Er wollte herausfinden, wer in dieser Nacht zwei IMF-Teams und die gesamte CIA ausgetrickst hatte, um sich eine, wenn auch falsche, NOC-Liste zu beschaffen.

Ethan wußte, daß er nicht der Verräter war, der »Job 314« mit Max, dem Waffenhändler, arrangiert hatte. Aber Max mußte wissen, wer der Verräter war. Also mußte er Max finden.

Er schob den Aschenbecher mit den nach kaltem Rauch riechenden Kippen beiseite und ließ sich auf den Stuhl vor den Computern fallen.

Auf dem Bildschirm, der die Visco-Übertragungen wiedergab, sah er schwarzumrandete Kästchen mit den Namen der jeweiligen Agenten darunter. Er blickte auf Claires Namen. Das war von ihr übriggeblieben: ein Name mit einem leeren Feld darüber. Ethan fühlte, wie ein eisiger Schauer seinen Rücken hinunterjagte. Das Team war tot, aber die Computer liefen weiter. Willkommen in der Spionagewelt der Neunziger.

Ethan stieß einen tiefen Seufzer aus und begann, einen Befehl in einen der Apple-Powerbook-Computer einzugeben. Er rief einen Internet-Navigator auf, der folgendes von ihm verlangte:

select usenet group

Ethan überlegte, was er als nächstes eingeben sollte. Dann tippte er:

Job 314

und drückte die Eingabetaste. Sekunden später erschien auf dem Bildschirm die Antwort:

searching string not found

Er zuckte die Achseln und murmelte vor sich hin: »Job. Job, drei vierzehn. Vierzehnter März. Job einunddreißig. Job einunddreißig vier. April.« Er versuchte verschiedene Kombinationen, jedoch ohne Erfolg. Dann:

max.com.

Wieder ein Fehlschlag. Darauf konzentrierte er sich auf »Job« und versuchte es mit »Job«, »Jobs«, »Joblist.com.«. Wieder nichts.

Jetzt war eine Änderung der Taktik angesagt. Er tippte:

scroll usenet groups

Auf diesen Befehl hin raste eine ganze Lawine von kurzen Dateinamen über den Bildschirm, so schnell, daß sie nicht zu entziffern waren. Es waren Aberhunderte. Das konnte ewig dauern.

Ethan lehnte sich in seinem Stuhl zurück und rieb sich die Augen. Dann blickte er wieder auf die moderne Computerzentrale auf dem Tisch. Plötzlich ging ihm auf, daß, wenngleich Kittridge den Standort der Einsatzzentrale nicht kannte, die CIA, wenn sie schon die Verräterjagd in der Botschaft arrangiert hatte, mit Sicherheit genügend Material aus Langley eingeflogen hatte, sein Terminal in eben diesem Moment zu orten. Kittridges beste Cyber-Operatoren klinkten sich zweifellos in jede Relaisstation in Osteuropa ein, bis sie auf Ethans Computeraktivitäten stießen. Und Kittridge wußte verdammt gut, daß Ethan versuchen würde, mehr über Max und diesen Job 314 in Erfahrung zu bringen, der seinem ganzen Team das Leben gekostet hatte. Vielleicht hatte Kittridge bereits Jacks Visco-Frequenzcodes geknackt und hierher zurückverfolgt. Aber wenn dem so war, warum ließ er dann Ethan unbehelligt? Vielleicht wollte Kittridge, daß er Max ausfindig machte, spekulierte Ethan. Die Verräterjagd war ein Reinfall gewesen, warum also nicht Ethan benutzen, um Max aufzuspüren? Kittridge war ganz sicher nicht in der Lage, diesen Max selbst ausfindig zu machen. Das überläßt er mir, dachte sich Ethan.

Ethan blickte wieder auf die Namen der Benutzergruppen, die weiterhin über den Bildschirm liefen, und sagte sich, daß Kittridge sich möglicherweise verdammt lange würde gedulden müssen.

Job drei-vierzehn, zwang er sich zu denken. J ist der zehnte Buchstabe des Alphabets, O der fünfzehnte, B der zweite. Zehn, fünfzehn, zwei. Addiert ergab das siebenundzwanzig. Siebenundzwanzig plus vierzehn gleich vierundvierzig.

Er versuchte es noch mal und gab ein:

```
search job 44
```

Die Suche des Computers blieb erfolglos.

Ethan war klar, daß dieses Spielchen sich noch Tage hinziehen konnte. Wenn er einen Sequencer hätte, könnte er automatisch jede mögliche numerische Kombination überprüfen. Aber es würde mindestens zwei Tage dauern, einen anständigen Sequencer aufzutreiben. Er erhob sich, ging im Zimmer auf und ab und wiederholte mehrmals das Wort »Job«. Ethan unterbrach seine rastlose Wanderung, leerte eine weitere Flasche Mineralwasser und warf sie dann frustriert gegen das Bücherregal vor ihm. Dutzende Bücher in einem halben Dutzend verschiedener Sprachen. Zumindest war derjenige, der die Wohnung vor der IMF benutzt hatte, belesen gewesen. Dann fiel sein Blick auf einen englischen Titel. Eine Ausgabe der Bibel. Ein Gedanke keimte in ihm auf. Er blickte auf das Wort »Job« auf dem Computerschirm und dachte dann an die biblische Aussprache. »Iob«, sagte er laut. »Iob.« Er nahm die Gideon-Bibel aus dem Regal und schlug das Buch Iob im Alten Testament auf. »Kapitel drei, Vers vierzehn. Das Buch Iob.« Der Abschnitt begann mit »Könige und Berater . . .«

Er setzte sich wieder an den Computertisch und gab ein:

Bibel

Der Computer antwortete:

126 entries found/specify group

Ethan tippte:

Buch des lob

Der Computerschirm färbte sich hellblau und zeigte eine Reihe religiöser Symbole: Lämmer, Sterne, Heilige mit Heiligenschein, Kruzifixe, einen Davidstern und eine aufgeschlagene Bibel. Ein Nachrichtenfenster erschien:

> Willkommen bei der Diskussionsgruppe Buch des Iob. Unter welchem Kapitel und Vers möchten Sie Ihre Nachricht hinterlassen?

Ethan gab ein: »Iob 3:14« und wurde sofort mit einer geöffneten Nachrichtenbox und einer Aufforderung, seinen Text einzugeben, belohnt. Er überlegte eine Weile und gab dann ein:

> Max – Ware fehlerhaft. Extrem gefährlich. NICHT VERWENDEN. Schicksal wäre das der Könige und Berater, die sich selbst einen Palast errichtet haben, der heute zur Ruine verfallen ist. Müssen uns so bald wie möglich treffen, um nächste Schritte zu besprechen.

Ethan wußte, daß seine Nachricht möglicherweise niemanden erreichen würde, aber etwas anderes fiel ihm im Augenblick nicht ein. Er drückte die Eingabetaste. Der Computer fragte, ob er noch eine zweite Nachricht versenden wolle. Er drückte »Nein«.

Er lehnte sich in seinem Stuhl zurück, schloß die Augen und wartete. Er fühlte die Verspannungen in seinen Nacken- und Rückenmuskeln und den Schmerz in seinen Beinen von seinem Dauerlauf quer durch Prag. Schlafen wäre göttlich, aber dieses Risiko konnte er jetzt nicht eingehen. Aber wachzubleiben war ein Alptraum ganz eigener Art, da er sich in jeder wachen Sekunde mit Vorwürfen quälte, weil er Jims letzten Befehl mißachtet hatte. Er hatte sein ganzes Leben nach eigenem Ermessen wichtige Entscheidungen getroffen. Bachelor an der Wisconsin State University, Magister in Princeton, FBI-Ausbildung, CIA-Ausbildung, Special-Tactics- and -Forces-Ausbildung, Spezialwaffenausbildung Sprach- und Elektronikstudien. Ethan wußte, daß er seine Entscheidungen nicht auf gut Glück fällte. Sie basierten auf solider Ausbildung und Felderfahrung, ganz zu schweigen von der Stabilität eines gefestigten familiären Hintergrunds.

Er war auf einer Farm in der Nähe von Madison, Wisconsin, aufgewachsen, als alleiniges Kind liebevoller Eltern, die schon früh erkannt hatten, daß ihr Sohn überdurchschnittlich intelligent war. Ethans Vater hatte nicht gewollt, daß sein Sohn das in diesen Zeiten wirtschaftlich unsichere Leben eines Landwirts führte. Die Hunts hatten jeden verfügbaren Penny darauf verwandt, Ethan die bestmögliche Schulausbildung zu ermöglichen. Er gehörte auf der Highschool zu den besten seines Jahrgangs und bekam zahlreiche Stipendien für eine akademische und auch sportliche Laufbahn angeboten. Sein Vater hoffte, daß Ethans Anfangsjahre bei der CIA nur als Grundlage für eine Diplomatenkarriere oder vielleicht auch einen Kabinettsposten dienten. Aber gerade, als Ethan desillusioniert gewesen war von den unfeinen Methoden der Regierungsbürokraten, war Jim Phelps in sein Leben getreten.

Und Jim hatte seine Leute nicht nur zur Eigenverantwortlichkeit ermutigt, sondern diese sogar gefordert, wenn Unvorhersehbares eintrat und eine Planänderung erforderte. Das unterschied die IMF-Operationen von Einsätzen unter Leitung der CIA oder ähnlichen inoffiziellen Institutionen. IMF-Agenten wurden dahingehend ausgebildet und ausgerüstet, notfalls völlig unabhängig handeln zu können. In ihrer Welt gab es so etwas wie politische Korrektheit nicht, ebensowenig wie Beförderungen durch Jasagerei. Dennoch wurde ein Befehl zum Abbrechen von Phelps persönlich gewöhnlich von einem Mitglied eines IMF-Teams nicht in Frage gestellt. Tatsächlich war Ethan Hunt als anerkannter Top-Agent der IMF wohl der einzige, für den ein solches Verhalten überhaupt in Betracht kam.

Ethan fragte sich, ob ein Fiasko wie dieses überhaupt möglich gewesen wäre, wenn Phelps seine und der IMF Unabhängigkeit von der CIA gewahrt hätte. Jim Phelps war vorsichtiger geworden, nachdem er angefangen hatte, für Eugene Kittridge und die CIA zu arbeiten. Und übertriebene Vorsicht konnte zu Fehlern führen. Vielleicht hatte Jim die politischen Auswirkungen seines Handelns stärker berücksichtigen müssen; vielleicht hatte er sogar den Posten des CIA-Direktors anvisiert und sich den Weg dorthin ebnen wollen. Vielleicht hatte er den Abbruch befohlen, weil dann die CIA für das Scheitern der Mission verantwortlich gemacht werden würde anstatt der IMF.

Vielleicht lag er mit diesen Spekulationen auch völlig falsch.

Vielleicht war allein Claire der Grund gewesen.

Immerhin hatte Jim, bevor er Claire geheiratet hatte, niemals Fehler gemacht. In den fünf Jahren, die Ethan für die IMF tätig gewesen war, war er nur ein- oder zweimal ernsthaft mit Jim wegen der Planung oder Ausführung einer Operation aneinandergeraten. Es war selten etwas schiefgelaufen. Aber seit seiner Hochzeit mit Claire hatte Jim immer öfter Missionen abgelehnt und immer heftiger reagiert, wenn Ethan seine Pläne kritisierte. In der letzten Zeit war es mehrfach zu hitzigen Diskussionen gekommen, die zu einer leichten Entfremdung zwischen Ethan und Jim geführt hatten. Ethan hatte bei den Missionen, in denen er als Einsatzleiter fungierte, das letzte Wort haben wollen. Jim hatte darauf beharrt, daß die oberste Entscheidungsgewalt bei der CIA läge. So funktioniere das eben. Trotzdem hatte Ethan CIA-Anweisungen ignoriert, die er nicht gutheißen konnte. Vielleicht hatte Jim ihn heute Abend auf die Probe stellen wollen; vielleicht hatte er den Befehl zum Abbruch gegeben, um seine Autorität zu untermauern. Aber Ethan verwarf diesen Gedanken gleich wieder. Jim hätte niemals leichtsinnig das Leben seiner Leute aufs Spiel gesetzt, nur um sich zu bestätigen. Nicht sein eigenes und erst recht nicht das von Claire. Aber Ethan kam trotzdem nicht zur Ruhe. Er konnte einfach nicht akzeptieren, daß eine Mission so katastrophal danebengehen konnte. Und zum erstenmal, seit er der IMF angehörte, sagte sich Ethan, daß es an der Zeit war auszusteigen. Nicht nur aus der IMF, sondern aus dem Agentendasein überhaupt. Ethans Vater war vor sechs Jahren gestorben, ohne zu wissen, welche berufliche Laufbahn sein Sohn endgültig einschlagen würde, und seine Mutter und ihr Bruder Donald führten mehr schlecht als recht die Farm weiter. Vielleicht war der Zeitpunkt gekommen, daß er seinen

Verstand dazu benutzen sollte, die Farm wieder in Schwung zu bringen, die sein Vater so geliebt hatte. Ein schlichteres Leben. In diesem Augenblick erschien ihm das durchaus verlockend. Er war zu allem bereit, wenn es ihn nur Jacks Todesschreie, das Einschußloch in Jim Phelps' Brust und die Erinnerung an Sarahs Tod vergessen machte.

Und Claire. Vor drei Tagen hatte er in Kiew noch ihre Hand gehalten und ihr eine Nadel in den Schenkel gestochen, die sie wie durch Zauberei ins Leben zurückgeholt hatte. Sie hatte bei so vielen Gelegenheiten ihr Leben in seine Hand gegeben. Aber bei der Mission dieser Nacht war es anders gewesen. Diesmal war sie gestorben. Von Claire war ebenso wie von den anderen Mitgliedern des Teams nicht mehr übriggeblieben als eine lautlose Übertragung atmosphärischer Störungen auf einem Computerschirm.

Nach, wie er glaubte, wenigen Sekunden schlug Ethan die Augen wieder auf. Seine Lider waren bleischwer, aber er zwang sich, die Augen offen zu halten. Auf dem Computerbildschirm hatte sich nichts geändert, seit er das letztemal hingesehen hatte, aber die Augen zu schließen bedeutete, daß die Schreckensbilder des Abends wie ein Alptraum immer wieder vor seinem geistigen Auge in Zeitlupe Revue passierten. Schreie, Blut, der Wagen mit Claire am Steuer, der explodierte und durch die Luft flog wie ein Spielzeug.

Und Kittridge, der seinen Hummer aß und Ethan genüßlich etwas vorkaute, während er von den toten IMF-Agenten sprach. Der das Schalentier aufbrach und Ethan gleichzeitig versicherte, wie sehr er den Tod von

Jim und den anderen bedaure, während er Ethan insgeheim als Verräter betrachtete. Einen stümperhaften Verräter noch dazu, der schmutziges Geld hortete, um die Farm seiner Mutter vor der Pleite zu bewahren. In Kittridges Augen hatte ein Blick gelegen, der stumm fragte, wo er das große Geld versteckt hatte, die Millionen, die Ethan zweifellos unter dem Namen einer Scheinfirma bei einer Bank auf den Kaiman-Inseln gehortet hatte. Kittridge hatte ihn mit einem Ausdruck angesehen, der sagte: »Du magst gut sein, aber jetzt haben wir dich.« In den Straßen um die amerikanische Botschaft in Prag lagen die Leichen der Mitglieder von Ethans IMF-Team verstreut, und Kittridge saß in diesem Restaurant und ließ sich seinen Hummer schmekken, um Ethan allein durch die Nonchalance dieses Aktes zu demonstrieren, daß das Spiel aus wäre. Ethan war dazu auserkoren worden, wie Abfall beseitigt zu werden, und das Leben jener anderen IMF-Agenten war einfach der Preis für die Entlarvung des Verräters gewesen, der Preis für das Mitmischen in einer kalten, unerbittlichen Welt.

Ein knirschendes Geräusch ließ Ethan hochfahren. Er blickte zur Tür und sah Jim Phelps in die Wohnung taumeln, völlig durchnäßt und dreckverschmiert, eine klaffende blutige Wunde in der Brust.

Ethan erstarrte geschockt.

Leichenblaß, Wasser und Blut hustend, torkelte Phelps vorwärts, als wollte er zu Ethans Füßen sterben.

»Ethan, was hast du getan?« keuchte Phelps und streckte den Arm aus, um Ethan eine Hand auf die Schulter zu legen.

Ethan brachte keinen Ton hervor.

»Ich habe dich gebraucht, Ethan«, sagte Jim. »Ich habe dich auf der Brücke gebraucht, und ... du warst nicht da. Ethan? Ethan?«

Ethan versuchte, Phelps aufzufangen, aber seine Arme griffen ins Leere. Plötzlich war Phelps verschwunden. Aber es war jemand da.

Ethan sprang auf, machte einen Satz von der schattenhaften Gestalt fort, schnappte sich die Beretta und zielte mit ausgestreckten Armen auf die Erscheinung.

Und als er die letzten Fetzen des Traumes von Jim Phelps abschüttelte, stellte er fest, daß der Titanlauf der Pistole auf ... Claire Phelps gerichtet war. Sie kam langsam auf ihn zu.

Ihr Haar war strähnig, ihr Gesicht blaß und angespannt vor Müdigkeit und Schock, die Kleider zerknittert und fleckig.

Aber es war Claire.

Sie lebte und starrte aus großen Augen auf Ethan und die schwarze Mündung seiner Waffe. Als sie den benommenen, verwirrten, panikartigen Ausdruck auf seinem Gesicht sah, hob sie beschwichtigend eine Hand, fürchtend, daß er abdrücken könnte.

»Was machst du hier?!« platzte Ethan heraus.

Claire hob nun auch die zweite Hand und zwang ihre zitternde Stimme zu einem ruhigen Tonfall. »Es ist okay. Ich bin's, Claire.« Sie musterte ihn und ließ die Hände ein klein wenig sinken.

»Rühr dich nicht«, zischte er, auf die leichte Bewegung ihrer Hände reagierend.

»Ethan, was ist los mit dir?«

Er hielt den Lauf der Pistole auf ihre Nasenwurzel gerichtet.

Claire erstarrte.

»Du warst im Wagen«, sagte er und näherte sich ihr vorsichtig, einen irren Glanz in den weit aufgerissenen Augen.

Langsam schüttelte sie den Kopf, wobei sie versuchte, den Blickkontakt aufrecht zu halten, während er den Flur hinter ihr auf Komplizen überprüfte.

»Das war ich nicht«, erklärte Claire. »Ich habe über Funk gehört, daß Jim in Schwierigkeiten war. Er sagte, er würde ...«

»Halt die Klappe! Ich habe dich gesehen. Du warst im Wagen.«

»Nein«, entgegnete sie mit fester, aber nicht herausfordernder Stimme, wie sie es bei der strengen IMF-Geisel- und Verhörausbildung gelernt hatte. »Ich bin aus dem Wagen gestiegen und zur Brücke gelaufen. Hannah saß im Wagen.«

»Ich bin auf der Brücke gewesen, Claire. Ich habe dort gestanden. Ich habe niemanden gesehen.«

Sie schloß einen Moment die Augen. »Was ist mit Jim passiert?«

Ethan trat abrupt vor, bis sein Gesicht nur noch Zentimeter von ihrem entfernt war, als könne er immer noch nicht glauben, daß sie ein atmendes, lebendes menschliches Wesen war.

»Tot. Tot! Wach auf, Claire! Jim ist tot, sie sind tot. Sie sind alle tot.«

»Jim ist tot«, sagte sie schlicht und wandte zum erstenmal den Blick von Ethan ab, als hätte sie nichts anderes erwartet, als wäre es aber erst in dem Augenblick real geworden, da Ethan es ausgesprochen hatte.

»Ja, er und die anderen.« Er hielt die Waffe auf sie gerichtet.

»Sie sind tot?« murmelte sie, und Tränen schimmerten in ihren Augen. »Jim ist tot?«

Ethans Gesichtszüge waren in einer Weise verzerrt, wie Claire sie noch nie gesehen hatte.

»Zieh deinen Mantel aus«, befahl Ethan.

»Wie bitte?«

»Du sollst den verfluchten Mantel ausziehen!« herrschte er sie an, packte einen Ärmel und zerrte ihr den Mantel so unsanft von den Schultern, daß sie einen Halbkreis beschrieb.

Sie schauderte und verschränkte abwehrend die Arme über der Brust.

»Wo warst du?« fragte er, während er sie nach versteckten Waffen oder einem Radiosender abtastete.

»Ich habe den Wagen verlassen«, antwortete Claire. »Ich bin in Richtung Brücke gegangen. Jim hatte Befehl gegeben, die Operation abzubrechen. Und dann ist die Verbindung abgebrochen, und da bin ich gegangen. Ich habe nicht gesehen, was passiert ist.«

»Du bist also einfach weggegangen«, spottete er und setzte seine Leibesvisitation fort.

»Der Wagen ist explodiert, und ich bin einfach weitergegangen, Ich habe Jims Befehl befolgt. Er hatte den Abbruch angeordnet.« Ihr Gesicht war tränenüberströmt, und ihre Stimme klang jetzt eindringlicher.

Ethans Gedanken rasten, während er sich Claires Geschichte anhörte und auf Schwachstellen prüfte. Er sah sie an, froh, daß sie noch lebte, aber auch völlig aus dem Gleichgewicht gebracht durch ihr plötzliches Auftauchen. Was sie gesagt hatte, machte Sinn; sie hatte sich an die Regeln gehalten. Trotzdem klang es für ihn in seinem jetzigen Erregungszustand zu simpel.

»Das war vor vier Stunden«, sagte Ethan. »Wer hat dich geschickt? Bist du verdrahtet?«

Er tastete sie weiter ab.

»Nein«, entgegnete sie.

»Haben sie dich geschickt?«

»Wen meinst du mit ›sie‹?« fragte sie sehr langsam, den Blick auf seine Augen gerichtet, des Verhörs müde.

Ethan packte sie bei den Handgelenken. »Wer hat dich geschickt? Sag mir sofort, wer dich geschickt hat!«

»Niemand hat mich geschickt!« schrie sie ihm ins Gesicht. »Es war vereinbart, daß wir uns im Falle eines Abbruchs hier treffen sollten. Um vier Uhr. Wir sollten erst um vier Uhr herkommen. Um vier Uhr früh, Ethan. Um vier!« zischte sie, während sie versuchte, sich aus seinem Griff zu befreien.

Dann, als irgendwo in Prag eine Kirchturmuhr ertönte, atmete sie tief aus. Das dumpfe, klagende Glockengeläut hallte von den menschenleeren gepflasterten Straßen wider.

Es drang in Ethans Bewußtsein, daß vier Schläge vier Uhr bedeuteten. Exakt die Zeit, zu der sie sich im Falle eines Abbruchs wieder in der Einsatzzentrale einfinden sollten. Und genau das versuchte Claire ihm schon die ganze Zeit begreiflich zu machen. Sie hatte sich bis zuletzt an die Regeln gehalten. Im Gegensatz zu ihm. Er hatte den Befehl zum Abbruch ignoriert, und er war im Anschluß an seine Konfrontation mit Kittridge vor der vereinbarten Zeit hergekommen.

»Vier Uhr«, sagte sie leise, als sie sah, daß er sich langsam beruhigte und seine Wachsamkeit nachließ.

Und auch sein Gesicht veränderte sich. Claire sah das Erkennen und die Resignation in seinen Augen, als er ihre Handgelenke losließ und sie an sich zog.

»Vier Uhr«, wiederholte er leise, hohle Trauer in der Stimme.

In der schrecklichen Stille der Wohnung, die nur vom Summen der Computer gestört wurde, umarmten sie einander stumm. Ethan drückte sie fest an sich, verzweifelt ob seiner vielen unbeantworteten Fragen, dankbar, daß Claire noch lebte, dankbar, daß er nicht allein war. Ethan fühlte, daß Claire zitterte; sie fror, und ihr liefen immer noch Tränen über die Wangen.

»Claire«, sagte er kaum hörbar.

»Was ist passiert?« fragte sie ebenso leise.

»Das weiß ich noch nicht«, entgegnete er.

»Mein Gott, Ethan«, sagte sie gepreßt, die Wahrheit erst jetzt wirklich begreifend.

»Claire«, sagte er noch einmal, ihren kraftlosen Körper weiter umschlungen haltend.

Kurz vor Morgengrauen lag friedliche Stille über der Stadt. Ethan saß vor dem Computer und hoffte auf eine Antwort von Max. Claire saß auf dem Sofa, rieb sich die Stirn und dachte nach. Sie hatte ihn gebeten, ihr jedes Detail der Mission und der nachfolgenden Ereignisse zu berichten. Sie wollte die Einzelheiten von Jims Erschießung, von dem Mord an Sarah und der Explosion des Wagens. Ethan erzählte ihr von seiner Entscheidung, den Befehl zum Abbruch zu ignorieren und Golitsyn zu folgen. Während er ihr offen alles berichtete, forschte er in ihrem Gesicht nach Anzeichen dafür, daß sie ihn für das verantwortlich machte, was geschehen war. Aber er mußte feststellen, daß sie ebenso unergründlich sein konnte wie er selbst.

Nach langem Schweigen fragte sie: »Warum haben sie uns noch nicht geholt?«

»Ich bin in Ungnade gefallen. Sie glauben, ich hätte Jim und die anderen auf dem Gewissen, dich eingeschlossen. Irgendwie sind einhundertundzwanzigtausend Dollar auf dem Konto meiner Mutter gelandet. Kittridge ist überzeugt davon, daß ich der Verräter bin, dem sie auf der Spur waren, und daß ich seit mindestens zwei Jahren auf der Gehaltsliste eines Waffenhändlers namens Max stehe, dem ich die NOC-Liste beschaffen sollte.«

Sie ließ diese Neuigkeit auf sich wirken und prüfte sie in allen Einzelheiten. »Was hast du jetzt vor?« fragte sie schließlich.

»Ich werde Max die Liste beschaffen«, erwiderte er fest, nachdem er in den vergangenen zwei Stunden, in denen er Claire berichtet hatte, was sich in dieser Nacht alles zugetragen hatte, darüber nachgedacht hatte. »Wer immer der Verräter ist, ich glaube, sein Deckname ist Iob, zumindest zeitweise. Ich kann ihn nicht finden, aber wenn Iob erfährt, daß ich die NOC-Liste habe, wird er mich finden.«

»Ethan, du redest Unsinn. Warum gehst du nicht einfach zu Kittridge, und ich erzähle ihm, daß du nichts mit dem zu tun hattest, was heute nacht ...«

»Claire«, fiel er ihr ins Wort. »Das geht jetzt nicht mehr. Denk doch nach. Wenn du nicht tot bist, wird Kittridge annehmen, daß wir gemeinsame Sache machen.«

Sie setzte gerade zu einer Erwiderung an, als der

Computer einen leisen Piepton von sich gab, der eine eintreffende Nachricht ankündigte.

Sie blickten beide abrupt auf den Computer.

Auf dem Bildschirm blinkten die Worte »Mitteilung empfangen«. Ethan klickte das Feld »Mitteilungen« an. Der Bildschirm wurde einen Augenblick schwarz, dann erschien folgende Nachricht:

? IOB – ECKE NEKAZANKA UND PRIKOPY
? 13 UHR
? KAUFEN SIE EINE PACKUNG DUNHILL UND
? BITTEN SIE DEN MANN AUF DER BANK AN
? DER BUSHALTESTELLE UM FEUER.

Claire beugte sich über Ethans Schulter und las die Mitteilung. »Die Nachricht ist für Iob«, stellte sie fest und begriff, was das bedeutete.

Ethan nickte. »Und ich werde den Anweisungen folgen.«

Kapitel 8

Max

Ethan gönnte sich zwei Stunden erholsamen Schlaf und verließ die Wohnung um halb zehn als erfolgreicher Geschäftsmann verkleidet, komplett mit Aktenkoffer und russischem Hut. Max war als Profi bekannt, was eine entsprechende Geheimdienstausbildung vermuten ließ, so daß Ethan seine eigenen präzisen Sicherheitsmaßnahmen ergriff. Er setzte sich in ein Café einen halben Block vom Treffpunkt entfernt. Ethan blieb zweieinhalb Stunden dort sitzen, trank Kaffee und versteckte sich hinter einer aufgeschlagenen Zeitung, wobei er unauffällig den Kiosk im Auge behielt und beobachtete, ob jemand irgendein Päckchen in den Abfalleimer neben der Bank an der Bushaltestelle warf. Außerdem sah er sich die umliegenden Gebäude genau an, um zu sehen, ob an einem Fenster vielleicht etwas Ungewöhnliches vorging wie beispielsweise die Installation eines Abhörgerätes. Unauffällig stieg er auf das Dach des höchsten Gebäudes der Straße, um von dort die anderen Dächer nach Lauschposten und Heckenschützen abzusuchen. Er sah sich die Fahrzeuge, die in der Straße parkten, genauer an, registrierte Lieferwagen, Lastwagen und andere Fahrzeuge, in denen sich jemand verstecken könnte. Als es eins wurde, war Ethan ziemlich sicher, nicht in eine Falle zu laufen. Zumindest in keine offenkundige.

Er kaufte eine Packung Dunhills und fragte sich, ob Max ihm dadurch, daß er von ihm verlangt hatte, die teuersten Zigaretten der Welt zu kaufen, auf ganz subtile Weise etwas hatte mitteilen wollen. Dann musterte Ethan den Mann, der auf der Bank an der Bushaltestelle saß. Langes Haar, blasser Teint und stechende Augen, die weder Ethan noch sonst jemanden ansahen. Das war kein gewöhnlicher Fahrgast, der auf den Bus wartete.

Ethan näherte sich ihm lautlos von hinten. »Entschuldigen Sie, hätten Sie vielleicht Feuer?«

Ohne sich umzublicken, reichte der Mann ihm eine Streichholzschachtel. In diesem Augenblick scherte eine Mercedes-Limousine mit tschechischem Nummernschild aus dem fließenden Verkehr aus und hielt exakt an der Bushaltestelle. Urplötzlich war ein zweiter Mann da, der Ethan auf den Rücksitz der Limousine stieß, ehe er selbst einstieg. Ethan fand sich zwischen zwei Männern sitzend im Fond wieder.

Am Steuer saß ein dunkelhaariger, elegant gekleideter Mann, der starr nach vorn sah; er würdige Ethan keines Blickes.

Matthias, der langhaarige Deutsche mit den stechenden blauen Augen zu Ethans Linker, hielt eine schwarze Kapuze hoch. Er hielt sie Ethan hin, der jedoch keine Anstalten machte, danach zu greifen.

»Würden Sie bitte Ihren Hut abnehmen«, sagte Matthias in einem Tonfall, der keinen Widerspruch duldete.

»Wozu?«

»Sie wollen zu Max? Das ist die Bedingung.«

Widerstrebend nickte Ethan, und Matthias zog ihm die Kapuze über den Kopf. Der Mercedes fuhr rasant los. Der muffige Geruch, den die Kapuze verströmte, verriet Ethan, daß sie schon mehrfach zum Einsatz gekommen war. Er hoffte, daß es eine kurze Fahrt werden würde. Während der Wagen sich durch den Verkehr schob, hörte Ethan das elektrische Summen eines Radiofrequenzscanners, der über seinen Körper fuhr. Die Männer überprüften ihn auf irgendwelche Sender oder Aufnahmegeräte. Matthias sagte leise etwas zu dem Fahrer, und der Wagen bog scharf nach rechts ab. Hierauf folgten eine Reihe von Richtungswechseln und kurzen Stops, die sicherstellen sollten, daß Ethan, falls er eine Straßenkarte von Prag im Kopf hatte, die Orientierung verlor. Ein cleverer Zug, da Ethan sich tatsächlich die Straßen in einem Umkreis von acht Blocks um den Treffpunkt herum eingeprägt hatte.

Eine Viertelstunde später wurde Ethan, die Kapuze immer noch über dem Kopf, aus dem Wagen gezogen und eine Treppe hinauf geführt. Er erkannte an den Geräuschen, daß es sich um eine breite Treppe aus hochwertigem Holz handelte. Das war weder ein billiger Wohnblock noch ein Industriegebäude. Als er auf einen Sessel gedrückt wurde, wußte er gleich, daß es ein teures Möbelstück war, und aufgrund des Widerhalls der Stimmen im Raum schätzte er, daß er sich in einem Altbau mit hohen, stuckverzierten Decken befand. Eine hübsche Wohnung, nahm er an. Er hob die Hände auf die Armlehnen, um über die Haut eventuelle Luftströme auszumachen. Für den Fall, daß eine Flucht notwendig wurde, wollte er wissen, wo sich die Fenster befanden und ob sie geöffnet waren. Er konzentrierte sich auf den Verkehrslärm, um zu ermitteln, in welcher Art Viertel sie sich aufhielten. Es war eine sehr ruhige Gegend; die Stille wurde nur vom rhythmischen Bellen eines Hundes etwa einen halben Block entfernt gestört. Vom Treppenaufgang her wußte Ethan bereits, daß sie sich im dritten Stock befanden. Er achtete auf die leisesten Geräusche, die die Menschen im Raum verursachten, und nutzte sie, um deren Position auszumachen, wobei er sich gedanklich ein Bild von der Wohnung und den Personen machte, die sich darin aufhielten. Mehr als einmal im Laufe seiner Karriere hatte sein sensorisches Training ihm dazu verholfen, aus gefährlichen Situationen zu entkommen.

»Ich dachte, ich sollte Max sehen«, sagte Ethan schließlich.

»Das haben Sie mißverstanden«, lautete die Antwort. »Niemand sieht Max.«

»Was tue ich dann hier?«

»Max will *Sie* sehen und sich anhören, was Sie zu sagen haben«, entgegnete Matthias.

»Es fällt mir etwas schwer, mich durch eine Kapuze hindurch mitzuteilen.«

»Wenn Max nicht gefällt, was Sie zu sagen haben, werden Sie die Kapuze bis in alle Ewigkeit tragen.«

»Das Risiko bin ich bereit einzugehen«, erklärte Ethan fest.

Hierauf folgte eine längere Stille, während Max, wie Ethan vermutete, seine Entscheidung fällte.

Plötzlich wurde ihm die Kapuze vom Kopf gerissen. Blinzelnd sah Ethan eine großgewachsene Frau um die fünfzig vor sich. Sie war geschmackvoll gekleidet und zurechtgemacht und wirkte beinahe streng in ihrer Eleganz.

»Wer sind Sie und was wollen Sie hier?« fragte sie anstelle einer Begrüßung.

»Ich brauche einhunderttausend Dollar«, entgegnete Ethan ohne zu zögern.

»Ach ja?« Max warf ihren drei Mitarbeitern einen fragenden Blick zu. »Und Sie haben gedacht, ich würde Ihnen das Geld einfach so geben, wenn Sie hier aufkreuzen?«

»Warum nicht?« erwiderte Ethan. »Iob haben Sie einhundertfünfundzwanzigtausend gezahlt.«

Rasch ließ er den Blick durch den Raum schweifen. Er entsprach weitestgehend dem Grundriß, den er anhand seiner Blindanalyse gezeichnet hatte. Der Hund draußen bellte weiter mit der Gleichmäßigkeit eines Metronoms.

»Der Groschen ist gefallen«, sagte Max. »Sie sind nicht Iob. Ja, Iob bezieht sich in seinen Mitteilungen gewöhnlich nicht auf die Bibel. Und der Stil – aggressiv und doch auch spielerisch. Iob hat nichts Spielerisches an sich. Sie sind eine paradoxe Persönlichkeit.«

»Das kommt darauf an.«

»Worauf?«

»Ob Sie paradoxe Persönlichkeiten mögen. Ich will einhundertfünfzigtausend Dollar.«

»Das kommt überhaupt nicht in Frage«, sagte sie.

»Die Diskette, die Iob Ihnen verkauft hat, ist wertlos. Sie ist ein Köder, Teil einer internen Verräterjagd.«

»Ich verstehe«, entgegnete sie, ein wenig ungeduldiger als noch vor wenigen Augenblicken. Sie blickte auf ihre Mitarbeiter. Sie wirkten verärgert. »Und woher wollen Sie das wissen? Gehören Sie auch zur Company?«

»Wie Iob?«

»Hier geht es um *Sie.*«

»Ich bin ein NOC. War. Ich bin in Ungnade gefallen.«

»Und warum, wenn ich fragen darf?«

»Diese Frage würde ich gerne Iob stellen«, entgegnete Ethan, Max' durchdringendem Blick standhaltend.

»Ich kenne Iob ebensowenig, wie er mich kennt.«

»Trotzdem könnten Sie, denke ich, eine Begegnung arrangieren.«

»Warum sollte ich?«

»Weil ich Ihnen die echte NOC-Liste liefern kann. Diejenige, die letzte Nacht in Ihren Besitz gelangt ist, ist nicht nur wertlos, sondern außerdem ganz sicher mit einer Peilvorrichtung versehen, die eine exakte Ortung ermöglicht.«

Sie winkte ab. »Es ist leicht zu behaupten, die Diskette wäre wertlos, wenn ich mir die Informationen nicht ansehen und mich selbst davon überzeugen kann. Keine sehr haltbare Position, Sir.«

Ethan stand auf und streckte sich, was zur Folge hatte, daß die Bodyguards, die ihn flankierten, ihn mißtrauisch beäugten. Aber das störte Ethan nicht. Er sah aus dem Fenster und seufzte. Dann wandte er sich Max zu und warf ihr einen Blick zu, der, ebenso wie vorhin der ihre, wachsende Frustration ausdrückte. »Okay, legen Sie die Diskette ein, und innerhalb von dreißig Sekunden bis spätestens zehn Minuten wird es hier nur so wimmeln von Farmersjungen aus Virginia.«

Max musterte Ethan aufmerksam.

»Ich weiß nicht«, sagte sie schließlich und blickte nachdenklich aus dem Fenster.

»Ich mache Ihnen einen Vorschlag. Wie gut ist der RF-Scanner, mit dem Ihre Männer mich im Wagen überprüft haben?«

»Sehr gut. Das Neueste, was es derzeit auf dem Markt gibt.«

»Okay, dann setzen Sie ihn ein. Aber ich schlage vor, daß Sie zuerst Ihre Sachen packen.«

Max lächelte. Sie hatte schon öfter als die meisten anderen hoch gepokert – und fast immer gewonnen.

»In Ordnung«, sagte sie und nahm eine Acrylbox aus ihrem Schreibtisch. Die Hülle wies noch Blutflecken auf. Sie reichte sie Matthias, der die Diskette in den PC schob, der vor Max auf dem Tisch stand. Er rief die

Daten der Diskette ab und überwachte gleichzeitig die Digitalanzeige auf dem RF-Scanner. Der Scanner maß die elektronischen Signale im Raum, und solange die Anzeige unter dreißig blieb, beschränkten sich die Werte auf die normalen Computeremissionen. Ein Peilsignal, das von der Diskette ausgesandt wurde, würde die Anzeige ansteigen lassen.

Der Computerbildschirm sprang an, und ein Piepton kündigte den Zugriff auf die Diskette an. Auf dem Monitor erschienen Namen, Adressen, Telefonnummern und persönliche Daten. Für Max sah das Ganze perfekt aus.

Matthias behielt weiter den Scanner im Auge.

»Sechsundzwanzig, siebenundzwanzig«, las er laut ab. »So weit, so gut.«

»Nicht für unseren Freund hier«, bemerkte Max, den Blick unverwandt auf Ethan gerichtet.

Einige Sekunden verstrichen. »Zweiunddreißig und ansteigend«, sagte Matthias und blickte zu Max auf.

»Das bedeutet noch nicht, daß die Diskette ein Signal aussendet«, sagte sie. »Es könnte auch der Rechner sein, der sich aufheizt.«

»Vierundvierzig, fünfundvierzig.«

Max blickte auf den Scanner, dann auf Ethan. Sie musterte ihn eindringlich.

Er wußte, was sie dachte. »Ich würde sagen, Sie haben noch etwa zwei Minuten«, sagte er.

Einer der anderen beiden Männer ging durch die Glastür hinaus auf den Balkon. Er beugte sich über das Geländer und blickte die Straße hinauf und hinunter. Nichts als ein sonniger Nachmittag und das unablässige Kläffen des Hundes.

Dann verstummte der Hund abrupt.

Kittridge, dachte Ethan in dem Augenblick, da das Bellen aufhörte.

»Siebenundfünfzig«, sagte Matthias nervös. »Neunundfünfzig.«

Ethan erwiderte Max' Blick gelassen. Er wußte, daß sie ihm jetzt endlich glaubte.

Ein weißer Lieferwagen einer Reinigungsfirma und ein Taxi hielten gleichzeitig unten vor dem Haus. Kittridge und eine Agentin stiegen aus dem Taxi, während mehrere Agenten in Overalls mit diversen Reinigungsgeräten aus dem Lieferwagen kletterten und den Hauseingang ansteuerten.

»Ein Taxi und ein Lieferwagen sind vorgefahren«, sagte der Mann auf dem Balkon. »Ein halbes Dutzend Personen betreten das Gebäude. Sieht aus wie eine Putzkolonne.«

Max lächelte leise.

Ethan zuckte die Achseln und sah auf die Uhr. Er ging davon aus, daß Kittridges Team von einem Techniker angeführt wurde, der mit einem Scanner ausgestattet war und gerade auf die Treppe zeigte.

Ethans Vermutung war richtig.

In der Eingangshalle des Gebäudes öffneten die CIA-Agenten in den Overalls die Staubsaugerattrappen und nahmen Waffen heraus.

Als sie das Stockwerk erreichten, auf dem sich Max' Wohnung befand, trafen sie auf eine Putzfrau, die gerade den Flur staubsaugte. Als die Frau die Waffen sah, stellte sie den Staubsauger ab und wich ängstlich zurück.

Ethan hörte, wie das Geräusch des Staubsaugers vor

der Wohnungstür abbrach. Er warf Max einen Blick zu, der besagte: »Sie sind da.«

Die CIA-Agentin draußen auf dem Flur eilte auf die Putzfrau zu, zeigte auf den Staubsauger und befahl auf Tschechisch: »Stellen Sie ihn wieder an.«

Die angstschlotternde Frau gehorchte, während der Techniker auf eine Tür zeigte. Kittridge signalisierte seinem Sprengstoffexperten, das Schloß zu sprengen. Nachdem dies geschehen war, traten zwei weitere Agenten die Tür ein, und das Team stürmte in die Wohnung. Jeweils zu zweit überprüften sie sämtliche Räume. Kittridge folgte dem Einsatzkommando hinein, aber sie fanden nur eine geräumige, geschmackvoll eingerichtete Wohnung vor, in der es nach Zigaretten roch.

»Zwei Minuten früher«, sagte Kittridge zu seinem Stellvertreter, einem altmodisch anmutenden Mann namens Harry Barnes, der nicht besonders viel für seinen Boss übrig hatte. »Vielleicht auch nur eine, und wir hätten sie gehabt.«

»Der Verkehr«, sagte Barnes.

Das Team hatte das Signal vor nur dreieinhalb Minuten laut und deutlich empfangen, und das Ortungsgerät hatte ihnen die erfreuliche Nachricht übermittelt, daß die Diskette sich weniger als eine Meile von ihrer Position entfernt befand. Aber in zwei der Seitenstraßen, die sie nicht hatten umgehen können, war der Verkehr ins Stocken geraten. Alle Technologie der Welt konnte nichts gegen einen zornigen tschechischen Taxifahrer ausrichten, der sein Fahrzeug mitten auf der Straße stehenließ, um einem Fahrgast hinterherzujagen, der sich davongemacht hatte, ohne zu zahlen.

Indem er auf den Verkehr verwies, brachte Harry Barnes seinen Boss nur noch mehr in Rage, aber genau das bezweckte er mit seiner Bemerkung. Barnes machte es Spaß, Kittridge hin und wieder von seinem hohen Roß herunterzuholen.

Während die beiden CIA-Bosse diskutierten, folgten Max und Ethan Matthias und Max' Leibwächtern über eine geschlossene Brücke, die das Wohnhaus mit einem anderen Gebäude verband. Von dort aus liefen sie die Treppe hinunter zu ihrem wartenden Mercedes.

»Jetzt ist er untergetaucht, bis er irgendwann einmal beschließt, den Untergrund wieder zu verlassen«, sagte Kittridge gerade, sich auf Ethan beziehend.

»Wir können jemanden von der Botschaft hinzuziehen und die örtlichen Behörden einschalten«, schlug Barnes vor. »Wir könnten die Verkehrswege dichtmachen.«

»Was können wir schon tun, Barnes? Einen Mann auf dem Flughafen postieren? Sicher. Was glauben Sie, wie vieler falscher Identitäten Hunt sich bedient? Wie oft und in wie vielen Ländern hat er sich durch die Grenzkontrollen gemogelt? Diese Leute sind dazu ausgebildet, sich wie Geister zu bewegen. *Wir* haben es ihnen beigebracht, verdammt noch mal, und Jim Phelps hat ihnen den letzten Schliff gegeben. Gott, Phelps hat uns Tricks verraten, von denen wir noch nie etwas gehört hatten. Und Phelps hat mir einmal erzählt, daß Hunt wiederum ihm einiges beigebracht hat, was ihm völlig neu gewesen wäre. Wie würden Sie also unsere Chancen einschätzen, Ethan Hunt zu fassen?«

»Und was schlagen Sie vor?« fragte Barnes, den Schwarzen Peter wieder Kittridge zuspielend.

»Vergeuden wir keine Zeit damit, ihn zu jagen«, sagte Kittridge, trat hinaus auf den Balkon und blickte hinab auf die menschenleere Straße. »Sorgen wir dafür, daß er zu uns kommt. Jeder hat Schwachstellen. Finden Sie etwas, woran ihm persönlich gelegen ist, und üben Sie an dieser Stelle Druck aus.«

»Wie soll er denn davon erfahren? Vielleicht taucht er so gründlich unter, daß er praktisch vom Erdboden verschwindet. Vielleicht wartet er ab, bis Gras über die Sache gewachsen ist.«

»Dann bearbeiten wir seinen wunden Punkt eben so lange, bis der Schmerz unerträglich wird und wir Hunt bis nach Langley schreien hören. In der Zwischenzeit möchte ich, daß unsere Leute jede Wohnung in diesem Haus durchsuchen und die Leute zu den Mietern dieser Wohnung hier befragen.«

Barnes nickte. Er wußte, daß der Rückflug nach Washington lang und unangenehm sein würde.

Drei Blocks entfernt schlängelte sich Max' Mercedes mit wachsender Geschwindigkeit durch den Verkehr. Diesmal saß Ethan mit Max auf dem Rücksitz. Matthias saß vorn neben dem Fahrer. Der Rest von Max' Team befand sich in einem zweiten, identischen Wagen, der einer völlig anderen Route folgte, für den unwahrscheinlichen Fall, daß man sie bei der Abfahrt beobachtet hatte.

Ethan war beeindruckt gewesen von der Effizienz der Flucht aus der Wohnung. Der Fluchtweg war vorab geplant, und die Anweisungen waren mit absoluter Präzision befolgt worden. Zweifellos hatten Max und ihre Leute in der Vergangenheit schon mehrfach eilig den Rückzug antreten müssen. Und Ethan zweifelte auch nicht daran, daß Kittridge in eben diesem Moment die Wohnung auseinandernahm und gründlich auf Spuren hin überprüfte.

»Meine Güte«, sagte Max. »Gunther wird mir nie wieder eine seiner Wohnungen überlassen. Ich nehme an, Ihre Leute werden ein ziemliches Chaos anrichten.« Sie legte ihre Hand auf Ethans. »Tut mir leid, daß ich an Ihnen gezweifelt habe, mein Junge. Sie sind in Ordnung. Nehmen Sie dieses Kompliment von mir an.«

»Danke, Max. Oder sollte ich besser Maxine sagen?«

»Spielt das eine Rolle? Ich brauche Ihnen ja nicht zu erklären, wie beruhigend Anonymität in meinem Beruf sein kann. Wie eine wärmende Decke.« Sie drehte sich etwas zur Seite, so daß sie ihm zugewandt war. »Mein Deal mit Iob wurde einer Prüfung unterzogen und hat den Test nicht bestanden. Der Deal ist gestorben.«

»Und welchen Deal hatten Sie mit Iob vereinbart?«

»Einen fairen, denke ich. Sechs Millionen Dollar.« Sie schwieg eine Weile, um den gewaltigen Betrag auf Ethan wirken zu lassen, ehe sie fortfuhr. »Ich biete Ihnen das Gleiche. Aber jetzt verlange ich die vollständige Liste und nicht nur die für Osteuropa. Ich lasse mich nicht mehr darauf ein, die Ware scheibchenweise zu kaufen, das ist zu zeitraubend, ganz zu schweigen von den Risiken. Ich will die vollständige Liste, den richtigen Namen jedes verdeckten Agenten weltweit.«

»Dann viel Glück«, sagte Ethan und blickte aus dem Fenster auf die vorbeihuschende Szenerie.

»Sie sind nicht interessiert?«

»Nicht für sechs Millionen Dollar.«

»Mein lieber Junge, Sie haben heute Ihr Leben für ein

Treffen riskiert, ohne die Garantie, auch nur einen Cent dafür zu sehen. Offensichtlich gehen Ihre Beweggründe über das rein Finanzielle hinaus. Oder halten Sie mich etwa für blöd?«

»Ich gehe davon aus, daß Sie zahlen werden, was nötig ist, um zu bekommen, was Sie wollen«, entgegnete Ethan. »Und in diesem Fall sind das zehn Millionen Dollar.«

»Ich verstehe.«

»Zehn Millionen in veräußerbaren US-Schatzbriefen mit Zinsschein.«

»Oh.«

»Und noch etwas. Ihre persönliche Garantie, daß Iob beim Austausch anwesend ist.«

Sie blickte starr geradeaus. »Abgemacht. Sie bringen mir die Liste nach London. Ich will sie bis Ende der Woche haben. Das sind meine Bedingungen.«

»Wie wollen Sie sicherstellen, daß Iob dort sein wird?«

»Wie wollen Sie sicherstellen, daß ich die Liste in drei Tagen bekomme?« Sie lächelte. »Es war mir ein Vergnügen. Aber Sie haben sicher viel zu tun. Wo kann ich Sie absetzen?«

Ethan schüttelte den Kopf. »Ohne mein Geld werden Sie mich nirgendwo absetzen.«

»Was, die hundertfünfzigtausend?«

»Korrekt.«

»Ich denke nicht, daß ich für die Finanzierung der Operation zuständig bin. Vor allem, da wir uns gerade erst kennengelernt haben.«

»Sie vertrauen mir doch, oder, Max?«

»Ich bin sicher, daß Ihre Vertrauenswürdigkeit gegeben ist«, entgegnete sie. Sie hielt den Blick auf den Verkehr vor ihnen gerichtet. »Ich werde die Summe aus eigener Tasche zahlen. Sollten Sie mich um dieses Geld betrügen wollen, sind Sie ein toter Mann.«

»Das würde mir nicht im Traum einfallen.«

»Also gut«, wandte sie sich an Matthias. »Statten wir dem Banker einen Besuch ab.«

Matthias gab dem Fahrer auf Tschechisch Anweisungen, woraufhin dieser die Spur wechselte und links abbog.

Max lehnte sich in den Sitzpolstern zurück und musterte Ethan. Sie seufzte übertrieben. Er nahm recht viel von ihrer kostbaren Zeit in Anspruch. Gut, daß sie ihn mochte.

Als Ethan in die konspirative Wohnung zurückkehrte, wartete Claire im Eßzimmer, nachdem sie die elektronischen Installationen abgebaut, den Müll entsorgt und Fingerabdrücke sowie andere persönliche Gegenstände beseitigt hatte. In ihrem Gürtel steckte eine Pistole Modell Glock 9.

Ethan stellte einen Koffer mit Reißverschluß auf den Tisch, öffnete ihn und zeigte ihr die gebündelten Geldscheine.

»Max hat einen Deal mit dir vereinbart?« fragte sie.

»Ich liefere die NOC-Liste, Max liefert Iob«, sagte er knapp, im typischen IMF-Stil, nur daß es in dieser Situation darum ging, denjenigen in die Finger zu kriegen, der Jim Phelps Tod und Ethans Ächtung verschuldet hatte. Für Claire bedeutete es, den Mörder ihres Mannes zu finden. Keine typische IMF-Operation.

Ethan las diese Gedanken von Claires Augen ab. Dann sagte sie sachlich: »Wir haben fünfundsiebzig Schuß für die Glock, achtundzwanzig für die Beretta, eine funktionstüchtige Visco-Brille samt Monitor und reichlich Pässe.«

»Claire, du ...«

Sie fiel ihm ins Wort. »Du hast es selbst gesagt, Ethan. Da ich nicht tot bin, machen wir gemeinsame Sache.«

»Du könntest in einer unserer Wohnungen in London warten, bis es vorüber ist.«

»Ich soll warten, bis es vorbei ist? Willst du es ganz allein mit Max, Iob, Kittridge und der CIA aufnehmen? Ich bin dabei.«

»Bist du auch ganz sicher?«

»Ich brauche nichts zu beweisen. Aber ich will den verdammten Mistkerl haben, der meinen Mann getötet hat.«

Ethan nickte. Er hatte Jim als eine Art Vaterersatz betrachtet. Er wußte es, und Claire wußte es auch. Und was seine Gefühle für Claire anbelangte, wollte er sich im Augenblick nicht näher damit befassen. Aber sie waren da. Und er wollte nicht, daß Claire getötet wurde, weil Kittridge ihn für einen Verräter hielt.

»Ich habe mich entschieden, Ethan«, sagte Claire. »Denk also nicht weiter darüber nach. Soll ich es aussprechen?«

Er sah sie an.

»Das, was mit dem Team passiert ist«, sagte sie, »war nicht deine Schuld.«

»Woher willst du das wissen?« entgegnete er, den Blick abwendend.

»Du hast im Einsatz eine Entscheidung getroffen. Die

NOC-Liste war in Umlauf, und du wolltest sie zurückholen.«

Er wandte sich ihr wieder zu, setzte zum Sprechen an, aber sie ließ ihn nicht zu Wort kommen.

»Wir wollen beide das gleiche«, sagte sie. »Wir könnten natürlich getrennte Wege gehen, aber das wäre dumm, oder?«

Er nickte.

»Dann ist es also abgemacht«, stellte sie fest.

»Wir brauchen Hilfe«, entgegnete Ethan. »Erfahrene Leute. Aber wir haben keine Zeit. Wir müssen uns vor Ort umsehen.«

»Welche Art von Hilfe?«

»IMF-Kaliber.«

»Wie sollen wir an solche Leute herankommen?«

Er griff in die Kiste, in die sie die Elektronik gepackt hatte, und nahm einen schwarzen Kasten von der Größe eines Kinderschuhkartons heraus. Ethan stöpselte den Stecker ein und verband dann den Kasten mit dem Laptop.

»Ich verstehe nicht, wie der KY57 uns weiterhelfen soll . . .«

Ethan hob eine Hand. Er legte einen kleinen Schalter an dem schwarzen Kasten um, und seitlich leuchtete eine kleine Anzeigetafel auf. Ethan gab einen Code in den Laptop ein, und auf der Anzeige des Kastens erschien eine verschlüsselte Nummer. Das Gerät wählte eine Telefonnummer. Es dauerte nicht lange, und auf dem Bildschirm des Laptops erschien eine Mitteilung:

IMF-PERSONALDATEN
GEBEN SIE DAS PASSWORT EIN

Ethan gab das Paßwort ein.

KATEGORIE?

fragte der PC.

EHEMALIGE MITARBEITER

Claire musterte ihn durchdringend; er hielt ihrem Blick stand.

TEIL II

Die Ehemaligen

Kapitel 9

Bodennullpunkt

Ethan und Claire kontaktierten die potentiellen Helfer in Prag, vereinbarten ein Treffen in Brüssel und stiegen dort in den Hochgeschwindigkeitszug EuroTrain nach London. Sie wählten speziell diesen Zug aus, weil er nonstop bis London fuhr und bei einer Geschwindigkeit von 120 Meilen die Stunde auszuschließen war, daß unterwegs unerwünschter Besuch zustieg.

In einem privaten Geschäftsabteil zwei ehemaligen, suspendierten IMF-Agenten gegenüberzusitzen war für Ethan eine etwas ungewöhnliche Art, eine Mission zu organisieren. Aber er arbeitete lange genug auf geheimdienstlerischem Terrain, um zu wissen, daß die Grenzen zwischen Patrioten und Verrätern, Helden und Feiglingen durch die Verschiebung der internationalen Grenzen und politischen Realitäten ständig neu definiert wurden. Der Feind von gestern konnte heute schon ein Verbündeter sein; so war das im Spionagegeschäft.

Wenn jemand aus der IMF ausschied, beziehungsweise gefeuert wurde, bedeutete das, daß er bei einer Mission erwischt oder festgenommen worden war, einen unverzeihlichen Fehler gemacht oder seine Dienste mehr als einem Auftraggeber gleichzeitig verkauft hatte. Bei der Zusammenstellung und Erweiterung seiner IMF-Teams war Phelps nie auf fahnenschwenkende Fanatiker aus gewesen. Er hatte sein Augenmerk auf Realisten gerichtet, auf Männer und Frauen, die etwas von der Komplexität moderner Regierungen verstanden und sich wohl fühlten innerhalb des unsichtbaren soziopolitischen Netzes, das die Industrienationen verband. Jedes Land hatte seine öffentliche Politik und daneben eine Schattenpolitik, und die IMF-Teams operierten in dieser Schattenwelt. Natürlich galt auch in der Schattenwelt ein bestimmter Ethikkodex – zumindest unter IMF-Agenten. Niemals Gelder von außerhalb des Systems annehmen, niemals eine nicht designierte Person töten (es sei denn, sie versuchte ihrerseits, einen zu töten), dem Hauptquartier jeden Interessenkonflikt mitteilen, der sich durch eine bestimmte Operation ergeben könnte. Die Liste war ebenso knapp wie klar. Während Ethan die beiden Männer ihm gegenüber musterte, wußte er, daß die beiden Herren irgendeine Grenze überschritten hatten. Möglicherweise mehrfach. Sie könnten im Verlauf einer Mission an Informationen herangekommen sein, die kurze Zeit später auf dem Schwarzmarkt angeboten wurden, oder sie hatten eine Operation dazu benutzt, eine private Rechnung zu begleichen. Irgend etwas war passiert. Und was immer das gewesen war, es hatte Jim Phelps genügt, diese hochausgebildeten, außergewöhnlich talentierten Männer in die Unterwelt der Ehemaligen zu verdammen.

Es hatte eine Zeit gegeben, da Ethan mit solchen Leuten nichts hatte zu tun haben wollen, es sei denn, es ging darum, eine ihrer illegalen Aktionen zu neutralisieren. Ethan glaubte an die Ethik, sogar in diesem schmutzigen Geschäft. Aber jetzt da er selbst auf der schwarzen Liste stand, betrachtete er die Männer mit anderen Augen, als er es noch vor einer Woche getan hätte. Er war einer von ihnen. Wer war er, über sie zu urteilen? Außerdem war er auf sie angewiesen. Und Notwendigkeit war immer eine starke Währung in der Schattenwelt.

Die einhundertfünfzigtausend Dollar von Max anzunehmen war ein kalkuliertes Risiko gewesen: Wenn es ihm nicht gelang, Iob zu enttarnen und seine eigene Unschuld zu beweisen, würde dieses Geld sein Schicksal als Verräter an der IMF, der CIA und den Vereinigten Staaten von Amerika besiegeln. Dann würde er als Handlanger von Max gelten und von Kittridge zum Abschuß freigegeben werden. Er würde nicht nur ein Ehemaliger sein, sondern als Komplize der Morde an Phelps, Sarah, Jack und Hannah gebrandmarkt sein. In der Welt der verdeckten Spionage war ein offizieller Prozeß undenkbar. Viel wahrscheinlicher war, daß man ihm, wenn er ahnungslos in einer Hotelbar in Marokko saß, von hinten eine Kugel in den Kopf jagte. Und Claire? Indem sie sich mit Ethan zusammengetan hatte, war ihr Schicksal eng mit dem seinen verknüpft.

Aber das alles bedeutete den beiden ehemaligen IMF-Agenten nichts, die Ethan und Claire aufmerksam musterten. Diese Männer waren aus zwei Gründen hier. Geld und Ethan Hunt. Beide wußten, daß, wenn Ethan Hunt in Schwierigkeiten steckte – und unter anderen Umständen hätte er sie niemals kontaktiert –, viel Geld zu machen war. Zweitens stand fest, daß, wenn Ethan Hunt die Mission leitete, worum es sich hierbei auch handeln mochte, gute Chancen auf Erfolg bestanden. Zumindest glaubten sie das, bis sie erfuhren, was Ethan tatsächlich vorhatte.

»Es ist ganz einfach«, erklärte ihnen Ethan und zeigte auf Franz Krieger. »Du öffnest die Tasche ...« Jetzt zeigte er auf Luther Stickell. »... und du holst die Brieftasche heraus.«

Richtig, dachten die beiden Männer, alles ist einfach, bis man erfährt, um wessen Tasche es sich handelt und was in der Brieftasche drin ist.

Luther war Amerikaner aus Chicago, wenngleich er inzwischen im Elsaß lebte. Ein durchtrainierter Schwarzer Mitte dreißig mit sanfter Stimme und einem ständig leicht nachdenklichen Ausdruck auf dem Gesicht, als würde er über Frequenzen, die anderen nicht zugänglich waren, Informationen empfangen. Und dieser Vergleich war gar nicht so lächerlich, da er der beste Cyberexperte war, dem Ethan je begegnet war. Stickell hatte den Status der lebenden Legende schon lange hinter sich gelassen und galt als gottähnliche Ikone unter den Technikexperten der Welt. Der Umstand, daß Luther aus der IMF ausgeschlossen worden war, kümmerte andere Elektronikspezialisten nicht. Luther war ein Genie. Der Mozart unter den Hackern, brillant und eigenwillig. In der sechsten Klasse bastelte Luther im Rahmen eines wissenschaftlichen Projektes seiner Schule aus Einzelteilen, die er von verschiedenen Geräten geklaut hatte, seinen ersten Computer. Während die anderen Kinder ihre Lehrer mit Tonmodellen des Saturn beeindruckten, verschaffte Luther sich Zugang zur örtlichen Bank und stockte das Bankkonto seines Vaters vorübergehend um fünfzigtausend Dollar auf.

Auf dem College verdiente Luther sich dann ganz legal sein Studium damit, daß er das gesamte Datenverarbeitungssystem der Schule restrukturierte. Natürlich hatte er sich auch in dieser Zeit den einen oder anderen Übergriff nicht verkneifen können. So hatte er beispielsweise den Playback-Computer des lokalen Fernsehsenders dahingehend umprogrammiert, daß er volle acht Stunden Alpo-Werbung brachte, weil Luthers Hund diese Spots liebte. Nach einigen brillanten Jahren bei der IMF war Luther bei einem seiner persönlichen Projekte zu weit gegangen. Elektronikspezialisten der CIA hatten entdeckt, daß Luther plante, die Abschußcodes für die amerikanischen Atomraketen zu knakken. Natürlich lag es ihm fern, seine Hackerergebnisse mit Dritten zu teilen, sie zu benutzen oder Kapital aus seinem Wissen zu schlagen. Luther gehörte einfach zu jenen Menschen, die es einfach wissen wollten – niemand sonst brauchte davon zu erfahren. Luther war vollauf damit zufrieden, für sich allein zu wissen, wozu er in der Lage war. Es spielte sich alles intern ab. Eugene Kittridge hatte heftige Diskussionen mit seinem Stab geführt, als es darum ging, ob er weitergehen sollte, als Luther Stickell nur zu feuern. Er hatte die Frage aufgeworfen, ob Luther nicht zu gefährlich wäre, um ihn am Leben zu lassen. Schließlich war jedoch in einem schalldichten Büro irgendwo in Langley beschlossen worden, daß es für die CIA noch gefährlicher sein könnte, Luther zu töten, als ihn am Leben zu lassen. Kittridge war darauf hingewiesen worden, daß Luther irgendwelche bislang unbekannte Viren oder digitale Würmer entwickelt haben könnte, die automatisch aktiviert wurden, wenn Luther sie nicht rechtzeitig neutralisierte. Und Gott allein wußte, ob irgend jemand in der Lage wäre, einen digitalen Virus zu neutralisieren, den Luther Stickell entwickelt hatte. Also wurde entschieden, ihn aus der IMF zu entfernen und im Auge zu behalten. Zweifellos hätte Kittridge, der gerade von London nach Washington flog, kein Auge zugetan, wenn er geahnt hätte, daß Luther Stikkell mit Ethan Hunt in einem Zugabteil saß.

Franz Krieger, der neben Luther und gegenüber von Ethan und Claire saß, hatte die explosive, verächtliche Art eines hormonell instabilen Teenagers; schon allein zu atmen schien ihn wütend zu machen. Es mochte ja irgendwo auf der Welt Menschen geben, die der Sympathie würdig waren, aber Krieger war noch keinem begegnet. Und da er Franzose war, neigte er dazu, davon auszugehen, daß Menschen anderer Nationalitäten ohnehin nicht seinen Ansprüchen genügen könnten. Das alles spielte wohl auch in die Gründe seiner Berufswahl hinein. Pilot. Er konnte alles fliegen, von einer SST bis hin zu einem Besenstiel, wobei seine ganz besondere Liebe Hubschraubern galt. Krieger hatte einmal einen Helikopter von Radars unbemerkt über halb Sibirien geflogen und einen Gefangenen aus einem Arbeitslager befreit, den Chopper auf einem Militärlandeplatz gelandet und eine MIG gestohlen, mit der er die halbe russische Luftwaffe abhängte. Diese Mission war in Spionagekreisen zur Legende geworden, und wenngleich die Russen den Vorfall vehement leugneten, bedeutete die Phantom-Operation für zwei russische Generäle das Ende ihrer Karriere. Neben seinen fliegerischen Talenten war Krieger als herausragender »Entry man« bekannt: Er konnte überall ein- oder ausbrechen, ob es sich um ein Gefängnis, eine Bank, einen Palast oder sonst etwas handelte. Ethan vermutete, daß Kriegers Entlassung mit einer Verschiffungsmission zusammenhing, wobei es sich bei der Ladung um einen Stoff gehandelt hatte, den sich verzweifelte Menschen in die Venen spritzten. Egal. Claire hatte mehrmals mit Krieger zusammengearbeitet und verbürgte sich für seine Fähigkeiten in der Luft und als rechte Hand Ethans auf dem Boden: Er war erklärter Einzelgänger. Aber das war Ethan auch. Im Grunde waren das so ziemlich alle, die mit der IMF zu tun hatten.

Krieger tippte mit einem Finger auf den Tisch. »Erzähl mir von der Tasche, die ich öffnen soll. Eine Bank?«

»IMF-Zentraleinheit«, entgegnete Ethan lächelnd.

Krieger dachte einen Augenblick darüber nach und fragte dann: »Und wo genau?«

»In Langley.«

Luther Stickell hatte bis jetzt aus dem Fenster gesehen und nur mit halbem Ohr zugehört. Schlagartig war er hellwach.

»In Langley?« fragte er. »Das Langley in Virginia?«

»Innerhalb des CIA-Hauptquartiers in Langley«, bemerkte Krieger verächtlich.

Ethan nickte. »Exakt. Der Bodennullpunkt.«

Krieger wandte sich an Claire Phelps. »Ist das sein ernst?«

»Er scherzt nie.«

Krieger grummelte auf Französisch etwas Unverständliches in sich hinein, zuckte die Achseln und richtete den Blick wieder auf Ethan. »Wenn wir schon in Virginia sind, warum machen wir nicht einen Abstecher nach Fort Knox? Ich könnte mit einem Hubschrauber mitten durch die Lobby fliegen und im Tresorraum landen. Das wäre ein Kinderspiel im Vergleich dazu, bei der gottverdammten CIA einzubrechen.«

Luther Stickell starrte auf die Lampe an der Decke.

»Worum geht es genau?«

»Um Informationen«, entgegnete Ethan.

»Welcher Art?«

»Gewinnträchtig.«

»Zahlung bei Lieferung«, fügte Claire hinzu.

»Natürlich«, schnaubte Krieger. »Sehr gewinnträchtig. Und was sollen mir die Millionen nützen, wenn ich in einem amerikanischen Gefängnis verfaule?«

»Es ist mit einem gewissen Risiko verbunden«, räumte Ethan ein.

»Ach nein?« sagte Krieger sarkastisch, entfernte den Deckel von einer Flasche Mineralwasser und trank. »Ins Hauptquartier der CIA einbrechen. Was sollte daran riskant sein.«

»Ich weiß nicht«, sagte Luther. Sein Blick war immer noch auf die Deckenlampe gerichtet, und er grübelte nur so zum Vergnügen über das Schaltsystem des Zuges nach und darüber, daß er sich vermutlich Zugang zu dem ausgeklügelten Computersystem verschaffen konnte, das die Fahrtgeschwindigkeit kontrollierte. »Langley. Ich weiß wirklich nicht.«

Ethan beugte sich zu ihm vor. »Das klingt aber nicht nach dem Luther Stickell, von dem ich gehört habe. Wie hat man dich noch gleich genannt? Den Net Ranger? Phineas Phreak? Der einzige Hacker auf Erden, dem es je gelungen ist, den GhostCom der NATO zu knacken?«

Luther setzte sich abrupt kerzengerade auf. »Es hat nie Beweise dafür gegeben, daß ich mit dieser ... dieser außergewöhnlichen Meisterleistung auch nur das geringste zu tun hatte.« Er gab sich empört, aber in seinen Augen lag die Andeutung eines Lächelns.

»Du weißt nicht, was du versäumst, Luther. Das wird der Mount Everest der Hacker. Es werden Songs geschrieben über Leute, die so etwas tun.«

Das angedeutete Lächeln in Luthers Augen erlosch, als er Ethan und Claire ernst musterte. »Ihr macht euch etwas vor«, sagte er nüchtern. »Sogar mit allermodernstem Entschlüsselungsmaterial. Cray-Zugang, STU3 ...«

»Krieger kann dir all das beschaffen«, fiel Claire ihm ins Wort und warf Krieger einen herausfordernden Blick zu. »Stimmt's?«

»Könnte etwas dauern«, entgegnete Krieger.

»Könnte etwas dauern?« sagte Ethan überrascht. »Da hat Claire mir aber etwas ganz anderes von dir erzählt.«

Luther führte derweil seine High-Tech-Einkaufsliste fort. »Thinking Mashine Laptops, und ich spreche von den 686er Prototypen – mit dem Risc Chip künstlicher Intelligenz und Logic-drives militärischer Güte ...«

Ethan starrte Krieger an.

»Vierundzwanzig Stunden«, sagte Krieger schließlich selbstsicher.

Ethan wandte sich wieder Luther zu, der angestrengt nachdachte.

»Und ich behalte das Equipment nach Beendigung der Operation«, schloß Luther.

»Luther«, sagte Ethan, »ich schätze, dir sind die Ausreden ausgegangen.«

Luther nahm eine Flasche Mineralwasser aus dem Eiskübel. Er öffnete sie nicht, sondern begnügte sich damit, ihre Konstruktion zu studieren. »Ich kann mir nicht allein durch Hacken Zugang verschaffen, weißt du. Nicht in Langley. Es gibt keinen Modem-Zugang zur Zentraleinheit. Sie ist eine unabhängige Einheit. Es führen keine Telefonleitungen zu diesem speziellen Silikonkasten. Ich müßte schon persönlich an diesem Terminal sitzen, und ich fürchte, Einbruch gehört nicht zu meinen Spezialgebieten. Und auch wenn ich es täte – wir sprechen hier von der CIA. Unmöglich, in dieses Gebäude reinzukommen, ganz zu schweigen vom Computerraum.«

»Würdest du dich bitte entspannen, Luther«, sagte Ethan. »Es ist noch schlimmer, als du denkst. Das Terminal ist in einer Stahlkammer untergebracht.«

Luther machte ein Gesicht, als wäre ihm plötzlich übel; Kriegers Miene drückte einfach nur Abscheu aus. Andererseits machte er ständig ein angewidertes Gesicht.

»In dieser Kammer wurde nichts ausgelassen«, fuhr Ethan fort. »Die Anlage erfordert eine starke Kühlung, was bedeutet, daß es große Lüftungsschächte gibt. Andererseits sind diese Schächte mit Laserrastern gesichert. Im Inneren der Stahlkammer gibt es drei Sicherheitssysteme, die nur bei autorisiertem Betreten abgeschaltet werden. Und das wird bei uns natürlich nicht der Fall sein.«

Er spreizte den Daumen ab. »Das erste System ist ein Geräuschsensor. Alles, was über ein Flüstern hinausgeht, löst den Alarm aus.«

Ethan streckte den Zeigefinger aus. »Zweitens ist der

Boden mit druckempfindlichen Fliesen ausgestattet. Sogar etwas so leichtes wie eine Feder, ein Wassertropfen, eine Büroklammer, *alles* löst den Alarm aus.«

Krieger warf seine leere Wasserflasche in den Abfalleimer.

Luther rieb sich die Stirn; er wirkte mit jeder Sekunde verwirrter.

Dann spreizte Ethan den dritten Finger. »Das dritte System registriert jeden Temperaturanstieg. Schon die Körpertemperatur einer unbefugten Person in der Kammer genügt als Auslöser. Alle drei Systeme sind auf dem neuesten Stand. Erste Sahne.«

Luther hob kopfschüttelnd beide Hände. »Und du glaubst wirklich, wir können es schaffen?«

Ethan lächelte möglichst selbstsicher und hoffte, daß sie ihm seine Zuversicht abkauften.

Claire saß bis tief in die Nacht wach in ihrem Zugabteil und studierte Karten von Washington und Virginia sowie Grundrisse des CIA-Hauptquartiers. Sie zog an einer Gauloise und blies langsam den Rauch durch die Lippen. Als Ethan an die Abteiltür klopfte, drückte sie die Zigarette aus.

»Jim hat mich überredet aufzuhören, aber mir ist es nicht gelungen, ihn ebenfalls davon abzubringen«, sagte sie und schob den Aschenbecher beiseite. »Das war die erste Zigarette seit Jahren.«

Ethan nickte und blickte nervös hinaus auf die rasch vorbeiziehende dunkle Landschaft. Er reichte ihr einen Umschlag.

»Das ist Bares«, sagte er. »Und ein zweiter Paß. Falls irgend etwas schiefläuft, während wir drin sind, wenn du spürst, daß irgend etwas nicht stimmt, verschwindest du – hast du verstanden? Du gehst einfach.«

»Du glaubst nicht, daß wir es schaffen.«

»Das habe ich nicht gesagt.«

»Nicht direkt.«

Er setzte sich zu ihr und sagte leise: »Claire, ich muß sichergehen, daß dir nichts passiert. Ich bin nicht einmal sicher, ob ich dich überhaupt dabeihaben will, aber wenn du mitmachst, hältst du dich an meine Anweisungen, und das bedeutet, daß du verschwindest, falls irgend etwas schiefläuft.«

»Und was ist mit dir?«

»Ich habe das Team verloren. Also brauche ich jetzt die Gewißheit, daß dir nichts passiert.«

»Ethan, wie du schon sagtest, jemand war über unsere Mission in der Botschaft informiert. Und keiner von uns ist gezwungen, das zu tun, was wir in Langley vorhaben. Wer mitmacht, tut das aus freien Stücken.«

Sie umarmte ihn.

»Möchtest du eine Zigarette?« fragte sie.

»Besser nicht.«

»Ich weiß. Ich sollte es auch wieder drangeben. Hat wohl etwas mit der Zugatmosphäre zu tun.«

»Ja, vielleicht. Schlaf gut.« Er küßte sie auf beide Wangen und drückte sie dann kurz an sich. Als er wieder von ihr abrücken wollte, hielt sie ihn fest, und ihre Lippen berührten sich, als er den Kopf wandte. Das war genau das, was er sich wünschte, schon lange, aber er durfte es nicht zulassen. Sie sahen einander einige Sekunden an, und dann küßten sie sich. Flüchtig.

Dann ging er.

Kapitel 10

Virginia

Abgesehen von dem Elektrozaun, dem modernen Überwachungsanlagen an allen Eingangstoren, den Bewegungsmeldern und den Dutzenden uniformierter Wachen mit Heckler-&-Koch-Maschinenpistolen, erinnerte das CIA-Hauptquartier inmitten der dichten Wälder Virginias an den Campus eines kleinen Colleges. Und die große Mehrheit der CIA-Angestellten sah aus wie gewöhnliche Büroangestellte, nur daß sie, je nachdem, in welcher Abteilung sie arbeiteten, mindestens vier Kontrollpunkte passieren mußten, um an ihren Schreibtisch zu gelangen.

Müde und blaß von dem Nachtflug von Prag via London nach Washington, war Eugene Kittridge nicht in Stimmung für Small-talk mit dem Sicherheitspersonal und anderen Kollegen, als er die Kontrollpunkte passierte und zügig die Flure in Richtung eines der Kommunikationsräume hinunterging. Er hatte die Nacht damit verbracht, Berichte über Ethan Hunt, Max und verschiedene suspendierte IMF- und CIA-Agenten zu lesen. Sein Hirn pochte von Namen und persönlichen Details. Jedes Wort in diesen Dossiers war wichtig, weil die kleinste Kleinigkeit Aufschluß darüber geben konnte, was ein bestimmter Agent denken oder tun würde. Die Lektüre von Hunts Akte war besonders anstrengend gewesen, weil er so perfekt war und so zahlreiche Operationen in so vielen verschiedenen Ländern durchgeführt hatte; die Möglichkeiten waren grenzenlos. Er war ein effizienter und gefährlicher

Agent, um so mehr, als er jetzt nicht mehr zu ihnen gehörte.

Als Kittridge im Kommunikationsraum eintraf, war Harry Barnes bereits mit verschiedenen anderen hochrangigen Geheimdienstlern dort. Ein Dutzend multifunktionaler Monitore neben dem Konferenztisch bildeten eine visuelle Infobank, und zehn der Monitore zeigten Fotos von Ethan Hunt aus verschiedenen Lebensabschnitten und in verschiedenen Verkleidungen. Zu Kittridges, Barnes' und der anderen Leidwesen waren Hunts Tarnungen bemerkenswert gut.

»Perfekt«, sagte Barnes laut, während immer neue Bilder eingeblendet wurden. »Er hätte uns gestern nacht im Flugzeug gegenübersitzen können.«

Kittridges Stab hatte die Nacht und den frühen Morgen damit zugebracht, sich verschiedene Möglichkeiten auszudenken, Ethan Hunt aus der Reserve zu locken. Sämtliche Ideen waren selbstverständlich streng geheim, vor allem, da einige der Vorschläge so kraß gegen die Verfassung verstießen, daß jede Zuweisung ihrem Urheber nicht nur eine Rüge einbringen konnte, sondern darüber hinaus eine Gefängnisstrafe. Es wurde nie etwas schriftlich festgehalten. Nicht, wenn es um ehemalige IMF-Agenten ging. Das letzte, was Eugene Kittridge im Augenblick brauchen konnte, war, sich vor einem Subkomitee des Senats dafür rechtfertigen zu müssen, daß Steuergelder darauf verwandt worden waren, sechs Nutten in Venezuela anzuheuern, weil zwei von ihnen ausgesehen hatten wie Ethan Hunts geliebte Ex-Freundin. Auch wollte Kittridge nicht erklären müssen, wie oder warum Hunt Stunden nach seiner Suspendierung noch Zugriff auf die Liste der ehemaligen IMF-Agenten gehabt hatte. Der Kongreß konnte in solchen Fragen sehr kleinlich sein. Vor allem, da Kittridges Hauptaufgabe darin bestand, den guten Ruf der CIA wiederherzustellen. Nachdem der Aldrich-Ames-Skandal jedem noch frisch im Gedächtnis war, wollte Kittridge als ambitionierter Bürokrat nicht mit einem unbefugten Zugriff auf eine interne Geheimakte in Zusammenhang gebracht werden. Wenn ein Kopf rollen mußte, würde Kittridge einen Weg finden, die Schuld auf Harry Barnes abzuwälzen.

Aber Harry Barnes war auch kein Anfänger in Sachen interner Politik. Er war nicht gewillt zuzulassen, daß Kittridge seinen Unmut wegen der Pannen in Prag an ihm ausließ. Er wartete, daß Kittridge nach seinem Kaffee griff, und führte dann das Gespräch fort, das er demonstrativ vor Kittridges Eintreffen begonnen hatte.

»Was ich wissen will«, sagte Barnes an die Agenten Lowden und Marek am anderen Ende des Tisches gewandt, »ist, wie Hunt sich Zugriff auf die Daten der suspendierten Agenten verschaffen konnte, Stunden nachdem wir seinen Code gesperrt hatten.«

Kittridge lehnte sich in seinem Stuhl zurück und balancierte auf den hinteren zwei Stuhlbeinen.

»Er könnte Phelps' Code benutzt haben«, meinte Lowden. »Sie waren Freunde, und Phelps' Code war noch vierundzwanzig Stunden gültig.«

»Wenn das der Fall ist«, sagte Barnes. »Müssen wir die IMF-Routine ändern und ein System entwickeln, das es uns ermöglicht, den Code eines Agenten sofort zu sperren, wenn ...«

Kittridge beugte sich vor, und die vorderen Beine des

Metallstuhls landeten mit einem lauten Knall auf den Bodenfliesen. »Ich glaube das einfach nicht. Hunt hat uns einen Arschtritt verpaßt, und Sie sitzen hier herum und versuchen herauszufinden, was für gottverdammte Schuhe er dabei getragen hat!« Er stand auf und blickte zornig in die Runde. »Es ist mir egal, *wie* er es gemacht hat, ich will wissen, *warum*. Heuert er Leute an? Wenn ja, zu welchem Zweck?«

»Er will überleben«, sagte Marek.

Irgendwo im Gebäude wurde Alarm ausgelöst, ein durchdringendes, rhythmisches Heulen.

Kittridge ignorierte es.

»Zu kurzsichtig«, sagte er. »Das könnte er auch mit Hilfe seiner Houdini-Tricks. Dieser Mann ist proaktiv, ein Macher. Darum hat er sich Zugang zur Datei der Ehemaligen verschafft. Hunt hat einen Plan, den er konsequent verfolgt. Die Frage ist, was er will und wo er es sich beschaffen muß. Barnes, zum Teufel, was ist das für ein Lärm?«

Ein interner Sicherheitsbeamter stürmte herein. »Feueralarm, Gene.«

»O, zum ... wir müssen doch nicht evakuieren, oder? Sag bitte, daß das nicht notwendig ist. Nicht heute morgen.«

»Bedaure, das ist Vorschrift«, entgegnete Barnes mit einer gewissen Befriedigung.

»Vorschrift«, wiederholte Kittridge mißmutig.

Zwei weitere Sicherheitsbeamte traten ein.

»Gentlemen, Ladys«, sagte der eine, »das ist keine Übung, und wir müssen uns an die Bestimmungen halten. Wenn Sie also so freundlich wären ...« Er zeigte auf den Flur.

»Herrgott noch mal ...« brummte Kittridge, als er widerwillig den Raum verließ.

Sie gingen nach draußen und gesellten sich zu den Kollegen, die im grellen Mittagslicht blinzelnd auf der gepflegten Rasenfläche vor dem Hauptgebäude standen. Kittridge hielt Ausschau nach Flammen, Rauch oder sonst etwas, das auf den ersten richtigen Brand in zwölf Jahren hindeuten könnte.

Die Sirenen dreier heranbrausender Löschwagen zerrissen die friedliche Stille dieses Frühlingstages in Virginia.

Um exakt 9.23 Uhr leuchtete der digitale Monitor hinter der Wachstation in der Eingangshalle des CIA-Hauptgebäudes auf wie ein Weihnachtsbaum. Der CIA-Sicherheitsbeamte Richard MacIntyre betrachtete das Schauspiel sehr interessiert. Er war ein Veteran der Operation Wüstensturm im Irak und hatte an sechs Feuergefechten teilgehabt. Ihm war das Purple Heart verliehen worden, nachdem er drei Zivilisten vor dem Feuer eines Heckenschützen gerettet und dabei selbst zwei Schußverletzungen am linken Bein davongetragen hatte. Das Militär gegen die CIA einzutauschen war für ihn eine Erholung, und blinkende grüne Lichter auf einem Computermonitor gehörten nicht zu den Dingen, die Mr. MacIntyre aus der Ruhe bringen konnten.

Da diese Lichter jedoch Feuer in verschiedenen Bereichen des Hauptgebäudes signalisierten, wußte er, daß Entscheidungen getroffen werden mußten, und zwar schnell. Glücklicherweise gab es für alles ganz spezielle Vorschriften. Die Feuerwehrleute der CIA würden nur zu den Bereichen vorgelassen werden, die von den Lichtern angezeigt wurden, und sie würden von Sicherheitspersonal der CIA begleitet werden.

Die Kontrolltafel zeigte ständig diverse Sicherheitsfunktionen innerhalb des Gebäudes an: verschlossen oder unverschlossen, frei oder besetzt, gesichert oder ungesichert, störungssicher aktiviert oder nicht, normaler Zugang oder eingeschränkter Zugang sowie ein halbes Dutzend weiterer spezieller Angaben, darunter auch Feuer. Selbstverständlich waren die Feuersensoren und der Alarm direkt mit einer nahe gelegenen CIA-Station verbunden, und die hochmodernen Sensoren konnten auf den Quadratmeter genau den Ursprung des Problems lokalisieren. Das Feuerwarnsystem war eine dieser Hundertmillionen-Dollar-Installationen, von denen niemand erwartete, daß sie je zum Einsatz kommen würden, da Feuer im CIA-Hauptquartier so selten war wie eine Zigarette in einem OP. Dennoch nahm Mr. MacIntyre den Alarm nicht auf die leichte Schulter, da die Wahrscheinlichkeit eines Fehlalarms äußerst gering war. Über den Sektornummern der betroffenen Bereiche blinkten rote Dreiecke, während eine Anzeige Einzelheiten übermittelte wie die Anzahl der Mitarbeiter in diesem Sektor, ihre Namen und wohin sie sich in einem solchen Fall hinbegeben sollten.

Am Kontrollpult tat neben MacIntyre noch ein zweiter Wachmann namens Akers Dienst, der nie bei der Army gewesen war und auch keinerlei Kampferfahrung besaß. Da dies angeblich das sicherste Gebäude auf dem Planeten war, war Akers verblüfft, als er das Blinken auf dem Monitor sah. Er blickte hilfesuchend auf den älteren Sicherheitsbeamten.

»Sohn, unsere oberste Pflicht ist es, bis zum Tod an diesem Schreibtisch auszuharren«, sagte MacIntyre trocken.

Im ersten Moment glaubte Akers, er meine es ernst. »Sir?«

MacIntyre zeigte auf die gläsernen Eingangstüren, durch die sie drei gelbe Spritzenwagen sehen konnten, die gerade vor dem Gebäude hielten. »Tatsächlich«, sagte MacIntyre, »ist das deren Problem.«

Eine Gruppe von Feuerwehrleuten stürmte durch die Tür und zeigte ihre Dienstausweise.

Was Akers am meisten erstaunte, war, daß die meisten CIA-Mitarbeiter sich benahmen, als würde der Alarm sie völlig kalt lassen. Die Mitarbeiter jener Bereiche, in denen Feuer angezeigt worden war, waren evakuiert worden, während jene in den anderen Abteilungen weiter ihrer Arbeit nachgingen, als wäre dies ein Tag wie jeder andere.

Die Feuerwehrleute nahmen den Alarm jedoch sehr ernst. Der erste von ihnen, der an den Tresen kam, war ein dynamischer junger Mann mit Feuerwehrhelm und schwarzgeränderter Brille. »Wir haben Alarm in den Bereichen drei, sieben und zwölf empfangen«, teilte er MacIntyre mit.

MacIntyre warf einen Blick auf den Schirm.

»Das ist korrekt.«

Drei weitere Feuerwehrleute kamen hereingelaufen und schienen im ersten Moment überrascht, bereits einen Feuerwehrmann beim Sicherheitsdienst stehen zu sehen. Aber er schien das Sagen zu haben.

»In welchem Sektor ist die Klimaanlage untergebracht?« fragte er.

»Einundzwanzig«, entgegnete MacIntyre. »Aber dort wurde kein Alarm ausgelöst.«

»Ich werde trotzdem hingehen und die Anlage abschalten«, erwiderte der Feuerwehrmann.

»Bedaure, Sir«, sagte MacIntyre ruhig. »Niemand betritt einen Sektor, in dem kein Alarm ausgelöst wurde.«

»Wollen Sie, daß das Feuer sich über das ganze Gebäude ausbreitet?«

»Sir, niemand betritt einen Sektor, in dem kein Alarm ausgelöst wurde«, wiederholte der Sicherheitsbeamte. »Das ist Vorschrift, und das wissen Sie ebenso gut wie ich.«

Luther Stickell, der im Inneren des dritten Spritzenwagens hockte, verfolgte den Wortwechsel mit. Er war umgeben von Computern, einer Mini-Satellitenschüssel, digitalen Telefonen und Scannern, die so hochentwickelt waren, daß die Techniker des CIA-Labors verblüfft gewesen wären, sie in den Händen eines Außenstehenden vorzufinden. Allerdings, wenn sie wüßten, daß das in dem speziell ausgerüsteten Wagen kein geringerer als Luther Stickell war, würden sie einfach alles für möglich halten.

Luther sah in einer Anleitung nach und gab einen Befehl in eines seiner Computersysteme ein. Er drückte die Eingabetaste. Nichts. MacIntyres Monitor blieb unverändert. Luther verzichtete auf die Anleitung und versuchte auf seine Weise, das Sicherheitssystem des CIA-Computers zu überlisten und sich Zugriff zu verschaffen.

Drinnen am Tresen teilte MacIntyre dem Feuerwehrmann entschlossen mit: »Sie können Ihre Leute auf die verschiedenen angezeigten Sektoren verteilen, aber was die anderen Bereiche betrifft ...«

»Sehen Sie noch mal nach«, fiel der Feuerwehrmann ihm ins Wort.

MacIntyre sah auf den Schirm. Jetzt blinkte auch der Sektor 21.

»Okay«, sagte Akers, der das blinkende Licht ebenfalls gesehen hatte. »Gehen wir.«

Er führte das erste Feuerwehrteam, das aus zwei Männern und einer Frau bestand, den Flur hinunter. Hinter ihnen folgten weitere Feuerwehrleute anderen CIA-Wachen in die verschiedenen Sektoren, in denen der Feueralarm ausgelöst worden war.

Das dritte Mitglied des Teams, das von Akers angeführt wurde, fiel zurück und verschwand auf der Damentoilette. Sie entledigte sich der schweren Feuerwehrausrüstung; darunter trug sie ein elegantes Kostüm mit CIA-Ausweis am Revers und Kennkarte. Claire Phelps warf einen letzten Blick auf den Computerausdruck, der das Dienstausweisfoto eines Mannes zeigte, bevor sie ihn in einem der überall angebrachten Reißwölfe der Agency vernichtete. Dann machte sie sich auf den Weg zur Cafeteria, wo dieser Mann um diese Zeit gewöhnlich seine Kaffeepause verbrachte.

William Donloe, der Mann, dem Claires Interesse galt, saß in der antiseptischen Atmosphäre der Computerzentraleinheit im Raum Nummer 111. Er gab aktualisierte Daten in das System ein und beobachtete, wie der Bildschirm sein kompliziertes Set von Codes und Paßwörtern annahm. Seine Armbanduhr piepte; das Signal für eine Pause. Der Prozedur folgend, die er drei- bis viermal täglich durchführte, schaltete er das System ab, verließ den Raum und aktivierte das Sicherheitssystem, das das zentrale Heiligtum vor unbefugtem Betreten schützte.

Donloe arbeitete jetzt seit zwei Jahren hier, ein Rekord. Die meisten Datenexperten der CIA – und um diesen Posten zu bekommen, mußte man sich und seine Vergangenheit gründlich durchleuchten lassen – hielten es nur sechs Monate im Raum 111 aus. Sie konnten die Isolation nicht ertragen. In der Stahlkammer durfte sich jeweils nur eine Person aufhalten. Während er am Computer arbeitete, durfte Donloe weder Anrufe tätigen noch empfangen; tatsächlich war das Telefon im Raum mit nur einem zweiten Apparat verbunden, der sich in einer Überwachungsstation befand und nur benutzt wurde, um technische Probleme zu melden. Persönliche Gegenstände wie Familienfotos, Glücksbringer oder Dekorationsgegenstände waren im Inneren des Computerraums nicht gestattet. Es gab keine Fenster, und sowohl die Lichtintensität als auch die Raumtemperatur blieben immer konstant. Es war ein hochtechnologisierter Isolationsbunker, und nach einigen Monaten dort begannen die meisten durchzudrehen. Sie fingen an, Selbstgespräche zu führen, zogen sich von anderen zurück und wurden launisch. Die für die Sicherheit zuständige Beamtin war mit allen Symptomen vertraut und sorgte dafür, daß die Programmierer rechtzeitig abgelöst wurden, um Probleme zu vermeiden.

Donloe entwickelte sich jedoch innerhalb der CIA-Programmierer-Kreise rasch zu einer Legende. Er blühte im Raum 111 förmlich auf. Er liebte die Isolation, die

Kontrolle, die Vorhersehbarkeit. Der Job verlieh ihm ein Gefühl von Wichtigkeit.

Er hörte, wie jemand die Cafeteria betrat, blickte jedoch erst auf, als die Person sich an seinen Tisch setzte. Es war Claire Phelps. Donloe hatte diese Frau noch nie gesehen – wenn sie sich schon einmal begegnet wären, hätte er ihr wunderschönes Gesicht ganz sicher nicht vergessen –, aber er warf nur einen Blick auf die Ausweiskarte an ihrem Revers und vertiefte sich dann wieder in seine Zeitung. Wozu ein Gespräch mit ihr anfangen? Frauen, die so aussahen, gehörten nicht in seine Welt. Claire schenkte ihm ein höfliches Lächeln und griff nach den Zeitungsseiten, die er bereits gelesen und beiseite gelegt hatte. Unbemerkt spritzte sie, als ihre Hand sich über seiner Kaffeetasse befand, aus einem Kugelschreiber eine klare, geschmacksneutrale, geruchlose Flüssigkeit in den Kaffee. Dann nahm sie sich den Wirtschaftsteil der Zeitung und zog die Hand zurück. Hierbei streifte sie absichtlich Donloes Schulter und lächelte dann entschuldigend. Als Claires Hand schließlich wieder an ihrer eigenen Kaffeetasse lag, hatte sie Donloes Kaffee erfolgreich mit einer Droge versetzt und einen winzigen grauen selbsthaftenden Mikrochip an seinem Rücken befestigt.

In dem Augenblick, da der Chip haften blieb, ertönte in Luthers Versteck ein Piepton. Er blickte auf einen seiner Monitore, der einen Grundriß des CIA-Hauptquartiers zeigte. Und da, exakt an der Stelle, die als Cafeteria ausgewiesen war, blinkte ein blaues Licht. William Donloe sandte ein deutliches Signal.

»Hallöchen«, sagte Luther, zufrieden, daß das Peilsignal einwandfrei funktionierte.

In der Cafeteria sah Claire auf die Uhr, nippte noch einmal an ihrem Kaffee und ging. William Donloe gestattete sich, ihr hinterherzusehen, gestattete sich sogar einen flüchtigen, aber intensiven Tagtraum um diese Schönheit. Als sie den Raum verließ, wandte er sich wieder seiner Zeitung zu.

So wie Donloes Tag sich noch entwickeln sollte, würde er später, in einem Schub religiöser Schuldgefühle, vielleicht glauben, die folgenden Ereignisse wären Gottes Strafe für diese kurze, aber verderbte Phantasterei mit der Frau aus der Cafeteria gewesen.

CIA-Sicherheitsbeamter Akers führte die zwei Feuerwehrmänner zu einer Diensttür im Sektor 21.

»Die Klimazentrale ist gleich dahinter!« sagte er und öffnete die Tür mit Hilfe seiner codierten Plastikkarte. Als die Feuerwehrmänner hineinstürmten, blickte Akers erst verwirrt, dann ärgerlich drein.

»Wo ist Ihr dritter Mann?« fragte er und griff nach seinem Sprechfunkgerät.

Inzwischen hatte Krieger ein Elektroschockgerät unter seinem Feuerschutzmantel hervorgeholt, das er dem Wachmann an den Hals drückte, woraufhin dieser bewegungsunfähig zusammensackte. Krieger schleifte Akers in den Raum und zog sein teflonlegiertes Kampfmesser hervor, um Akers endgültig auszuschalten. Ethan fuhr herum und trat Krieger das Messer mit einem gezielten Kick aus der Hand.

Er packte Krieger bei den Schultern und zischte: »Keine Toten.«

»Wir werden sehen«, entgegnete Krieger, Ethans zornigen Blick erwidernd. Aber er wußte, daß sie für

Autoritätsdebatten bereits zu tief in ihrer Mission steckten.

»Feßle ihn, und dann los«, befahl Ethan.

Sie entledigten sich ihrer Feuerschutzkleidung, versteckten sie und schnallten sich Hüfttaschen um, die diverse Ausrüstungsgegenstände enthielten.

Das Sicherheitsgitter vor dem Hauptlüftungsschacht war mit zehn Schrauben an der Decke befestigt. Ethan machte sich mit einem schallgedämpften Akkuschrauber an die Arbeit. Bevor er die Schrauben herauszog, sprühte er eine elektronische Legierung in das Loch, die den Sensoren vorgaukelte, das Gitter befände sich noch an seinem Platz. Ethan und Krieger zogen sich magnetische Saugnäpfe über Arme und Beine. Dann machten sie sich an den langen Aufstieg durch den Lüftungsschacht.

Luther verfolgte ihren Weg durch den Schacht über Ethans Visco-Übertragung und ihre Peilsignale, die sich über den Gebäudegrundriß bewegten. Ethan gelangte an eine Stelle, an der der Schacht sich dreifach gabelte.

»Nach rechts«, teilte Luther ihm von der Einsatzzentrale im Truck aus mit. »Und dann nach oben.«

Der vertikale Aufstieg war zeitraubend und beschwerlich, da sie erst ihre Magnetsaugnäpfe aufsetzten und ihr Gewicht dann nachziehen mußten, was durch die Ausrüstungstaschen noch erschwert wurde. Die Klimaanlage hatte sich aufgrund des Feueralarms automatisch abgeschaltet, so daß die Temperatur im Luftansaugschacht mit jeder Sekunde anstieg.

Schweiß tropfte von Ethans Gesicht auf Krieger, der auf Französisch fluchte.

»Von hier ab keinen Mucks mehr«, sagte Ethan in sein Viso-Mikrofon und zog sich in dem senkrechten Schacht ein Stück höher.

»Klar«, entgegnete Krieger, nur um Ethan zu ärgern.

Ethan warf einen Blick auf ihn herab, setzte seinen Aufstieg jedoch fort, seine Muskeln schmerzend vom Gewicht der Ausrüstung.

»Unser Mann bewegt sich«, sagte Luther, als er sah, daß das blaue Blinklicht, das William Donloe markierte, sich über den Schirm bewegte.

Donloe faltete seine Zeitung sorgfältig zusammen, nahm seine Styroportasse mit Kaffee und ging hinaus auf den Flur.

Irgendwo innerhalb der Mauern, an denen Donloe vorbeiging, krochen Ethan und Krieger durch einen waagerechten Schachtabschnitt, dann einen weiteren drei Meter langen senkrechten Schacht hinauf. Es war ein schweißtreibender, schwerer Aufstieg. Oben ging der Schacht wieder in die Waagerechte über. Und zehn Meter weiter vorn sah Ethan einen Lichtschimmer. Er schob sich leise weiter vor, bis er durch das Gitter hinabsehen konnte, durch das das Licht drang. Raum 111, Bodennullpunkt.

Nur wenige Zentimeter unterhalb des Gitters sah er ein Raster von roten Laserstrahlen, dick wie Bleistifte. Das System war simpel: Wurde einer der Strahlen unterbrochen – von einer Fliege, einer Feder oder einer dichten Rauchwolke –, wurde der Alarm ausgelöst.

Ethan wandte sich Krieger zu und formte mit den Händen ein Dreieck. Krieger robbte vor und reichte Ethan ein speziell entwickeltes Prisma. Vorsichtig ließ Ethan es in das Lasernetz herab, so daß das Prisma die

Strahlen einfing, ohne sie zu unterbrechen. Ein zweites Prisma ließ er auf der anderen Seite des Gitters hinunter und dirigierte die Strahlen um. Er befestigte die Prismen, die die Laserstrahlen von der Schachtöffnung wegdirigierten, mit einem Klebeband am Rand der Öffnung.

Die Öffnung war frei.

Ethan wandte sich erneut um und streckte die Hand aus. Krieger reichte ihm einen kleinen Akkuschrauber. Ethan senkte neben jeder Schraube einen Magnetstreifen herab, um sie aufzufangen, sobald sie aus der Fassung entfernt war. Die Schrauben, mit denen dieses Gitter befestigt war, waren nicht so lang wie die im Sektor 21, so daß es recht schnell ging. Einen Magnetstreifen nach dem anderen zog er hoch und nahm die Schrauben mit den Zähnen ab. Als er alle sechs Schrauben beisammen hatte, spuckte er sie in eine Hand, während er mit der anderen das Gitter festhielt. Vorsichtig schob er die Schrauben in eine Tasche, ließ das Gitter ein Stück herunter, kippte es, zog es durch die Öffnung herauf und reichte es an Krieger weiter.

»Drahtschlauch«, formte er stumm mit den Lippen, und Krieger reichte ihm ein Stück biegsamen Schlauch, der an einen Kanister von der Größe einer Thermosflasche angeschlossen war, den Krieger an der Hüfte trug. Ethan schob den Schlauch durch die Öffnung und richtete ihn auf den Thermostat oberhalb des Zentralcomputers. Der Temperaturmesser war darauf ausgerichtet, beim geringsten Temperaturanstieg im Raum den Alarm auszulösen; sank die Temperatur hingegen, wurde das Sicherheitssystem nicht aktiviert. Als der Schlauch exakt auf den Sensor ausgerichtet war, gab

Ethan Krieger ein Zeichen. Kalte Luft strömte in den Raum, genug, um Ethans Körperwärme auszugleichen.

Ethan richtete die Ösen an dem Geschirr auf, das er um den Oberkörper trug, und Krieger hakte starke Nylonseile in sie ein. Ethan robbte noch näher an die Öffnung heran und schob sich mit dem Kopf voran hindurch.

Krieger stemmte sich mit Füßen und Rücken gegen die Seitenwände des Metallschachts und kontrollierte die Leinen, die Ethan in der Luft hielten und langsam über einen Flaschenzug herabließen. Mit dem Kopf voran wirkte Ethans verkehrte Ansicht des Computers surreal. Die Wände waren strahlendweiß, ebenso wie die druckempfindlichen Bodenfliesen. Bunte Lämpchen an der Cray-Zentraleinheit blinkten. Unnatürliche Stille lag über dem Raum, und Ethan konnte seinen Atem hören und das Blut, das durch sein Herz pumpte. Noch nie war er an einem so stillen und so seltsamen Ort gewesen. Inmitten verschiedener hochmoderner Alarmsysteme hängend, würde er sich beim geringsten Fehler Kittridge ausliefern – ein Verräter, der mit dem Kopf nach unten mitten im Zentrum des CIA-Hauptquartiers von der Decke baumelte. Wie praktisch. Wenn es dazu kam, würde er kaum glaubhaft machen können, daß er nur versuchte, seine Unschuld zu beweisen. Kittridge würde ihm ins Gesicht lachen. In flagranti beim versuchten Diebstahl nationaler Geheiminformationen geschnappt, und das alles, um den wahren Verräter zu entlarven? Ja, diese Erklärung würde in etwa so weit fliegen wie ein Thanksgiving-Puter. Nicht nur das. Außerdem war Ethan in diesem Augenblick Krieger ausgeliefert, der die Leinen hielt. Ein

Fehler von Krieger – einem Mann, mit dem Ethan noch nie zusammengearbeitet hatte und von dem er jetzt schon wußte, daß er ihn nicht leiden konnte –, und die Mission würde ein katastrophales Ende nehmen. Und was war mit Claire? Was, wenn sie nicht an Donloe herankam? Was, wenn doch, Donloe seinen Kaffee aber nicht austrank? Ethan stieg – oder besser sackte – das Blut in den Kopf, und er fühlte, wie sein Hals anschwoll und seine Augen aus den Höhlen quollen, als er auf eine Höhe mit dem Wärmesensor gelangte. Während er langsam daran vorbeiglitt, positionierte er den Schlauch so, daß die kalte Luft den Sensor nach und nach erreichte. Dann fiel Ethan ein, daß er schon lange keinen Atemzug mehr gemacht hatte. Er konnte nicht riskieren, laut einzuatmen, und so sog er lautlos winzige Mengen der kühlen Luft des sterilen Raumes ein.

Irgendwo auf den Fluren steuerte William Donloe zügig seinen Computerraum an.

Er passierte zwei interne Kontrollpunkte und gelangte in den Vorraum zur Stahlkammer 111. Obwohl die Sicherheitsbeamtin Donloe kannte, mußte er seinen Dienstausweis und seine Codekarte vorzeigen. Dann stützte er, um sich endgültig Zugang zu verschaffen, das Kinn auf eine entsprechend geformte Vorrichtung und blickte in einen Retina-Scanner.

Als die Tür zur Stahlkammer aufschwang, um Donloe einzulassen, wurde Ethan ruckartig hochgezogen und blieb dicht unterhalb der Lüftungsöffnung hängen. Keine Zeit, in den Schacht zurückzukriechen.

William Donloe betrat sein Reich.

Als er sich seinem Arbeitsplatz näherte, krümmte Donloe sich plötzlich und preßte sich die freie Hand auf den Bauch. Drei Meter über ihm schwebte Ethan Hunt horizontal in der Luft. Nur ein Nylongeschirr und ein Flaschenzug-System, das von Krieger kontrolliert wurde, trennten ihn von William Donloe und dreißig Jahren Gefängnis.

Er hing da wie ein überdimensionaler Christbaumschmuck, mit angehaltenem Atem. Jede Sekunde kam ihm vor wie Stunden.

Was zum Teufel ist mit der T-19-Lösung, die Claire in seinen Kaffee schütten sollte, dachte Ethan und betete, daß Donloe die gebeugte Haltung beibehalten würde.

Donloe stellte seine Kaffeetasse auf die mit Hartgummi überzogene Arbeitsplatte, zog die Tastatur heraus und prüfte die Dokumente, die er verschlüsselt in das System eingeben wollte. Ihm war flau im Magen, aber bislang war er immer von den üblichen Erkältungen, Viren und Grippen verschont geblieben, die im Gebäude grassierten.

Über ihm drehte Ethan Hunt sich langsam um die eigene Achse und fragte sich, ob er noch bei Verstand war, etwas so Verrücktes überhaupt zu versuchen.

Im Inneren des Spritzenwagens lehnte Luther Stikkell sich zurück und starrte hilflos auf die Bildübertragung der Visco-Brille.

Krieger hielt das Nylonseil eisern umklammert, wenngleich seine Muskeln protestierten von der andauernden statischen Haltung.

Weiter unten atmete Donloe tief durch, griff nach seinem Kaffee und trank einen Schluck. Er räusperte sich, und das Geräusch hallte im Raum wider wie eine Explosion.

Ethan hielt seinen Körper versteift, regungslos, aber

er wußte, daß er das nicht lange durchhalten würde. Auch fühlte er das Vibrieren des Seils, das Krieger hielt.

Donloe begann zu tippen und unterbrach sich nur hin und wieder, um sich den Schweiß von der Stirn zu wischen.

Als Ethan gerade glaubte, seine Position keine Sekunde länger halten zu können, hörte Donloe abrupt auf zu tippen, lehnte sich langsam in seinem Stuhl zurück und hob langsam den Blick. Es war, als hätte er plötzlich Ethans Anwesenheit gespürt.

Aber noch während Donloe langsam den Kopf zurückneigte, griff er nach dem Papierkorb, der seitlich an seinem Arbeitstisch eingehängt war, und hielt ihn sich gerade noch rechtzeitig vor das Gesicht, um den Strahl Erbrochenes aufzufangen.

Er stand auf, erbrach sich erneut in den Abfalleimer, lief zur Tür und drückte den gelben Knopf, der den Schließmechanismus aktivierte. Die Tür schloß sich hinter ihm.

Aber trotz seiner akuten Übelkeit vergaß Donloe nicht, seine Codekarte in den äußeren Sicherheitsschlitz zu schieben. Die druckempfindlichen Fliesen in der Computerzentrale leuchteten auf, und eine Digitalanzeige neben der Tür signalisierte:

SICHERHEITSSYSTEM – AKTIVIERT

Krieger lehnte sich im Schacht zurück, um eine bessere Hebelwirkung zu erzielen, und begann dann, Ethan gleichmäßig herabzulassen. Als Ethan sich in Höhe des Computers befand, stoppte er. Unglücklicherweise befand sich die Tastatur einen Meter außerhalb seiner

Reichweite. Ethan blickte die Seile hinauf. Sie waren so in der Schachtöffnung plaziert, daß er die Tastatur würde erreichen können, wenn es ihm gelang, die Leinen dreißig Zentimeter weiter zur Seite zu verschieben. Das Vibrieren der Seile verriet ihm, daß es Krieger alle Kraft kostete, ihn zu halten. Auch machte er sich Sorgen wegen ihres Zeitplans.

Ethan begann, in immer größer werdenden Bögen vor und zurück zu schwingen. Das Blut strömte in seinem Kopf auf und ab, und sein Gesicht war von einem feinen Schweißfilm überzogen. Seine ganze Kraft aufbietend, vollführte er einen kontrollierten akrobatischen Flip und zwang so die Leinen, so weit zu schwingen, daß er in Reichweite der Computertastatur gelangte.

Krieger stemmte sich schwitzend gegen die Schachtwände und biß sich auf die Unterlippe, um nicht laut aufzustöhnen.

Luther Stickell verfolgte das Manöver angespannt und wurde ganz seekrank von Ethans schwingenden Bewegungen.

Als Ethan seine Position stabilisierte, erkannte er, daß er immer noch knapp außer Reichweite der Tastatur war. Er mobilisierte noch einmal alle Kraftreserven, indem er sich erneut um die eigene Achse drehte und endlich direkt vor das Terminal gelangte. Er sah aus wie ein Fallschirmspringer im freien Fall. Seine Bauchmuskeln brannten wie Feuer. Er nickte knapp, das vereinbarte Signal an Luther, seine Anweisungen durchzugeben.

»Also dann«, sagte Luther, den Blick auf den Visco-Monitor gerichtet. »Gib folgendes Paßwort ein: AW96B6. Dann Return.«

Ethan befolgte seine Instruktionen, während dicke Schweißtropfen sich auf seiner Stirn bildeten.

»Jetzt ruf das Dateienmenü ab«, fuhr Luther fort. »Du mußt die NOC-Datei finden.« Er wartete ungeduldig. Als die Datei auf dem Bildschirm erschien, flüsterte er. »So. Und jetzt öffne die NOC-Liste.«

Ethan tat wie befohlen, seine protestierenden Bauchmuskeln ignorierend, so gut es ging. Schweiß rann ihm über das Gesicht, durchtränkte seinen Kragen, und er befürchtete, daß Schweißtropfen auf den Boden fallen könnten.

»Schieb die Diskette in den Schlitz auf der rechten Seite. Doppelklick auf NOC-Liste.«

In seiner rechten Brusttasche befand sich eine 3,5-Zoll-Diskette, die Luther speziell dem einzigartigen System des Cray-Computers entsprechend formatiert hatte. Er schob sie in den von Luther bezeichneten Schlitz und hörte das leise Surren, das verriet, daß die Diskette angenommen worden war. So leise das Geräusch auch war, in der Stille des Raumes dröhnte es in Ethans Ohren wie eine Lawine.

Er erstarrte, überzeugt, daß jeden Augenblick der Alarm ausgelöst würde.

Es blieb still.

Er klickte die ausgewählte Datei zweimal an, und aus dem Inneren des Computergehäuses ertönten gedämpfte sirrende Geräusche, die darauf hindeuteten, daß der Cray-Computer einen Befehl ausführte.

»Okay, gut«, sagte Luther. »Er prüft die Diskette. Ruf das Menü ab und gib den Befehl ein ›Speichern auf Laufwerk A‹.«

Ethan tat, was er sagte, aber seine Rückenmuskeln

begannen, sich in dieser ungewohnten Haltung zu verkrampfen.

Luther sah Ethans verzerrtes Gesicht.

»Du hast schon an die Tür geklopft«, sagte Luther. »Gib jetzt nicht auf.«

Der Computer bestätigte den Kopiervorgang, und Luthers Stimme im Kopfhörer zitterte vor Aufregung. »Es klappt«, sagte er, und seinem Tonfall war zu entnehmen, daß sie gerade Geschichte schrieben. »Wenn es grün aufleuchtet, ist der Kopiervorgang abgeschlossen.«

Die NOC-Liste lief rasend schnell über den Bildschirm. Luther verfolgte den Vorgang auf dem Visco-Monitor. Die echten Namen und Aufenthaltsorte waren Codenamen und verdeckten Operationen zugeordnet. Die geheimsten Daten aller US-Geheimdienstoperationen wären akut gefährdet, wenn die Liste diesen Raum verließ.

»Heilige Mutter Gottes«, hauchte Luther überwältigt.

Krieger oben im Schacht hörte zwar Luthers Euphorie, konnte sie jedoch nicht teilen. Er und Ethan steckten noch im Herzen des CIA-Hauptquartiers, weit entfernt davon, in Sicherheit zu sein. Ethan in der gleichen Position zu halten, war die reinste Folter. Krieger fühlte sich, als würde jemand mit einer Fackel seine Arme und Beine entlangfahren. Der Schweiß rann ihm in Strömen am Körper herab.

Dann hörte er ein Geräusch, das weder aus dem Lautsprecher der Visco-Brille kam noch aus dem Computerraum.

Ein leises kratzendes Geräusch aus dem Inneren des Metallschachts, nicht weit von seinem Kopf entfernt.

Er blickte auf und sah eine Ratte auf sich zukommen. Der fette, freche Nager starrte ihn an.

Krieger starrte zurück.

Verwirrt von Kriegers Regungslosigkeit, wagte die Ratte sich weiter vor. Krieger spuckte in ihre Richtung. Verfehlte sie. Sie kam näher. Nicht, daß Krieger sich vor Ratten gefürchtet hätte. Er war allergisch gegen Rattenhaare. Seine Augen begannen zu tränen, und seine Nase juckte. Krieger fühlte den aufsteigenden Niesreiz.

Luthers Stimme kam wieder über den Visco-Lautsprecher. »Du hast es geschafft. Jetzt hol die Diskette raus.«

Ethan mußte den letzten Rest Kraft aufbieten, um den Arm auszustrecken, die Diskette aus dem Schlitz zu nehmen, in die Brusttasche seines Overalls zu stekken und den Klettverschluß zu schließen.

Dann ließ er sich eine Weile baumeln, entspannte seine Muskeln und atmete mehrmals tief durch.

Er fühlte, wie das Seil ruckte.

Oben im Schacht legte Krieger beide Leinen zusammen, um eine Hand frei zu haben. Als die Ratte nur noch Zentimeter von seinem Gesicht entfernt war, griff Krieger nach dem Messer.

In dem Augenblick, da er ausholte, um die Ratte zu töten, verlor er den Halt, und die Leinen glitten ihm aus der Hand.

Ethan fiel wie ein Stein auf die druckempfindlichen Fliesen zu.

In letzter Sekunde bekam Krieger die Seile wieder zu fassen und fing Ethans Sturz ab. Ethan schwebte mit ausgebreiteten Armen und Beinen nur knapp zwei Zentimeter über dem Boden.

Er drehte den Kopf zur Seite, damit seine Nase nicht auf den Boden stieß. Keuchend bemühte er sich, in der Waagerechten zu bleiben, während Krieger sich abkämpfte, wieder festen Halt zu finden.

Dann begann Krieger, Ethan langsam hochzuziehen. Schweiß rann Ethan über Stirn und Nase und sammelte sich an seiner Nasenspitze zu einem großen Tropfen. Er drehte den Kopf, und der Tropfen löste sich. Das Gewicht dieses einen Tropfens würde ausreichen, den Alarm auszulösen und das Sicherheitssystem zu aktivieren, das das Gebäude abriegelte und Hunderte von Sicherheitsbeamten mobilisierte.

Ethan holte reflexartig mit der linken Hand aus und fing den Schweißtropfen in der Luft auf.

William Donloe versuchte dreimal, die Herrentoilette zu verlassen, wurde aber jedesmal von neuem vom Brechreiz überwältigt und mußte eilig zur Kloschüssel zurückkehren. Aufgrund der Mengen von Flüssigkeit, die er in den vergangenen zehn Minuten ausgeschieden hatte, konnte er sich kaum noch auf den Beinen halten; sein Kopf fühlte sich an, als stecke er in einer Zentrifuge. Schließlich war sein Magen restlos leer, und es gab einfach nichts mehr, was er noch hätte erbrechen können.

Er spritzte sich Wasser ins Gesicht, zitternd bei dem Gedanken, daß er sich einen Killervirus eingefangen haben könnte, der ihn vielleicht umbrachte. Nur Gott und eine Handvoll Wissenschaftler wußten, was für grauenhafte chemische Waffen die CIA gerade in ihren Labors entwickelte. Konnte vielleicht ein Virus entwichen sein? Er mußte zur Krankenstation, soviel stand fest, aber dazu mußte er sich erst so weit erholen, daß er die Strecke bis dorthin schaffte. Zweitens mußte er die Dateien schließen, an denen er gearbeitet hatte, als er so überhastet aus dem Computerraum gestürmt war. Schwankend verließ er die Herrentoilette und kämpfte sich erneut durch die verschiedenen Kontrollpunkte auf dem Weg zu seinem Arbeitsplatz.

»Unser Mann kommt zurück«, flüsterte Luther Stikkell in sein Mikro und folgte dem blauen Punkt auf dem Monitor.

Ethan näherte sich langsam der Schachtöffnung.

Plötzlich hielt Krieger inne und ließ Ethan anderthalb Meter unter der Decke in der Luft hängen.

Ethan tippte sich an die Visco-Brille, um Krieger zu warnen, daß Donloe zurückkam.

Krieger sah durch die Öffnung herab und schüttelte den Kopf.

Ethan funkelte ihn zornig an und formte mit den Lippen stumm die Frage: »Was ist los?«

Krieger nahm eine Hand von der Nylonleine, langte nach unten und krümmte mehrmals hintereinander die Finger.

Luther meldete sich wieder. »Macht, daß ihr da wegkommt ... raus da ...«

Ethan zeigte auf die Tür und tippte dann nachdrücklich auf seine Uhr.

Aber Krieger fuhr mit seiner fordernden Geste fort. Er wollte die Diskette.

»Zieh mich rauf, Arschloch«, bedeutete Ethan Krieger stumm.

Es war zwecklos. Krieger starrte nur mit ausdruckslosem Gesicht auf ihn herab und schüttelte den Kopf.

»Hey, er ist an der Stahltür«, sagte Luther verzweifelt. »Höchste Eisenbahn!«

Ethan holte die Diskette aus der Brusttasche und reichte sie Krieger, der Ethan endlich ganz hinaufzog.

»Merci«, flüsterte Krieger und verstaute die Diskette in seiner Jacke.

Als er nach unten langte, um Ethan durch die Öffnung zu ziehen, stieß Krieger mit dem rechten Knie gegen das Kampfmesser, mit dem er die Ratte getötet hatte, und die Klinge schlitterte auf die Öffnung zu und fiel hinunter.

Wie erstarrt blickten Ethan und Krieger auf das Messer, das sich im Fallen um sich selbst drehte und sich rasch dem Boden näherte.

Die Stahltür klickte, als Donloe sich dem Test durch den Retina-Scanner unterzog und der Schließmechanismus geöffnet wurde. Den Bruchteil einer Sekunde, bevor die Tür aufschwang, landete das Messer mit der Spitze voran auf dem Computertisch und grub sich in die Hartgummioberfläche.

Ethan und Krieger starrten geschockt und ungläubig auf das Messer.

Dann betrat Donloe den Raum, immer noch gebeugt vom qualvollen Erbrechen.

Als er seinen Arbeitsplatz erreichte, zog er die Tastatur hervor und bemerkte das Messer, das nur Zentimeter zu seiner Linken aufrecht im Tisch stak. Für ihn war es, als wäre er in seine Wohnung zurückgekehrt, um festzustellen, daß in seinem Wohnzimmer ein Raumschiff parkte. Mehrere Sekunden glaubte er, er würde halluzinieren.

Aber dann berührte er das Messer. Es war real. Wie

war das möglich? Ein dummer Scherz vielleicht? Donloe blickte hinauf zum Lüftungsschacht. Es war alles unverändert; das Raster aus roten Laserstrahlen eingeschaltet.

Mit klopfendem Herzen setzte er sich und schaltete den Bildschirm ein. Die Mitteilung, die auf dem Monitor erschien, war für ihn ein noch größerer Schock als das Messer:

KEYSTROKE LOG – FILE DOWNLOAD
11/18/95 9.58 am

Nein, unmöglich. Um diese Zeit, vor exakt sechs Minuten, war er auf der Herrentoilette gewesen und hatte sich übergeben. Eine Fehlfunktion des Cray 3? Die Chancen standen eins zu einer Million. Hatte er einen Befehl gegeben, bevor er davongestürzt war? Nein, daran würde er sich erinnern, so elend er sich auch fühlte. Wenn während seiner Abwesenheit jemand den Raum betreten hätte, hätte die Sicherheitsbeamtin draußen vor der Tür ihn hiervon unterrichtet. Dieser Kopiervorgang war unmöglich.

Aber das galt auch für das Messer.

Während Donloe dasaß und versuchte, das Unfaßbare zu begreifen, krochen Ethan und Krieger leise davon und hinterließen mehrere Rauchbomben, um sicher zu gehen, daß der Feueralarm aufrechterhalten wurde.

Im Computerraum stellte Donloe sich schließlich der entsetzlichen, unbegreiflichen Realität, mit der er sich konfrontiert sah. Er nahm den Hörer des Nottelefons ab und drückte vier Tasten, in dem Bewußtsein, daß sein Leben sich drastisch verändern würde.

Kittridge hatte eine Viertelstunde draußen gewartet und war dann mit seinem Team in den Konferenzraum zurückgekehrt, nachdem sie kein Anzeichen für einen Brand hatten feststellen können.

»Denken Sie nach«, herrschte er Barnes und die versammelten Agenten an. »Zum Teufel noch mal. Sie sehen den Wald vor lauter Bäumen nicht. Vergessen Sie Hunts Klassenbucheinträge von der Highschool. Machen Sie die Augen auf; ich wette, es springt einem förmlich ins Auge. Ethan Hunt hat zwei ehemalige IMF-Agenten angeheuert. Wozu? Er hat etwas vor. Das ist die Frage. Was *will* Ethan Hunt?«

»Dasselbe, was er schon in Prag wollte«, entgegnete Barnes tapfer. »Das, was er schon immer gewollt hat. Die NOC-Liste.«

»Okay, aber an die Liste kommt er nicht heran. Wie könnte man sich Zugriff auf die Liste verschaffen?«

Einige der Agenten lächelten unbehaglich.

»... abgesehen vom hiesigen Zentralcomputer, versteht sich«, fügte Kittridge mit knappem Gelächter hinzu. Nervöses Kichern erhob sich unter den Anwesenden.

Hinter Kittridge, auf der anderen Seite des Raumes, klingelte leise ein Telefon. In diesem Kommunikationszentrum befanden sich ein halbes Dutzend Telefone, aber der Umstand, daß ausgerechnet dieses eine läutete, weckte die Aufmerksamkeit aller. Einer der Agenten nahm ab und hörte aufmerksam zu. Alle Farbe wich aus seinem Gesicht. Dann wandte er sich Kittridge zu und hielt ihm den Hörer hin. Sein Gesicht verriet, daß er Überbringer ausgesprochen schlechter Neuigkeiten war.

»Für Sie«, sagte er, seine Stimme kaum mehr als ein Flüstern.

Kittridge zögerte. Seine Gedanken überschlugen sich, düstere Eventualitäten, die zwar unwahrscheinlich waren, aber ...

»Kittridge hier«, sagte er, nachdem er den Hörer entgegengenommen hatte.

William Donloe sprach zögernd und verwirrt. Als er schließlich aussprach, was er eigentlich sagen wollte, fand Kittridge einen Verdacht bestätigt, der ihn schon den ganzen Morgen begleitet hatte: Das würde der allerschwärzeste Tag in seinem Leben werden.

Alle vier – Ethan, Claire, Luther und Krieger – auf den Vordersitz des Spritzenwagens gezwängt, steuerte Krieger das Fahrzeug über eine verlassene Landstraße zurück zu ihrem Fluchtwagen. Niemand hatte ein Wort gesagt, seit sie Langley verlassen hatten.

Krieger machte ein selbstgefälliges Gesicht, die Diskette sicher in seiner Jackentasche untergebracht. Claire war erschöpft, hatte den Kopf an Ethans Schulter gelehnt und die Augen geschlossen. Ethan blickte hinaus auf die vorbeiziehende Landschaft, mit den Gedanken ganz woanders.

Luther Stickell seinerseits wirkte besorgt. Die berauschende, adrenalingesteuerte Euphorie, die ihn bei der Erkenntnis befallen hatte, daß er es geschafft hatte, in das bestgesicherte System der Welt, einen unabhängigen Cray 3 der CIA, einzudringen und die NOC-Liste an sich zu bringen, hatte nur etwa fünf Minuten angehalten.

Die Realität hatte ihn eingeholt wie eine kalte Dusche an einem Wintermorgen.

Was, zum Teufel, hatten sie da getan? Die NOC-Liste enthielt Informationen, wie sie brisanter nicht sein konnten. Buchstäblich Tausende von Menschenleben waren in Gefahr, wenn die Liste in Umlauf kam. Diplomatische Beziehungen konnten gestört oder vernichtet werden. Und es war nicht auszuschließen, daß die NOC-Liste, wenn sie in die falschen Hände geriet, einen kalten Krieg zwischen den USA und einem halben Dutzend anderer Länder heraufbeschwor. Die Geheimnisse, die die Liste barg, konnten sogar dazu benutzt werden, einen aktiven Krieg anzuzetteln. Was um alles in der Welt hatten sie getan?

Das einzige, was Luther halbwegs beruhigte, war, daß er Ethan Hunt vertraute. Aber warum hatte sich Ethan mit einem Typen wie Krieger eingelassen? Warum stand der Top-Agent der IMF plötzlich auf der schwarzen Liste? Warum hatte Ethan sein Leben riskiert, um die NOC-Liste zu stehlen? Er konnte doch unmöglich hoffen, ungeschoren davonzukommen, oder? Diese Fragen hatte Luther sich in den vergangenen zwei Tagen immer wieder gestellt. Die Antworten waren Luther nicht allzu wichtig in Anbetracht der Art, wie CIA und IMF ihn in der Vergangenheit behandelt hatten – vermutlich hätte er den Job auch nur für Geld und die Gelegenheit übernommen, den gewagtesten Coup in der Geschichte der Cyber-Operator zu landen. Trotzdem. Die mit der NOC-Liste verbundenen Risiken waren beunruhigend. Und wenngleich er Ethan vertraute – auch wenn der seinen Gesamtplan weder ihm noch Krieger mitgeteilt hatte –, wäre ihm doch wohler, wenn er sicher wüßte, daß die NOC-Liste nicht dazu dienen sollte, ein Blutbad anzurichten. Luther wußte, daß er mit dieser Gewißheit besser schlafen würde.

»Ich weiß nicht«, sagte Luther laut. »Ich weiß wirklich nicht.«

Ethan warf ihm einen Blick zu; er wußte sehr genau, was Luther durch den Kopf ging.

»Fliegen wir erst mal zurück nach London«, sagte er.

»Hier werden wir auch nicht mehr lange sicher sein«, entgegnete Luther.

»Das denke ich auch.« Ethan lehnte sich zurück. Er wußte, daß Kittridge sie alle vier innerhalb einer Stunde ganz oben auf die Abschußliste setzen würde. Ethan baute jedoch darauf, daß Kittridge nicht scharf darauf sein würde, jeder Polizeibehörde auf der Welt mitzuteilen, daß die NOC-Liste direkt vor seiner Nase gestohlen worden war. Ethan wußte, daß Kittridge versuchen würde, die Liste selbst wiederzubeschaffen, woraus sich verschiedenste Möglichkeiten ergaben. Ethan hatte ganz sicher nicht die Absicht, die Liste in Umlauf zu bringen. Ebenso wie Luther war auch ihm die Bedeutung der von ihnen gestohlenen Informationen bewußt. Und er wollte nicht, daß das Blut Unschuldiger an seinen Händen klebte. Aber in einem so hochdotierten Spiel wie diesem brauchte er einen großen Einsatz, um die richtigen Spieler zu gewinnen. Die NOC-Liste war der denkbar höchste Einsatz in Geheimdienstkreisen.

Aber es beunruhigte Ethan, daß Luther der einzige in seinem Team zu sein schien, den ihr Coup und das explosive Material, das sich in ihrem Besitz befand, beunruhigte. Krieger ging es offensichtlich allein ums

Geld, und alles, was ihm im Weg stand, einschließlich eines Sicherheitsbeamten der CIA, war Freiwild. Claire hatte sich nicht zu der Liste geäußert; sie schien nur daran interessiert zu sein, Jims Tod zu rächen. Aber zu welchem Preis, sagte sich Ethan. Andererseits unterstützte sie ihn bei seinem eigenen Plan, so daß er schwerlich ihr mangelndes Interesse an der ultimativen Verwendung der Liste kritisieren konnte. Und während sie durch die ländliche Szenerie jagten, ging er mit sich selbst ins Gericht. Ja, er wollte Iob aus seiner Deckung hervorlocken, wer immer Iob auch sein mochte. Aber die NOC-Liste als Köder zu benutzen war riskant, möglicherweise fatal. Was, wenn Ethan getötet wurde, ehe die Liste ihrem eigentlichen Zweck zugeführt werden konnte? Dann würden viele Menschen wegen seines nicht uneigennützigen Vorhabens sterben. Dieses Wissen lastete schwer auf ihm. Um so mehr, als er einen Blick auf Krieger warf und sich an das Messer erinnerte, mit dem er den Wachmann hatte töten wollen und das dann in die Computerzentrale gefallen war. Es war ein ganz spezielles Messer gewesen, aus Hybridkunststoff, hart genug, um Metall zu schneiden, und doch aus einem Material, das bei keiner Sicherheitskontrolle ausgemacht wurde. Trotz seiner langjährigen Berufserfahrung waren Ethan noch nicht viele solcher Klingen untergekommen. Tatsächlich hatte die letzte in der Brust von Sarah Norman gesteckt. Die Klinge diente dem alleinigen Zweck, Menschen zu töten. Krieger war offenbar mit dieser Klinge vertraut und hatte sie zweifellos in der Vergangenheit schon benutzt. Ethan hatte im Augenblick keine andere Wahl, als mit suspendierten Agenten zusammenzuarbeiten, aber er wünschte, er wüßte mehr über die Gründe, weshalb Krieger gefeuert worden war.

Die Gruppe im Konferenzsaal in Langley war aus Sicherheitsgründen auf drei Personen reduziert worden: Kittridge, Barnes und William Donloe.

Nachdem er Kittridge von einem potentiellen unbefugten Zugriff unterrichtet hatte, hatte Donloe eine halbe Stunde lang seinen Computer überprüft und bestätigt gefunden, daß es sich bei der kopierten Datei tatsächlich um die NOC-Liste handelte. Und seit einer Viertelstunde saß Kittridge neben Donloe und ließ ihn jedes erdenkliche Detail seines Tages seit Betreten des CIA-Geländes rekapitulieren. Donloes Kaffee wurde bereits im Labor untersucht.

Der Sicherheitsbeamte Akers hatte Bericht erstattet, immer noch verwirrt und verlegen, daß er mitten im CIA-Hauptquartier von zwei Feuerwehrleuten außer Gefecht gesetzt und gefesselt worden war, aber auch dankbar, daß der jüngere der beiden ihm das Leben gerettet hatte. Natürlich hatte Akers keine Ahnung, was die beiden Feuerwehrleute getan hatten, nachdem sie im Lüftungsschacht verschwunden waren. Nur Barnes, Kittridge und Donloe kannten das ganze Ausmaß der Katastrophe.

Und Kittridge als cleverer Bürokrat gab sein Bestes, Donloe davon zu überzeugen, daß dieser irgendwie allein verantwortlich sei für diesen unfaßbaren Vorfall.

Schließlich stand Kittridge vom Konferenztisch auf und bedeutete Barnes, ihm auf die andere Seite des Raumes zu folgen.

Leise gab er seinem Stellvertreter Instruktionen.

»Sie und ich wissen hiervon – und dabei soll es auch bleiben«, sagte er. »Haben Sie verstanden? Es ist nie passiert.«

»Verstehe«, entgegnete Barnes.

»Ist Ihnen auch klar, daß nur Ethan Hunt dahinterstecken kann?«

»Ich würde sagen, das ist ziemlich wahrscheinlich, Sir.«

»Das ist mehr als nur wahrscheinlich, Barnes.«

Barnes nickte diskret in Donloes Richtung.

»Was ist mit ihm?«

»Wie sieht seine Akte aus?«

»Tadellos.«

Kittridge beugte sich vor und flüsterte Barnes ins Ohr.

»Ich will, daß er noch heute auf einen Radarstützpunkt in Alaska versetzt wird. Seine persönliche Habe können Sie ihm nachsenden.«

Kittridge verließ den Raum, ohne Donloe noch eines Blickes zu würdigen.

Donloe folgte ihm mit den Blicken, bis die Tür hinter ihm ins Schloß fiel. Dann wandte er sich erwartungsvoll Barnes zu, der als vernünftiger, fairer Mann bekannt war und bestimmt wußte, daß Donloe an dem Zwischenfall keine Schuld hatte. Wer immer dahintersteckte, hatte das zentrale Sicherheitssystem ausgetrickst, das nicht William Donloes Verantwortlichkeit unterlag. Ganz bestimmt wußte Barnes das.

Harry Barnes suchte in Gedanken nach den richtigen Worten, Donloe möglichst schonend von seiner Versetzung in Kenntnis zu setzen.

Aber je länger das lastende Schweigen anhielt, desto klarer wurde William Donloe, daß es sehr, sehr lange dauern würde, ehe er seinen geliebten Cray 3 wiedersah.

Kapitel 11

London

Ethan Hunt hatte die vergangenen fünf Jahre fast ausschließlich auf Reisen verbracht. Er war in fast jedem Land und jeder größeren Stadt der Welt gewesen und das gewöhnlich von jetzt auf gleich. Es gab einige Städte, die er hoffte, niemals wiederzusehen. Aber es gab auch solche, London an der Spitze, die er liebte. Reisen im Auftrag der IMF gestatteten einem nicht viel Freizeit, aber immer, wenn er in der Nähe von England gewesen war, hatte er sich ein oder zwei Tage abgezweigt, um seine Lieblingsmuseen zu besuchen, sich in der freundlichen Atmosphäre der kleinen Pubs zu entspannen oder durch die Straßen zu schlendern und über die vergangenen Jahrhunderte in dieser Metropole nachzugrübeln, die die westliche Zivilisation so entscheidend geprägt hatten. Da Geschichte schon in der Schule sein Lieblingsfach gewesen war, hatte diese Wiege der Kultur ihm immer besonders am Herzen gelegen.

Bei diesem Aufenthalt war natürlich alles anders. Vor vierundzwanzig Stunden war er über Lüftungsschächte ins Zentrum des CIA-Hauptquartiers gerobbt, und jetzt saß er in einem schäbigen Bürogebäude in der Nähe der Waterloo Station, in einer konspirativen Wohnung, die als Reisebüro getarnt war. Diesmal empfand er allein seine Anwesenheit in der Stadt als nervenaufreibend. Außerdem erfüllte sie die stilleren Winkel seiner Seele mit Trauer, da London ihn an Sarah Norman erinnerte und seine Gedanken wieder auf jene schreckliche Nacht in Prag lenkte.

Er fand es ironisch, daß er in der muffig riechenden Wohnung in der Londoner Altstadt saß und in einer Bibel blätterte. Es war dieselbe Bibel, die er aus der Einsatzzentrale in Prag mitgenommen und als Referenz für seine Kontaktaufnahme mit Max benutzt hatte. Er schlug das Buch Iob auf und schaltete sein Apple-Powerbook ein. Dann gab er Kapitel und Vers ein, um die Cyberspace-Reise zu der mysteriösen Waffenhändlerin anzutreten. Wenn Gott wüßte, dachte Ethan, wozu sein Wort mißbraucht wird.

Er klinkte sich in das biblische Netz ein und tippte seine Mitteilung:

> MAX – Jetzt wäre vielleicht der ideale Zeitpunkt für eine Interpretation der Bibel von Angesicht zu Angesicht. Treffen im TGV, zwölf Uhr morgen mittag. Sitzplatz 27. Bringen Sie unseren Freund Iob mit.

Ethan schickte die Mitteilung ab und lehnte sich in seinem Stuhl zurück.

Luther Stickell stand in der kleinen Küche der Wohnung und arbeitete an einer kleinen Manipulation eines Handys.

Krieger war nebenan, trank Guinness und sah CNN. Claire hatte sich auf einem Sofa zusammengerollt und versuchte vergeblich, etwas zu schlafen.

»Hast du deinen Käufer informiert?« fragte Krieger mit einem Blick auf Ethan.

Ethan ignorierte ihn.

»Ethan?«

Schweigen.

»Ethan?« wiederholte Krieger und hob die Stimme zu einer Lautstärke, die unmöglich zu überhören war. »Oder muß ich dich mit Mr. Hunt ansprechen?«

Ethan konzentrierte sich weiter auf den Computer und prüfte, ob seine Nachricht auch erfolgreich ins Internet geschickt worden war.

Krieger kam herüber und sah den Text auf dem Bildschirm.

Er schlug Ethan die Bibel aus der Hand.

»Ohne mich wirst du zu keinem Treffen gehen«, knurrte er.

»Meine Kontaktperson ist extrem menschenscheu«, entgegnete Ethan, ohne den Blick vom Monitor abzuwenden.

Luther und Claire verfolgten die Auseinandersetzung aufmerksam. Sie alle hatten in den vergangenen zwei Tagen nicht viel Schlaf bekommen. Da konnte ein Streit schnell eskalieren.

Krieger holte die kleine blaue Diskette aus seiner Jackentasche und wedelte damit vor Ethans Gesicht herum.

»Ich glaube nicht, daß du in der Position bist, Befehle zu erteilen«, höhnte Krieger. »Na, was meinst du? Nicht, solange ich das hier habe.«

Claire trat vor. Sie kannte Ethan gut genug, um zu wissen, daß es als Alarmsignal zu deuten war, wenn seine Augen sich verdunkelten, gleich, wie gelassen er nach außen hin auch wirken mochte.

»Krieger«, sagte sie in warnendem Tonfall.

Er warf ihr einen eisigen Blick zu. »*Lâchez-moi*«, sagte er barsch.

Ethan klappte einen Aktenkoffer auf. »Meinst du nicht vielleicht das hier?« fragte er und hielt eine Diskette hoch, die identisch war mit der, die Krieger in der Hand hatte. Ethan steckte sie in die Innentasche seines Jacketts.

»Das ist nicht die richtige«, entgegnete Krieger, klang aber nicht ganz überzeugt. »Das ist nicht die Liste.«

»Was ist denn?« fragte Ethan grinsend. »Kennst du den Trick nicht?« Er drehte sich leicht zur Seite und hielt die Tasche seines Jacketts weit auf. Krieger warf einen Blick hinein: leer. Ethan trat in die Mitte des Zimmers zu Claire und Luther, die die Szene fasziniert verfolgten. »Ja wo ist sie denn?« fragte Ethan in gespielter Konsternierung. »Sie ist ... WEG!«

Er streckte eine Hand aus, griff in eine Tasche von Claires Jeans und zog eine blaue Diskette heraus. »Aber nicht weit.«

Er legte die Diskette auf die flache Hand. »Ich weiß, was du denkst, Krieger. Du denkst – im Computerraum – ich stand oben – er hing unten. Hatte er vielleicht tatsächlich zwei Disketten bei sich?«

Er drehte die Hand und kehrte die Handfläche dann wieder nach oben. Die Diskette war nicht mehr da. Jetzt streckte er die linke Hand aus. Da lag sie. »Es ist schrecklich schwer, diese Tricks zu durchschauen.« Er drehte die linke Hand nach unten und gleich wieder nach oben. Er hielt beide Hände vor sich ausgestreckt. Keine Diskette.

Krieger kniff die Augen zusammen und errötete unter dem struppigen Bart vor Zorn. »Wo ist sie?«

Ethan klopfte mit übertriebenen Gesten seine Taschen ab, Panik vortäuschend. »Ich dachte, du hättest sie!«

Dann grinste er. »Glaubst du wirklich, ich hätte dir die NOC-Liste überlassen?«

Claire lachte. Krieger fand das gar nicht lustig und warf ihr einen vernichtenden Blick zu. Als er sich wieder Ethan zuwandte, hielt Ethan in jeder Hand eine Diskette.

Krieger holte schnaubend Luft. »Wenn du einen deiner Taschenspielertricks mit meiner Kohle versuchst, schlitze ich dir die Kehle auf«, knurrte er und zog die Diskette, die er Ethan im Computerraum abgenommen hatte, aus der Tasche. Auf dem Weg zur Tür warf Krieger die Diskette wie einen Frisbee in einen Papierkorb. Treffer. Er knallte die Tür hinter sich zu.

Ethan bückte sich, hob die Bibel vom Boden auf und stellte fest, daß sie mit einem Stempel versehen war: »Drake Hotel, Chicago. Eine Gabe der Gideons.«

Er starrte einige Sekunden auf den Stempel, und unwillkürlich stieg eisige Kälte in ihm auf.

Chicago, dachte er. Drake Hotel. Dort hatte Jim Phelps sich aufgehalten, ehe er nach Prag gereist war. Erst vor wenigen Tagen hatten Ethan und Jack Jim damit aufgezogen. Und da Ethan wußte, daß Jim Phelps kein religiöser Mensch gewesen war, mußte er einen ganz bestimmten Grund gehabt haben, die Bibel nach Prag mitzunehmen.

Er klappte das Buch zu und legte es auf den Tisch. Claire musterte ihn, und Ethan fragte sich, ob sie seine Gedanken lesen konnte.

Auf ihrem Gesicht lag ein entschuldigender Ausdruck.

»Tut mir leid wegen ihm«, sagte sie.

Ethan sah sie an und wartete, daß sie fortfuhr.

Dann erklärte sie, was sie meinte. »Krieger. Ich habe ihn empfohlen, aber so etwas hatte ich nicht erwartet. Es tut mir sehr leid.«

Ethan zuckte die Achseln. »Er hat seine Arbeit getan.« Er sah auf das verdunkelte Fenster und dann wieder auf Claire. »Wir alle haben getan, was wir tun mußten.«

»Also«, sagte sie, »ich werde jetzt versuchen, ein wenig zu schlafen.«

Sie drückte Ethan einen Kuß auf die Wange, verschwand in einem der anderen Zimmer, um sich hinzulegen, und ließ Luther und Ethan allein. Ethan wartete, bis Claire den Raum verlassen hatte, dann ging er zum Papierkorb und nahm Kriegers blaue Diskette heraus. Dann legte er statt dessen eine der beiden anderen Disketten in den Eimer.

Luther schmunzelte. »Krieger hatte also doch die NOC-Liste.«

Ethan nickte düster. »Ich möchte, daß du sie von jetzt an aufbewahrst.«

Die beiden Männer tauschten einen Blick; es war lange her, seit jemand Luther etwas anvertraut hatte.

»Und warum vertraust du mir?«

»Weil du, wenn du gewußt hättest, worauf du dich einläßt, niemals mitgemacht hättest.«

Luther nahm die Diskette von Ethan entgegen und sagte bestimmt: »Ich sage dir eins: Ich werde nicht zulassen, daß diese Liste in die falschen Hände gerät.«

»Exakt. Genau das ist dein Job. Morgen im Zug wirst du dafür sorgen, daß die Liste nicht in Umlauf kommt.« Ethan nickte in Richtung des Handys, an dem Luther gerade arbeitete. »Wie groß ist eigentlich die Reichweite?«

»Schwer zu sagen. Ich werde möglichst nah an Max dran sein müssen.«

»Okay, dafür sorge ich.«

Plötzlich steckte Claire den Kopf zur Tür herein. »Ethan?«

Beide Männer sahen zu ihr hinüber.

»Ich muß dich sprechen«, sagte sie leise.

Er ging nach nebenan. Sie zeigte auf den kleinen Fernseher auf der Kommode.

Auf CNN berichtete ein Nachrichtensprecher von irgendeiner Drogensache. Ethan warf Claire einen fragenden Blick zu, aber sie zeigte nur mit grimmiger Miene auf den Bildschirm. Der Sprecher fuhr fort:

... der unauffällige Schauplatz eine Farm im Herzen Amerikas, im Staate Wisconsin, wo Beamte der Bundespolizei angeblich die Operationszentrale eines internationalen Drogenrings ausgehoben haben. Wir schalten um zu unserem CNN-Korrespondenten Denton Jones in der Hauptstadt des Staates. Denton?

Der Reporter stand auf der Treppe eines Gerichtsgebäudes. »Die Behörden haben das Paar als Margaret Ethan Hunt und Donald Hunt identifiziert.«

Fassungslos drehte Ethan den Ton lauter.

»... und da sind sie ...«

Mit Handschellen und Fußketten, von Sheriffs und Deputies flankiert, wurden Ethans Mutter und sein Onkel Donald an einem Rudel Reporter und Fotografen vorbeigezerrt, die sie mit Fragen bombardierten und fotografierten.

»... sie wurden heute morgen im Rahmen einer großangelegten Operation des DEA wegen illegaler Produktion von Methcathinon, kurz ›Cat‹ genannt, festgenommen.«

Ethan war erschüttert.

»... vergleichbar mit Methamphetaminen, wird Cat von den Behörden zu den stärksten und gefährlichsten Drogen der Welt gezählt. Vierunddreißig Cat-Labors wurden ausgehoben, aber die verwitwete Mrs. Hunt und ihr Schwager werden verdächtigt, in ein internationales Drogenvertriebsnetz verstrickt zu sein.«

Mrs. Hunt und ihr Schwager wurden in einen wartenden Einsatzwagen verfrachtet, der von zwei neutralen Polizeiwagen eskortiert wurde.

Ein Beamter trat aus dem Gebäude und wurde sofort von den Reportern belagert. Er näherte sich einer Traube von Mikrofonen, hörte sich einige der Fragen an, die ihm zugerufen wurden, und antwortete dann: »Es ist wirklich sehr traurig«, sagte er. »Ich meine, sehen Sie sich diese Leute doch an. Farmer, die keinem Konglomerat angehören, bewegen sich immer an einer hauchdünnen Grenze. Und ich fürchte, wir haben es hier mit einer naiven, einsamen Witwe in ernsten finanziellen Schwierigkeiten zu tun, die versucht hat, auf illegale Weise zu Geld zu kommen. Das ist tragisch, aber unsere Aufgabe ist es, unsere Straßen von Drogen zu säubern, und hierzu müssen wir die Versorgungskette unterbrechen, ganz gleich, auf wen wir dabei stoßen.«

Der Beamte beendete seinen Kommentar und entfernte sich, während der Reporter eilig die CNN-Kamera schwenkte. »Das war Hohn Fairchild, der mit den Ermittlungen in diesem Fall betraute Spezialagent der DEA. Aus offizieller Quelle habe ich erfahren, daß später am heutigen Tage Beamte der internationalen Drogenfahndung eintreffen und die Hunts verhören werden. Offenbar erwarten uns in dieser Sache noch einige Enthüllungen. Und wenn es soweit ist, werden wir dabei sein. Das war Denton Jones, CNN, live aus Madison, Wisconsin.«

Ethan streckte die Hand aus und schaltete das Gerät ab.

»Kittridge«, sagte er leise und angespannt.

Claire schüttelte den Kopf. »Dieser Schweinehund!«

Ethan wirkte plötzlich düster und eiskalt, kaltblütig wie ein professioneller Killer.

Instinktiv wich Claire einen Schritt zurück. »Was willst du jetzt tun?«

Er zeigte auf den Fernseher. »Kittridge erwartet meinen Anruf«, sagte er und ging zur Tür. »Ich gehe zum Bahnhof rüber.« Ethan durchquerte das Wohnzimmer und riß die Wohnungstür auf. »Und ich werde ihn anrufen!«

Seit er sich den Weg aus dem Restaurant in Prag freigesprengt hatte, wußte Ethan, daß Kittridge versuchen würde, ihn zu schnappen, und das auf die harte Tour. Es stand zuviel auf dem Spiel. Hier ging es nicht um die Konstruktionspläne einer experimentellen Waffe oder Geheiminformationen über Truppenbewegungen der NATO im Mittleren Osten. Hier ging es um die NOC-Liste. Um alles. Wenn die Liste in Umlauf kam, konnte die CIA ihre Räumlichkeiten gleich in Leichenhäuser umwandeln, um die Toten unterzubringen, die bald massenweise anfallen würden. Leichen und beendete Karrieren. Und Kittridge würde zu den prominentesten Betroffenen gehören, die ihren Hut nehmen müßten.

Ethan wußte, daß Kittridge, nachdem er durchschaut hatte, was in Langley passiert war, aufs Ganze gehen würde, nur hatte er sich bezüglich seiner Methoden verschätzt. Daß Kittridge Ethans Mutter und seinen Onkel, zwei unschuldige, ahnungslose Zivilisten, ins Spiel gebracht und im Fernsehen der ganzen Nation als Drogendealer präsentiert hatte, war eine klare Kampfansage gewesen. Alles oder nichts.

Im strömenden Regen trat Ethan aus einer Seitenstraße neben der konspirativen Wohnung und blickte zum dritten Stock hinauf. Er sah Claire am Schlafzimmerfenster stehen und auf ihn herabblicken. Claire hatte seit ihrer Ankunft in London nicht viel gesagt, und in diesem Moment wirkte sie bedrückt und nachdenklich, als gefiele ihr nicht, daß er die Wohnung verließ. Zumindest, daß er sie ohne sie verließ.

Er wandte sich ab, lief über die Straße zur Waterloo Station und hastete an Passanten vorbei zur Rolltreppe, die ihn geradewegs zu einer Reihe öffentlicher Fernsprecher brachte. Er tippte eine Nummer ein.

Eugene Kittridge hatte seit dem Störfall das CIA-Hauptquartier nicht mehr verlassen. In dem Gebäude befanden sich mehrere Suiten für Agenten, die wichtige Operationen überwachten und ständig erreichbar sein mußten, und in einem dieser Zimmer hatte Kittridge die Nacht verbracht. Die Verhaftung von Margaret und Donald Hunt zu arrangieren, war gar nicht so leicht gewesen. Der Generalstaatsanwalt der Vereinigten Staaten, die Direktoren der DEA und des FBI hatten kontaktiert und mit einbezogen werden müssen. Diese anderen Stellen erfuhren nicht die wahren Hintergründe für die Aktion, aber Kittridge hatte den Plan als Notfall in Sachen nationaler Sicherheit bezeichnet, in den ein abtrünniger IMF-Agent verwickelt war, und das hatte genügt, die Regierung auf Trab zu bringen. Im Augenblick blieb der Diebstahl der NOC-Liste noch geheim, nur Kittridge und seinem engsten Stab bekannt, aber er wußte, daß die Geheimhaltung nur noch maximal vierundzwanzig Stunden aufrechterhalten werden konnte. Wenn inoffizielle verdeckte Agenten und Experten begannen zu sterben wie die Fliegen und Kittridge vorher nicht weltweit Alarm gegeben hatte, wäre damit nicht nur seine Karriere innerhalb des Geheimdienstes besiegelt, sondern er würde vermutlich den Rest seines Lebens in einem Bundesgefängnis verbringen. Seine Zukunft stand auf dem Spiel. Und wenn er Ethan Hunts Mutter vom Dach des Washington Monuments baumeln lassen mußte, würde er nicht zögern, das zu tun. Morgen um diese Zeit würde er den Präsidenten davon unterrichten müssen, daß Ethan Hunt ein Doppelagent mit Codenamen Iob war. Und spätestens in diesem Augenblick konnte Kittridge anfangen, seinen Ruhestand zu planen – wenn er Glück hatte.

Als im Kommunikationsraum das Telefon läutete, setzte Kittridge sich abrupt kerzengerade auf. Das war keine interne Leitung. Bei dem Apparat, der gerade klingelte, handelte es sich um eine Satellitenverbindung, die nur in Notfällen von Agenten im Dienst benutzt wurde.

»Ja«, meldete Kittridge sich mißtrauisch.

»Sie haben meiner Familie einen Besuch abgestattet«, sagte Ethan aus London.

Kittridge wedelte mit der Hand, und alle Anwesenden wußten sofort, was los war. Er drückte einen Knopf, der die Sprechmuschel ausschaltete, und rief: »Was braucht ihr, um den Anruf zurückzuverfolgen?«

Ein Techniker setzte einen Kopfhörer auf und richtete einen Computermonitor zur Raummitte hin aus, wobei er die Daten der Rückverfolgungsanlage prüfte. »Achtzig Sekunden«, erwiderte er.

Kittridge nickte und ließ den Knopf wieder los. »Sie haben wohl ein wenig ferngesehen, was?« sagte er ruhig zu Ethan.

»Mom in Ketten ins Gefängnis abzutransportieren war eine besonders reizende Geste.«

Auf dem Computerschirm erschien die Nummer 44.

Der Techniker bedeutete Kittridge, erneut den Ton abzuschalten. Dann sagte er: »Er ist in England.«

»Stellen Sie eine Verbindung zum MI5 her«, rief Kittridge Barnes zu.

Dann konzentrierte er sich wieder auf Ethan. »Ich kann Ihnen versichern, daß, sobald Sie sich hier einfinden, meine erste Amtshandlung darin bestehen wird, dafür zu sorgen, daß die lächerlichen Anschuldigungen gegen Ihre Familie zurückgenommen und sämtliche Akteneinträge gelöscht werden. Stellen Sie sich, und wir können auch über Ihren Fall verhandeln.«

Der Techniker gab ein Zeichen und sagte dann: »Er ist in London. Noch dreißig Sekunden, und wir haben ihn.«

Kittridge warf einen Blick auf die Wanduhr. Dann wurde ihm bewußt, daß er sich mit seiner Erwiderung zuviel Zeit ließ. Er mußte Hunt in der Leitung halten.

Aber Ethan kam ihm zur Hilfe. »Darf ich Sie etwas fragen, Kittridge?«

»Aber sicher, Ethan, fragen Sie nur.«

»Wenn Sie es mit jemandem zu tun haben, der fünf Mitglieder seines eigenen IMF-Teams zerquetscht, erstochen, erschossen und in die Luft gejagt hat, was glauben Sie, wie tief Sie ihn damit treffen können, daß Sie seine Ma und seinen Onkel ins Gefängnis stekken?«

Kittridge dachte einen Augenblick nach und fragte sich, welches Spiel Hunt spielte. »Ich weiß nicht. Sagen Sie es mir.«

Klick.

Die Leitung war tot.

Kittridge warf seinem Techniker einen hoffnungsvollen Blick zu, aber der schüttelte nur den Kopf. Harry Barnes sah auf die Digitalanzeige. »Wir haben ihn verloren. Wir hätten nur noch drei Sekunden gebraucht. Nur drei verdammte Sekunden.«

Zur allgemeinen Überraschung lächelte Kittridge.

»Wir haben ihn nicht verloren«, sagte er, verwundert, aber nicht verärgert. »Er wollte, daß wir wissen, daß er sich in London aufhält.«

Ethan sah auf die Digitaluhr an der Bahnhofswand. Nur drei Sekunden unter der für eine Standortbestimmung erforderlichen Zeit. Das war knapp gewesen, aber er wußte, daß es knapp sein mußte, damit Kittridge begriff, daß sein Auflegen präzise getimet gewesen war. Vermutlich wurden jetzt bereits die Motoren eines Air-Force-Jets gestartet, während Kittridge und Barnes aller Wahrscheinlichkeit nach durch die Tiefgarage von Langley zum Ausgang rasten.

Tief in Gedanken versunken, drehte Ethan sich um und wollte gehen. Jemand versperrte ihm den Weg. Als er aufblickte, sah er sich Jim Phelps gegenüber.

Ethan erstarrte, und seine Augen weiteten sich in Unglauben. Er stieß ungewollt einen Schrei aus und taumelte zurück gegen die Telefonzelle.

Eingefallen, blaß und gebeugt, standen Phelps Erschöpfung und Schmerz ins Gesicht geschrieben.

Aber er lebte.

Seine stumpfen Augen blickten in Ethan hinein und durch ihn hindurch. Phelps lehnte sich an die Wand und brachte ein dünnes Lächeln zustande. Sein linker Arm war bandagiert und unter einem schweren Mantel verborgen, und ein dicker Verband um seinen Brustkorb wölbte sich unter seinem grauen Pullover.

»Ganz schön schwer, mit dir Schritt zu halten«, sagte er mit heiserer, schwacher Stimme.

Ethan schüttelte immer noch fassungslos den Kopf und starrte ihn nur stumm an.

»Gehen wir irgendwohin, wo wir uns setzen können«, sagte Phelps. »Ich bin zur Zeit etwas schwach auf den Beinen.«

»Ich ...« setzte Ethan zum Sprechen an, verstummte

jedoch gleich wieder, nicht sicher, was er eigentlich sagen wollte. Er starrte Phelps weiter unverwandt an. Er sah ähnlich aus wie in Ethans Traum in der Einsatzzentrale in Prag. Während er Jim musterte, sah er wieder den Schuß vor sich und Jims Sturz in den Fluß. Wie hatte er die Kugel und das eisige Wasser überleben können?

»Wir haben vieles zu bereden«, sagte Phelps, bemüht, Ethan in die Gegenwart zurückzuholen. Phelps sah sich verstohlen um. »Und ich fürchte, wir haben nicht viel Zeit.«

Kapitel 12

Der Geist

Sie gingen in ein Café in der Nähe des Bahnhofs und setzten sich an einen Tisch etwas abseits von den anderen Gästen. Ethan brauchte einige Minuten, die Realität von Jims Anwesenheit zu akzeptieren, und so redete Phelps einfach weiter.

»Nachdem ich aus dem Wasser gestiegen war, warf ich Hut und Mantel in den Fluß, weil ich wußte, daß man mit Schleppnetzen nach mir suchen würde. Ich wollte Zeit gewinnen, um mir über einige Dinge klar zu werden. Am nächsten Tag besorgte ich mir Schmerztabletten, brachte eine Krankenschwester dazu, mich zu verbinden, und schleppte mich in unsere Prager Wohnung. Wir müssen uns knapp verpaßt haben.« Er hustete und rutschte unruhig auf seinem Stuhl hin und her. Phelps hatte ganz offensichtlich Schmerzen und konnte keine angenehme Stellung finden. »Dann habe ich unsere falschen Namen überprüft.«

»... und hast uns in den Staaten ausfindig gemacht«, sagte Ethan, der mit Phelps Vorgehensweise vertraut war.

Er nickte. »Aber du warst nicht lange dort, stimmt's? Du bist wieder abgeflogen, ehe ich dort war, und ich mußte tausend Flüge überprüfen.«

»Ja, in kleineren Ländern werden die Einreisedaten nicht im Computer gespeichert ...«

»Also habe ich Europa im Auge behalten. Nachdem du in England aufgetaucht warst, war es leicht.«

Ethan lächelte. »Du wußtest, daß ich eine Schwäche für die Liverpool Street habe.«

»Hey, ich war es, der dir den Tip gegeben hat.«

»Ich erinnere mich ...« sagte Ethan, der langsam ein Gefühl dafür bekam, daß diese Unterhaltung real war und Phelps kein Trugbild wie jenes in Prag.

»Du bist mir von unserem Unterschlupf aus zum Bahnhof gefolgt.«

Phelps nickte. »Ich wollte dich nicht sofort kontaktieren, weil ich herausfinden wollte, was schief gelaufen war. Das mußte ich wissen, bevor ich irgendwelche Schritte unternahm.«

Ethan sammelte sich und blickte fest in Jims blutunterlaufene Augen.

»Prag«, sagte er schlicht.

Phelps atmete tief aus. »Ich wußte, daß innerhalb der IMF etwas schiefgelaufen war. Aber ich wußte nicht was oder wer. Ich weiß, daß es mies war, dir nichts davon zu sagen, aber ich mußte es auf meine Art durchziehen. Ich mußte herausfinden, wer der Verräter war. Und ich wußte, daß er sich früher oder später verraten würde. Und so war es auch. In Prag.«

»Und ich habe deinen Befehl zum Abbrechen ignoriert«, sagte Ethan düster und wandte den Blick ab.

»Ich schätze, ich hätte dich einweihen sollen.«

Ein stechender Schmerz durchzuckte ihn. Jim zog ein Röhrchen Schmerztabletten aus der Manteltasche und schluckte zwei daraus.

Ethan beugte sich vor. »Jim, du mußt zu einem Arzt. Du kannst ja nicht mal geradesitzen!«

»Ich kann sehr wohl geradesitzen. Es ist nur ... ziemlich unangenehm. Aber das ist im Augenblick auch unwichtig. Hör mir zu, Ethan. Indem ich meinen Posten verlassen und den Abbruch befohlen habe, habe ich den Verräter aus der Reserve gelockt.« Jim hustete wieder und schloß die Finger um Ethans Jackettärmel. »Ich habe gesehen, wer auf mich geschossen hat, Ethan. *Ich habe den Verräter gesehen!*«

Phelps war sehr blaß und wurde mit jeder Sekunde schwächer, nur von dem festen Willen aufrecht gehalten, der trotz seines geschwächten Zustandes wieder Leben in seine wäßrigen Augen brachte.

»Es war Kittridge.« Phelps schlug so kraftvoll mit der Faust auf den Tisch, daß Ethans Kaffee überschwappte. »Kittridge, Ethan.«

Ethan starrte ihn aus großen Augen an. »Kittridge ist der Verräter?«

Phelps nickte schweratmend. »Er muß es sein.«

»Mein Gott, Jim«, flüsterte Ethan.

»Ja«, sagte Phelps, das Ausmaß dieser Enthüllung bestätigend.

»Kittridge ist Iob.«

Phelps hustete und nickte.

Ethan schüttelte den Kopf. »Ich verstehe das nicht. Wie hat er das gemacht?«

»Ich konnte es mir auch nicht erklären«, entgegnete Phelps. »Aber ich habe viel darüber nachgedacht. Und ich bin zu folgendem Schluß gekommen. Erst hat Kittridge Jack im Fahrstuhl getötet. Es dürfte ihm nicht allzu schwer gefallen sein, die Elektronik zu manipulieren, da er unseren Plan und unsere Ausrüstung kannte. Damit hatte er die Kontrolle darüber, wann Sarah, du und auch Golitsyn in etwa das Gebäude verlassen würdet. Er hat euch alle hinaus auf die Straße gelockt, dorthin, wo er euch haben wollte.«

Ethan starrte blind vor sich hin, rekonstruierte in Gedanken die Szene, durchlebte noch einmal den Alptraum, wenn auch diesmal analytischer, das Szenario Stück für Stück zusammensetzend wie ein Puzzle.

»Er hat das Fahrstuhlkontrollsystem schon vorher manipuliert«, sagte Ethan.

»Richtig. Und er wußte, daß ich meinen Posten verlassen würde, nachdem er Jack ausgeschaltet hatte. Er hat mich erwartet.«

»Er hat auf der Brücke auf dich geschossen, ich habe gesehen wie ...«

»Ja, er kam aus dem Nebel.«

»Aber er muß Komplizen gehabt haben, um Golitsyn und Sarah zu töten.«

»Richtig.«

»Und Hannah?«

Jim hustete erneut; er sah aus wie ein Zombie. »Hannah ist zum Wagen gegangen, den Claire nach meinem Befehl zum Abbrechen verlassen hatte.«

»Ja, aber Kittridge kann das Fahrzeug nicht gekannt und die Bombe selbst angebracht haben.«

Jim zuckte hilflos die Achseln. »Ich weiß nicht, wer ihm geholfen hat, aber er war nicht allein.«

»Aber warum?« fragte Ethan. »Warum Kittridge?«

Phelps blickte brütend auf seinen Kaffee. »Wenn man darüber nachdenkt, Ethan, war es unvermeidlich. Kein kalter Krieg mehr. Keine Geheimnisse mehr, in die man ganz allein eingeweiht ist, keine Operationen mehr, bei denen man nur sich selbst Rechenschaft ablegen muß. Und eines Morgens wachst du auf und stellst fest, daß der Präsident der Vereinigten Staaten das Land regiert – *ohne deine Erlaubnis*. Dieser Hurensohn. Wie kann er es wagen? Du erkennst, daß es vorbei ist, daß du nur ein überflüssiges Rädchen im Getriebe bist, daß du keine Beförderung mehr zu erwarten hast. Du führst eine lausige Ehe und bringst im Jahr zweiundsechzig Riesen mit nach Hause. Das war Kittridges Leben. Wir werden uns diesen miesen Schweinehund schnappen und ...«

»Das brauchen wir nicht«, sagte Ethan nachdenklich. »Er wird zu uns kommen.«

Jim lehnte sich in seinem Stuhl zurück und musterte Ethan fragend. »Und warum sollte er das tun?«

»Weil er immer noch das will, was er in Prag nicht bekommen hat. Die NOC-Liste.«

Jim war einen Moment verwirrt, aber dann sah er die Gewißheit in Ethans Blick. »Jesus, Ethan ...«

»Ja.«

»Wie hast du das angestellt?«

»Ich bin einfach reingegangen und habe sie mir geholt.«

Jim starrte ihn fassungslos an.

»Mit etwas Unterstützung«, räumte Ethan ein.

»Wow. Gut für dich.«

»Und ich habe für morgen eine Übergabe im TGV nach Paris vereinbart.«

Phelps dachte nach und analysierte das Zugszenario. Dann nickte er zustimmend. »Strenge Sicherheitsbestimmungen. Keine Waffen. Ein echtes Plus.«

»Max hat sich einverstanden erklärt, mir gegen die NOC-Liste Iob auszuliefern. Claire und Luther werden mit mir im Zug sein. Franz Krieger erwartet uns mit einem Hubschrauber in Paris.«

Jim wandte abrupt den Blick ab, aufgewühlt von der Erwähnung von Claires Namen.

Ethan erkannte, was in ihm vorging. »Jim ...«

»Claire«, sagte Jim schlicht.

»Sie ...«

Phelps seufzte. »Ich habe in einem Café in der Liverpool Street gesessen und auf dich gewartet, und plötzlich war sie da, stand vor der Wohnung im Regen, lebendig und wunderschön und überzeugt von meinem Tod.«

»Sie ist am Boden zerstört.«

Jims Augen begannen zu tränen.

Ethan fuhr fort. »Ich wollte sie aus der Sache raushalten, aber sie bestand darauf mitzumachen, um denjenigen zu fassen, der dich getötet hatte. Ich wußte, daß sie es allein versuchen würde, wenn ich sie nicht mitmachen ließ, und das wäre gefährlich gewesen.«

Phelps nickte. »Als ich sie gesehen habe, wußte ich, daß du dich um sie kümmern würdest«, sagte er.

Die zwei Freunde und Kollegen sahen sich an. Es entstand ein unbehagliches Schweigen, als Ethan in Phelps Augen die Frage las, ob er, Ethan, schon mit Claire geschlafen hatte oder nicht.

Tatsächlich fragte sich Phelps, ob sie schon vor seinem »Tod« miteinander geschlafen hatten. Ethan und Claire hatten bei vielen Missionen auf der ganzen Welt eng zusammengearbeitet. Phelps wußte, wie es war, wenn zwei Menschen unter solch schwierigen Bedingungen so eng zusammenarbeiteten. Ein Soldat hatte Phelps einmal gesagt, daß es für ihn das Größte wäre, wenn man auf ihn schoß und ihn verfehlte. Zweifellos hatten die beiden schon mehrfach die Euphorie des Überlebens geteilt. Was hatten sie wohl sonst noch geteilt?

»Sie hat sich besser gehalten, als ich erwartet hätte«, sagte Ethan. »Wohl besser als ich selbst. Allerdings nur, weil sie auf Rache sinnt.«

»Weiß Gott, was sie hat tun müssen, um mich zu vergessen und durchzuhalten«, sagte Jim und sah aus dem Fenster. »Durchzuhalten und den Job zu erledigen. Ich ...«

Er brach ab, mit sich selbst ringend. »Nein«, sagte er schließlich. »Sie darf nicht erfahren, daß ich noch lebe. Niemand darf es erfahren. So lange nicht, bis es vorbei ist. Es steht zuviel auf dem Spiel.«

Ethan dachte darüber nach. »Vermutlich hast du recht.«

»Das habe ich doch meistens«, entgegnete er und versuchte zu grinsen.

»Vielleicht gibt es aber noch eine andere Möglichkeit«, meinte Ethan. »Ich könnte sie zu dir schicken. Claire könnte dich zu einem Arzt bringen. Ihr könntet irgendwo untertauchen, und ich ziehe die Sache allein mit Luther und Krieger durch.«

»Es steht zuviel auf dem Spiel«, wiederholte Phelps.

Ethan seufzte und sah Jim Phelps in die Augen. Bei der IMF war es immer um Leben und Tod gegangen, aber bis vor kurzem hatte die Arbeit noch keinen solchen Tribut an seine Seele gefordert, wie es jetzt der Fall war. Hinter den Missionen, an denen er teilgehabt hatte, hatten triftige Gründe gesteckt, Gründe, an die er glaubte. Er wußte, wer die Bösen waren und warum die Guten gewinnen mußten.

Dann war Claire zu ihnen gestoßen.

Eine außergewöhnliche Frau. Und Jims Ehefrau.

Seit sie dazugehörte, war Ethan sich in vielem nicht mehr so sicher gewesen. So wie auch jetzt, da er in die Augen seines alten Freundes, Mentors und Chefs blickte.

»Sobald wir die Wohnung verlassen haben«, sagte er, »gehst du rauf und legst dich hin. Ich rufe dich von Paris aus an.«

»Abgemacht«, sagte Jim.

»Und laß einen Arzt kommen«, ermahnte ihn Ethan und erhob sich.

Jim nickte. »Viel Glück.«

Sie schüttelten einander die Hand.

Phelps spürte etwas in Ethans Händedruck. Er war nicht ganz so fest wie gewöhnlich.

Ethan verließ den Pub und ging die Straße hinunter zur Wohnung.

Und während er ging, dachte er über seine Unterhaltung mit Jim Phelps nach und wußte, daß seine Beziehung zu Jim und Claire gestorben war.

Leise stieg Ethan die Treppe zu ihrer Wohnung hinauf und sperrte die Tür auf. Luther hatte sich in einem Zimmer schlafen gelegt. Krieger steckte Gott weiß wo, würde aber zweifellos bereit sein für den Flug am nächsten Morgen. Claire schlief vermutlich ebenfalls in einem der Schlafzimmer.

Er trat an den Laptop, klappte den Deckel hoch und sah, daß eine Mitteilung eingetroffen war. Er rief die Nachricht ab; es war Max' Bestätigung. Das Treffen im TGV würde stattfinden.

Er schaltete den Computer ab, trat an die Tür zu Claires Zimmer und öffnete sie leise.

In dem Zimmer war es dunkel, aber er konnte erkennen, daß das Bett leer war. Dann sah er sie in einer Ecke sitzen, eine unangezündete Zigarette zwischen den Lippen. Auf ihrem Gesicht lag ein abwesender Ausdruck.

»Was ist passiert?« fragte sie.

»Max hat bestätigt.«

»Okay«, flüsterte sie resigniert. »Dann schnappen wir uns morgen Iob.«

»Du brauchst nicht mitzumachen«, sagte Ethan.

»Ach nein?«

»Nein.«

»Natürlich muß ich«, sagte sie nüchtern, zu Ethan aufblickend.

»Nein, wirklich nicht«, wiederholte er.

»Hör auf damit, Ethan. Du weißt, daß ich keine andere Wahl habe.«

Er holte in der stillen Dunkelheit des Zimmers tief Luft und fragte: »Ist das der einzige Weg?«

»Ja«, entgegnete sie und schaute fest in seine Augen, als er sich ihr näherte.

Er kniete sich neben sie.

»Ich muß dir etwas Unschönes sagen«, sagte Claire nach einer Weile leise.

»Sag es nicht«, entgegnete Ethan ebenso leise.

»Ich muß aber.«

»Nein, mußt du nicht.«

»Wenn ich es ausspreche, hört es vielleicht auf, mich zu quälen.«

»Also gut. Worum geht's?«

Sie waren einander so nah, daß sie einander trotz der Dunkelheit in die Augen sehen konnten. Sie musterte ihn so eindringlich, wie sie noch nie zuvor jemanden gemustert hatte.

Er wollte sie küssen. Und wenn es eins gab, was er in diesem Augenblick auf gar keinen Fall tun sollte, dann war das, Claire Phelps zu küssen.

Aber er tat es, in dem Bewußtsein, daß es wohl das letztemal sein würde. Erst sanft, dann fordernder, mit einer Leidenschaft, die alle Wärme aus der Atmosphäre zu ziehen und zwischen ihren Lippen zu konzentrieren schien. Ethan wurde ganz schwindlig, und er wußte, daß, wenn er den Kuß nicht sofort abbrach, es noch schlimmer werden würde.

Er hob den Kopf, und sie sahen einander an.

»Weißt du, was ich sagen wollte?« fragte sie leise.

»Ich glaube ja.«

Sie lächelte traurig.

Ethan erschien das Lächeln dennoch wunderschön.

Kapitel 13

Der Eurotunnel

Ein MI5-Chopper holte Kittridge und Barnes in Heathrow ab und flog sie zu einem Hubschrauberlandeplatz in der Nähe der Londoner Innenstadt. Dort wurden sie von zwei CIA-Agenten erwartet, von denen einer Kittridge ein kleines Paket überreichte, auf dem nur stand: Für Iob.

»Was zum Teufel ist das?«

»Das ist beim Londoner Büro für Sie abgegeben worden, Sir. Es wurde geprüft und ist sauber. Elektronisch, aber nicht explosiv.«

»Wie beruhigend«, entgegnete Kittridge, klappte den Deckel des kleinen Kartons auf und nahm zwei Zugfahrkarten und eine Notiz heraus:

TGV/Waterloo Station/zwölf Uhr heute mittag

Er sah auf seine Uhr. Zehn vor zwölf. Dann fiel noch etwas aus dem Päckchen auf den grasbewachsenen Hubschrauberlandeplatz. Kittridge hob den Gegenstand auf und betrachtete ihn aufmerksam. In seinen Augen stand Verwirrung, aber auch großes Interesse.

Es handelte sich um einen Mini-Visco-Monitor, am Handgelenk zu tragen.

Barnes wartete auf eine Erklärung, aber Kittridge gab ihm keine, sondern steckte die Fahrkarten und den Monitor kommentarlos in die Innentasche seines Jacketts.

»Wie lange brauchen wir zur Waterloo Station?« fragte Kittridge einen der Agenten.

Zwei Lieferwagen warteten mit laufendem Motor.

»Zwanzig, fünfundzwanzig Minuten, je nach Verkehrsdichte.«

»Sie haben genau zehn«, schrie er, um das Dröhnen des Helikopters zu übertönen.

»Sir, das ...«

»Zehn Minuten!« brüllte Kittridge und lief bereits auf die Wagen zu.

Einer der Agenten schaltete ein Sprechfunkgerät ein und informierte die Londoner Verkehrspolizei von ihrer Route. Die beiden Wagen fuhren mit quietschenden Reifen los, noch ehe die seitlichen Schiebetüren vollständig geschlossen waren.

Während Barnes sich auf dem Rücksitz anschnallte, fragte er Kittridge, wie viele Männer er zur Unterstützung im TGV haben wolle.

»Unterstützung?« knurrte Kittridge.

Einer der Londoner Agenten sagte: »Ich kann in fünf Minuten zehn Männer vor Ort haben.«

Kittridge holte tief Luft und musterte dann seine Kollegen.

»Ist Ihnen klar, daß wir es mit einem Mann zu tun haben, der ...« Er brach ab und sagte statt dessen: »Ich bin sicher, daß Ethan Hunt es sofort durchschauen würde, wenn ein Dutzend CIA-Agenten den Zug besteigen würden. Ich weiß nicht, ob er im Zug ist, irgendwann unterwegs zuzusteigen gedenkt oder den Zug in die Luft jagen will, sobald ich eingestiegen bin. Aber was er auch vorhat, Barnes und ich gehen allein.«

»Wir können den Zug zurückhalten, wenn wir nicht pünktlich hinkommen«, bemerkte einer der Agenten, als sie in eine verkehrsreiche Straße gelangten.

»Ich möchte keinerlei ungewöhnliche Aktivitäten um den Zug, sonst könnte unsere Fahrt die reine Zeitverschwendung sein.« Er beugte sich zum Fahrer vor. »Mein Sohn, ich will, daß wir in zehn Minuten dort sind. Und wenn ich nicht kriege, was ich will, sind Sie noch vor dem heutigen Abend wieder bei den Pfadfindern.«

Der neueste Abschnitt der Waterloo Station in London war speziell für den TGV gebaut worden, den Hochgeschwindigkeitszug, der aus dreißig Waggons bestand. Der Eurotunnel, der zu den bedeutendsten ingenieurtechnischen Leistungen des 20. Jahrhunderts zählt, besteht aus zwei Schächten, die zu horrenden Kosten von England nach Frankreich sowie selbstverständlich auch umgekehrt von Frankreich nach England gebohrt wurden und in der Mitte des Ärmelkanals aufeinandertreffen. In dem einen riesigen Tunnel sind zwei Paar Gleise untergebracht; es gibt zwei TGVs, die ständig in entgegengesetzter Richtung unterwegs sind. Bei dem anderen, kleineren Schacht handelt es sich um einen Diensttunnel, der dazu dient, Maschinen und elektronische Güter zu lagern und zu transportieren, die zur Instandhaltung der Züge benötigt werden. Jeder Meter des Eurotunnels und seiner Hochgeschwindigkeitszüge wird von einem komplexen Netz von Computerchipsensoren und digitalen Kontrollpunkten überwacht. In den Broschüren, die den ersten Reisenden ausgehändigt wurden, hieß es, niemand solle beunruhigt sein wegen des Wassers, das durch das Felsgestein der Tunnelwände sickerte; hierbei handle es sich um ein ganz natürliches Phänomen, das von einer Reihe automatischer Pumpen kontrolliert würde. Die Broschüre war in vierzehn Sprachen gedruckt, damit sich niemand den Kopf darüber zerbrechen mußte, wie dieses Wunder der modernen Tiefbaukunst Milliarden Tonnen Meerwasser standhalten konnte.

Die Lieferwagen hielten vor dem Diensteingang, und Kittridge und sein Gefolge rannten einen betonierten Flur hinunter, der zum eigentlichen Bahnsteig führte. Die sichtbare Hälfte des TGV schimmerte wie eine polierte Pistolenkugel und schien auf den Geleisen zu schweben – eine erdgebundene Rakete. Das hintere Ende des Zuges bestand aus einer identischen spitzzulaufenden Lok; wenn der Zug im Gare du Nord in Paris einfuhr, wurde das Ende zur Spitze, so daß der TGV seine Nonstop-Fahrten mit maximaler Effizienz durchführen konnte. Es wurde keine Sekunde vergeudet.

Die Sicherheitskontrollen waren sehr streng, viel strenger als irgendwo in den Staaten – andererseits brauchte man in den Staaten auch – noch – nicht zu fürchten, daß die IRA Bomben auf Bahnhöfen deponierte. Polizeibeamte durchleuchteten und durchsuchten Handgepäck, und alle Fahrgäste wurden mit einem Metalldetektor überprüft.

Ein MI5-Agent empfing die Amerikaner und führte sie durch einen Personaleingang zum Zug.

Die meisten Passagiere bei dieser speziellen TGV-Fahrt waren Stammkunden; sobald der Zug sich in Bewegung setzte, holten sie ihre Laptops und Handys heraus.

Zu jenen, die ihr Handy hervorholten, gehörte auch Max, neben ihr Matthias mit einem einsatzbereiten Laptop vor sich.

Max wählte eine Nummer um die Übertragungsqualität zu prüfen. Zufrieden mit dem Signal, reichte sie das Handy Matthias.

»Wie lange, bis wir den Tunnel erreichen?« fragte sie.

Er sah auf die Uhr. »Zwanzig Minuten.«

»Und wie bald nach Einfahrt in den Tunnel wird der Empfang unterbrochen?«

»Fast sofort.«

Sie runzelte die Stirn. »Dann sollte er sich besser beeilen«, sagte sie und lehnte sich ungeduldig zurück.

In einem privaten Schlafabteil im hintersten Personenwagen zog ein Mann die Rollos herunter und legte zwei Elektrogeräte auf das Bett: ein Handy und einen Ghettoblaster.

Er schraubte die Lautsprecherboxen des Ghettoblasters ab und nahm mehrere Gegenstände heraus, die in Alufolie eingewickelt waren, damit sie von dem Durchleuchtungsapparat nicht ausgemacht werden konnten. Er schlitzte die Folie auf und ließ die dunklen Teile auf die Matratze fallen. Als die Einzelteile zusammengesetzt waren, hielt der Mann eine Pistole in der Hand. Aus dem zweiten Lautsprecher holte er weitere Päckchen, aus denen er einen Schalldämpfer zusammensetzte.

Als nächstes fischte er eine Packung M&M aus der Jackentasche, öffnete sie und ließ vier Hochgeschwindigkeitsplastikgeschosse auf die Matratze fallen. Diese tödlichen Projektile dehnten sich aus und verbogen sich, wenn sie auf Widerstand trafen; zwei von ihnen konnten einen Menschen innerhalb von Sekundenbruchteilen buchstäblich ausweiden. Eine weitere zeitsparende Entwicklung der amoralischen Spionagetechnologie. Der Mann schob die Plastikgeschosse in ein Magazin, das er in den Pistolengriff steckte. Er lud einmal durch und schraubte den Schalldämpfer auf. Dann wog er die Waffe in der Hand, zielte mit ausgestrecktem Arm und ließ sie in seiner Jackentasche verschwinden.

Er schaltete sein Handy ein, setzte sich, zündete sich eine Zigarette an und nahm einen langen, tiefen Zug.

Der Zug beschleunigte, um seine Endgeschwindigkeit von 150 Meilen pro Stunde zu erreichen, und die sonnige Landschaft, die draußen vor den Fenstern vorbeizog, verschwamm zu konturenlosem Grün. Max blätterte in einer Ausgabe der *Financial Times*, blickte jedoch immer wieder nervös auf die Uhr.

Dann piepte ihr Handy, und Matthias meldete sich.

»Ja?«

Ein paar Worte wurden gesprochen, und Matthias reichte das Telefon an Max weiter. »Das ist er«, raunte er ihr zu.

Stirnrunzelnd nahm Max den Apparat entgegen. »So war das nicht abgemacht«, sagte sie. »Sie sollten doch herkommen.«

»Ich bitte vielmals um Entschuldigung«, entgegnete er, »aber es ließ sich nun mal nicht ändern. Unter ihrem Sitz befindet sich ein Stück schwarzer Stoff. Ziehen sie ihn ab. Darunter finden Sie die Diskette.«

Sie tastete nach dem Stoffpäckchen. Es war da. Aber sie beließ es an seinem Platz.

»Sie stellen wieder einmal mein Vertrauen auf die Probe«, sagte sie ins Telefon.

»Und auch diesmal werden Sie nicht enttäuscht«, erwiderte er.

Sie blickte Matthias an und überlegte einen Moment. Dann entfernte sie das mit Klettband befestigte Päckchen unter ihrem Sitz und reichte es ihrem Begleiter, der es öffnete und eine blaue Diskette herauszog.

Sofort schob er die Diskette in das Laufwerk A des Laptops. Eine Hälfte des Bildschirms zeigte bereits unter der Überschrift *Decknamen und Operationsbezeichnungen* eine Fülle von Daten an. Die zweite Hälfte des Monitors war noch leer. Als Matthias jedoch die Diskette aktivierte, erwachte auch sie zum Leben. Oben erschien die Überschrift: *Wahre Identitäten*. Gleich darauf wurde die freie Fläche von Namen, Adressen und Identifizierungsmerkmalen ausgefüllt. In der Mitte des Bildschirms erschien, beide Bildschirmhälften überlappend, ein Fenster: *Identitätsprüfung*.

Max konnte ihre Freude nicht verhehlen. »Ha, mein Lieber«, flüsterte sie ins Telefon. »Damit dürfte sich ein privates Tête à Tête erledigt haben.«

»Sicher, meine Liebe. Vorausgesetzt, Sie sagen mir, wo das Geld ist.«

»Das ist mir zehn Millionen wert«, entgegnete sie. »Gepäckwagen, Fach Nummer drei. Silberner Aktenkoffer. Kombination 314.«

»Und was ist mit Iob?«

»Oh«, entgegnete sie, »da würde ich mir keine Gedanken machen. Er wird Sie schon finden, sobald Sie das Geld haben.«

Ein Klicken, und er hatte aufgelegt.

Max beugte sich zum Apple-Laptop vor und verfolgte das Geschehen auf dem Bildschirm. Sie sah auf die Uhr.

»Schneller geht es nicht«, sagte Matthias, der ihre Nervosität spürte.

Claire saß in der dritten Reihe von vorn in einem Waggon der zweiten Klasse, dem hinteren Teil des Wagens zugewandt. Sie trug eine Lederjacke und ein schlichtes Kleid; das Haar hatte sie zum Pferdeschwanz gebunden. Als sie aufblickte und Eugene Kittridge und Harry Barnes den Mittelgang herunterkommen sah, wandte sie sofort das Gesicht ab. Claires Herz begann zu rasen, als sie sich ihr näherten.

Zwei andere Fahrgäste kreuzten ihren Weg, so daß Kittridge und Barnes stehenblieben, um sie vorbeizulassen.

»Nur noch vier Wagen«, sagte Barnes zu seinem Boss.

»Und wenn wir ihn nicht finden, durchsuchen wir den ganzen Zug noch mal.«

»Warum hat er den TGV ausgewählt?«

»Hochgeschwindigkeitszug. Niemand kann zusteigen; niemand kann aussteigen. Strenge Sicherheitsbestimmungen. Ideal für die Übergabe an Max.«

»Aber warum hat er uns informiert?« wollte Barnes wissen.

»Er veranstaltet eine Riesenschau«, entgegnete Kittridge, »ich weiß nur noch nicht, von welcher Art.«

Der Gang vor ihnen war wieder frei, und die beiden Männer setzten ihren Weg fort.

Dann schob sich ein stark übergewichtiger Mann durch die Tür hinter Claire und bewegte sich auf den hinteren Teil des Wagens zu. Irritiert traten Kittridge und Barnes erneut zur Seite, um ihn vorbeizulassen.

Claire nutzte die Gelegenheit, um aufzustehen und dem Mann zu folgen, wobei sie ihn benutzte, sich vor Barnes und Kittridge zu verstecken.

Aber Barnes erhaschte einen flüchtigen Blick auf sie, als sie an ihnen vorbeiging, und einen Moment glaubte er, soeben eine Frau gesehen zu haben, die Claire Phelps verblüffend ähnlich sah. Aber dann sagte er sich, daß das unmöglich war; sie war in Prag in Stücke gerissen worden. Kittridge ging weiter. Barnes wußte, daß sein Boss nur ungehalten reagieren würde, wenn er seine Beobachtung erwähnte. Er schwieg.

Claire betrat den Übergangsbereich zwischen zwei Waggons und hob den Visco-Monitor, den sie am Handgelenk trug, an den Mund.

»Ethan, Kittridge ist im Zug.«

Er antwortete langsam und ruhig: »Kittridge ist Iob. Max hat geliefert. Wie weit ist er noch von Luther entfernt?«

Sie blickte auf das Schild über der Tür. Der Wagen hatte die Nummer neunzehn. »Zwei Wagen«, sagte sie. »Wo steckst du?«

»Ich bin ganz in der Nähe. Du mußt für mich sehen, Claire. Bleib an Kittridge dran.«

Sie rückte ihren Hut zurecht und folgte dann Kittridge und Barnes den Gang hinunter.

Max blickte angespannt auf den Bildschirm, als dieser ihr die gute Nachricht verkündete: *Liste vollständig*. Sofort wählte sie auf ihrem Handy eine Nummer. Als sich jemand meldete, sagte sie nur: »Er ist im Gepäckwagen.«

»Ich werde dort sein«, entgegnete der Mann im

Schlafwagen und unterbrach die Verbindung. Er überprüfte noch mal den Sitz des Schalldämpfers an seiner Pistole, schob sie wieder in die Innentasche seines Jacketts und zog ein letztes Mal an seiner Zigarette, ehe er das Abteil verließ.

Matthias nahm Max das Handy aus der Hand, verband es mit einer PCMIA-Fax-Modem-Karte und schloß es an den Laptop an. Er wählte eine vorprogrammierte Nummer. Das Freizeichen ertönte, brach jedoch gleich darauf ab, und auf dem Bildschirm erschien die Mitteilung: MODEM ABGELEHNT.

Matthias war verwirrt.

»Wo liegt das Problem?« fragte Max.

»Die Verbindung wurde abgelehnt.«

»Versuch es noch mal.«

»Der Apparat versucht es automatisch weiter, aber es funktioniert nicht«, entgegnete Matthias.

»Liegt es am Telefon oder am Computer?«

Der Computer wählte erneut, aber wieder wurde ihm der Zugriff auf das Modem verwehrt.

»Sind die Batterien leer?« fragte Max beunruhigt.

»Nein, die sind neu.«

»Führe eine Fehlersuche durch«, sagte sie.

»Das tue ich ja schon«, erwiderte Matthias, den Blick unverwandt auf den Bildschirm des Laptops gerichtet. »Das Gerät ist einwandfrei. Das Fax-Programm läuft. Das Modem ist konfiguriert. Und daß das Telefon funktioniert, wissen wir auch. Trotzdem ist die Übertragung gestört.«

Einige Sitze entfernt reckte Luther Stickell den Kopf, um einen Blick auf Max und Matthias zu werfen. Ihre ratlosen Gesichter verrieten ihm alles, was er wissen mußte – das Störsignal, das sein speziell programmiertes Nokia-Handy aussandte, das auf dem kleinen Tisch vor ihm lag, funktionierte tadellos.

Matthias überprüfte sämtliche Verbindungsstücke und aktivierte noch einmal das Modem. Die Übertragung war wieder gestört.

Er erhob sich halb aus seinem Sitz und sah sich im Wagen um.

»Was ist?« fragte Max.

Ein halbes Dutzend Fahrgäste telefonierte, ein weiteres halbes Dutzend arbeitete mit ihren Laptops.

Luther Stickell trug einen grauen Anzug und sah aus wie ein seriöser Geschäftsreisender. Er war scheinbar in die Arbeit an seinem Laptop vertieft, wobei er jedoch darauf achtete, daß die Antenne seines Nokias in Max' Richtung zeigte.

»Ich weiß nicht«, sagte Matthias. »Ich dachte, irgend etwas würde vielleicht die Elektronik blockieren, aber außer uns scheint niemand Schwierigkeiten zu haben.«

»Starte den Computer noch mal neu«, sagte Max wütend. »Wenn er dann immer noch nicht funktioniert, borgen wir uns einen aus.«

»Ich sehe nichts als harmlose Zivilisten«, sagte Harry Barnes, als er und Kittridge sich dem Wagen näherten, in dem Max, Matthias und Luther saßen.

»Das ist doch alles unsinnig«, entgegnete Kittridge. »Wir wissen ja nicht einmal, wie Max aussieht.«

»Vielleicht brauchen wir das gar nicht«, entgegnete Barnes, den Blick nach vorn gerichtet. »Wenn Hunt die Diskette übergeben hat, wird Max sie überprüfen wollen. Wir sollten uns auf die Laptops konzentrieren.«

Kittridge nickte.

Weiter vorn sah Luther Kittridge und Barnes näherkommen. Sie würden Luther sofort wiedererkennen. Sofort klappte er den Deckel seines Laptops zu, überzeugte sich davon, daß sein Nokia-Handy weiter auf Max ausgerichtet war, stand auf und hastete auf den hinteren Teil des Wagens zu.

Unglücklicherweise bemerkte ein aufmerksamer Zugbegleiter, daß Luther sein Handy hatte liegen lassen, und nahm es hilfsbereit an sich.

»Entschuldigen Sie, Sir«, rief er und eilte Luther nach. »Ihr Telefon.«

Als der Zugbegleiter mit dem Handy auf Luther zueilte, wurden sämtliche Telefonverbindungen jener Fahrgäste, an denen er vorbeikam, jäh unterbrochen.

Matthias, der seinen Computer inzwischen neugestartet und das Fax-Modem neugeschaltet hatte, versuchte es derweil erneut. Da Luthers Nokia jetzt außer Reichweite war, wurde die Verbindung hergestellt, und auf dem Bildschirm erschien die Mitteilung: *Übertragung läuft*.

»Es funktioniert«, sagte Matthias, sichtlich erleichtert.

Max sah auf die Uhr.

»Noch fünf Minuten, bis wir den Tunnel erreichen.«

Matthias konnte die Übertragung nicht beschleunigen; er konnte nur auf den Bildschirm starren und hoffen.

Luther verließ den Wagen, hastete durch die Direktoren- und Clubwagen und schloß sich dann auf der Toilette ein, ohne sich zu vergewissern, ob er entdeckt worden war oder verfolgt wurde; er wollte nur weg. Er deponierte Laptop und Handy auf dem Edelstahlwaschbecken und sah in den Spiegel. Schweiß rann ihm über das Gesicht und durchweichte seinen gestärkten Hemdkragen. Er atmete schwer.

Luther Stickell war ein nervliches Wrack. Er war es gewohnt, von Elektronikzentralen aus zu operieren, außerhalb der Schußlinie sozusagen. Und jetzt, da Kittridge und Barnes und wer weiß wer sonst noch hinter ihm her waren, geriet er in Panik.

Jemand drückte die Klinke herunter. Die Tür war abgesperrt. Dann wurde heftig an der Tür gerüttelt. So dringend konnte niemand müssen. Jemand wußte, daß er sich hier versteckte.

Und es waren weder Kittridge noch Barnes, die sich noch in dem Wagen befanden, aus dem Luther eben geflohen war. Sie musterten Max, sie musterten ein halbes Dutzend anderer Geschäftsleute, die einen Laptop benutzten.

Max roch die CIA förmlich, als die beiden Männer sich ihr näherten. Aber sie ließ sich nichts anmerken; sofern überhaupt, wirkte sie eher noch entspannter. Sie nippte an ihrem Kaffee, las in der Times und tauschte Höflichkeiten mit Matthias aus.

Kittridge und Barnes gingen an ihnen vorbei.

Claire Phelps machte in dem Zwischengang zwischen zwei Wagen halt, als der Monitor an ihrem Handgelenk ein Signal von sich gab. Ethans Stimme drang leise aus dem Lautsprecher.

»Ich habe das Geld«, sagte er. »Komm zu mir in den Gepäckwagen.«

Um in den Gepäckwagen zu gelangen, würde sie an Kittridge und Barnes vorbei müssen. Sie senkte den

Kopf und ging zügig den Mittelgang hinunter. Als sie sich an den beiden Männern vorbeischob, schirmte sie ihr Gesicht mit ihrer Handtasche ab.

Claire hastete durch den letzten Geschäftswagen und eilte auf den Dienstwagen zu.

Aber diesmal war Barnes sicher, Claire erkannt zu haben. Er wußte, daß Kittridge ihn vermutlich allein für den Gedanken suspendieren würde, aber das war ihm egal.

Barnes packte Kittridges Ellbogen.

»Ob Sie es glauben oder nicht, das war Claire Phelps, die gerade an uns vorbeigegangen ist.«

Zu Barnes' Überraschung reagierte Kittridge sehr interessiert und ohne zu zögern.

»Gehen wir«, sagte er und bedeutete Barnes, die Verfolgung aufzunehmen.

Sie sahen, wie Claire im Clubwagen verschwand, als sie jedoch dort angelangten, war weit und breit nichts von ihr zu sehen. Sie traten vor die Toilettentür und drückten die Klinke herunter.

Verschlossen.

»Brechen Sie sie auf«, sagte Kittridge zu Barnes.

Barnes zog einen Gegenstand aus seiner Tasche, der an eine Nagelfeile aus Edelstahl erinnerte, und knackte die Toilettentür. Die beiden Männer stellten sich zu beiden Seiten der Tür auf, als sie aufschwang.

Der Raum schien leer zu sein.

Aber es gab kein Fenster, keinen Ausgang.

Barnes steckte den Kopf durch die Türöffnung, und in diesem Moment sprang Luther Stickell von der Dekke herab, wo er sich zwischen die Seitenwände gestemmt hatte. Er schleuderte Barnes den Laptop entgegen. Luther war ein brillanter Techniker, Nahkampf gehörte jedoch nicht zu seinen starken Seiten, rangierte nicht einmal unter den Top ten seiner Fähigkeiten.

Barnes hatte ihn innerhalb von drei Sekunden überwältigt.

Kittridge lehnte sich kopfschüttelnd an den Türrahmen.

»Hallo, Luther«, sagte er. »Wo ist Hunt?«

»Mr. Kittridge«, stammelte Luther, dem der Schweiß über das Gesicht rann wie Regen über eine Fensterscheibe. »Die NOC-Liste wird von einem Computer in diesem Zug aus übertragen. In eben diesem Augenblick.«

»Wo?«

Claire knackte das Schloß zum Gepäckwagen und schlüpfte hinein.

Im Inneren war es dunkel und kühl, und sie brauchte einen Moment, sich an das schwache Licht zu gewöhnen. Dann sah sie drei Meter entfernt die Silhouette von Jim Phelps.

Er saß auf einem Koffer im hinteren Teil des Wagens. Ein Regal warf ein Netz von Schatten auf sein Gesicht. Er hielt den Kopf gesenkt, einen nachdenklichen Ausdruck auf dem Gesicht.

»Ethan ist unterwegs«, sagte Claire hastig. »Er muß direkt hinter mir sein. Hör zu, Jim. Hältst du es wirklich für eine so gute Idee, ihn zu töten? Wir nehmen das Geld. Ethan wird für den Diebstahl der Liste zur Verantwortung gezogen. Niemand sonst hat dich lebend gesehen. Niemand wird ihm glauben.«

Jim musterte sie eine Weile stumm aus dem Dunkel heraus.

Er holte tief Luft und hob dann eine Hand, um sich seitlich den Hals zu reiben.

Etwas Merkwürdiges geschah mit seinem Gesicht, als Jims Hand sich in die Haut unterhalb des Ohres zu graben schien. Dann verzerrten sich seine Züge, und Claire erkannte zu ihrem Entsetzen, daß Jims Gesicht nur eine Maske war. Getragen von Ethan Hunt.

Ethan entfernte die Latexfetzen, die noch an seinem Gesicht hafteten. »Ich bin sehr enttäuscht, dich das sagen zu hören, Claire.«

Kopfschüttelnd trat sie vor.

»Ethan?«

Und dann hörte sie die Stimme des echten Jim Phelps.

»Ja. Ethan Hunt, Liebling. Erinnerst du dich an ihn?«

Jim Phelps trat aus dem Schatten am anderen Ende des Gepäckwagens. Er hielt die Pistole in der Hand, die er in seinem Radio an Bord des Zuges geschmuggelt und in seinem Schlafabteil zusammengesetzt hatte. Phelps trug einen schwarzen Fallschirmspringer-Overall und eine Ausrüstungstasche an der Hüfte. Von seinem schwächlichen Zustand des Vortages war nichts mehr zu sehen. Er hielt sich kerzengerade und sah fit und dynamisch aus. Keine Verbände, keine Verletzungen. Nur die Waffe.

Claire blickte von Jim zu Ethan, der reglos auf dem Koffer sitzen blieb.

Ethan schien nicht überrascht, Jim zu sehen.

»Du wußtest über Jim Bescheid?« fragte Claire.

Phelps antwortete an seiner Stelle. »Natürlich hat er es gewußt. Die Frage ist nur, wann er dahintergekommen ist. Bevor oder nachdem ich in London aufgetaucht bin? Würdest du mir das verraten, Ethan?«

Ethan musterte Jim mit eisiger Ruhe. Er hatte die ganze Nacht über Jims Verrat nachgedacht und sich gefragt, ob Claire mit ihm unter einer Decke steckte.

»Schon vor London. Aber nachdem du die Bibel aus dem Drake Hotel in Chicago mitgenommen hast.«

»Es war ein Stempel drin, habe ich recht?« sagte Jim. »Diese verfluchten Gideons.«

Jims Armbanduhr gab eine Reihe leiser Pieptöne von sich. »Noch zwei Minuten, bis Krieger auftaucht«, sagte er und wandte sich dann Ethan zu. »Wir werden es schneller hinter uns bringen müssen, als mir lieb ist. Als *dir* lieb ist.«

Claire starrte Ethan immer noch unverwandt an.

»Ethan, wenn du über Jim Bescheid wußtest, warum hast du dann ...?«

Jim schnitt ihr das Wort ab. »Warum er die Maskerade inszeniert hat? Warum er dieses Risiko eingegangen ist?« Er lachte bitter. »Claire, du hast die Frage gestellt, und du selbst bist die Antwort.« Phelps betrachtete Claire ohne jede Zuneigung, sondern mit brütendem Zorn, der seinen Augen einen irren Glanz verlieh, den weder Ethan noch Claire je zuvor an ihm gesehen hatten.

Ethan nickte. »Über Jim wußte ich Bescheid.«

»Aber nicht über dich«, erklärte Jim seiner Frau. »Das hat ihm keine Ruhe gelassen. Das wollte er unbedingt wissen.«

Dann sah er wieder Ethan an. »Bei aller Fairneß, Ethan, Claire war zu keiner Zeit überzeugt davon, daß du ihrem Charme erliegen würdest. ›Du sollst nicht deines Nächsten Weib begehren‹, Ethan.« Phelps richtete sein Augenmerk wieder auf Claire. »O, Ethan liebt dich, Claire, täusch dich da mal nicht. Und wie alle Liebenden dieser Welt hat ihn die gleiche jämmerliche Frage gequält: ›Erwidert sie meine Gefühle?‹« Er ließ diese Worte eine Weile in der Luft hängen, und in der Stille war nur das Rattern des Zuges zu hören. »Nun, Claire? Ist es so? Hast du Ethans Gefühle ausgenutzt oder erwidert?«

»Zwischen uns ist nichts gewesen. Ich möchte ja nicht leugnen, daß ich daran gedacht habe, aber es ist nichts passiert«, mischte Ethan sich ein.

Claire blickte von Ethan zu ihrem Mann und sagte sachlich: »Jim, laß uns das Geld nehmen und verschwinden.« Dann wandte sie sich wieder Ethan zu. »Das Geld, Ethan. Sofort.«

Phelps gefiel Ethans Ruhe nicht, weil sie ihn an dessen Haltung während einer Mission erinnerte. Soweit Phelps wußte, hielt er im Augenblick alle Karten in der Hand. Aber entweder war Ethan anderer Ansicht, oder aber er hatte resigniert, und ihm war alles egal.

Ethan reichte Claire ein Bündel Schatzbriefe. Max hatte ihr Wort gehalten, zumindest in dieser Hinsicht: zehn Millionen Dollar in Schatzbriefen mit Zinsschein.

»Du hast sie dir verdient«, sagte Ethan zu Claire.

»Zähl nach«, befahl Jim.

Claire begann, die Papiere zu prüfen.

»Claire, beantworte mir eine Frage, ja?« sagte Ethan. »In jener Nacht in Prag ... wer von euch beiden hat den Wagen mit Hannah in die Luft gejagt?«

»Zähl weiter, Claire«, befahl Phelps.

»Das war ich«, entgegnete sie, seinem Blick ausweichend. »Ich bin es gewesen.«

»Zufrieden?« fragte Phelps.

»Zehn Millionen«, sagte Claire leise.

»Falte sie zusammen. Ganz klein«, sagte Jim.

»Willst du dich nicht bei mir bedanken, Jim?« fragte Ethan. »Zehn Millionen sind doch besser als sechs.«

»Schmeichle dir nicht selbst. Sechs waren für Osteuropa vereinbart. Du hast ein schlechtes Geschäft gemacht. Zehn für die vollständige Liste? Was ist das schon? Aber ich habe dich für den Austausch mit Max gebraucht. Ich habe einen kleinen Zusatzgewinn gemacht, und du hast auch einen kleinen Bonus bekommen.«

Wieder piepte seine Uhr.

»Tut mir leid, Ethan. Wirklich. Deine Zeit ist abgelaufen«, sagte Phelps. »Sag adieu.«

Er zielte auf Ethan.

Ethan hob eine Hand, um zu zeigen, daß er unbewaffnet war. Dann beugte er sich vor, so daß eine Brille zum Vorschein kam, die von seiner Jackentasche baumelte. Er warf sie Jim Phelps zu.

Phelps fing sie aus der Luft auf, einen ungläubigen Ausdruck auf dem Gesicht. Es war eine Visco-Brille. Und aus dem Minilautsprecher kam eine vertraute Stimme: Eugene Kittridge.

»Guten Morgen, Mr. Phelps«, sagte Kittridge von irgendwo aus dem Zug, den Blick auf den Visco-Monitor geheftet, den Ethan ihm zusammen mit den Zugfahrkarten auf dem Hubschrauberlandeplatz hatte übergeben lassen.

Phelps und Claire waren geschockt.

»Du Hurensohn«, zischte Phelps und richtete den Lauf der Pistole wieder auf Ethan.

»Tu es nicht, Jim«, flehte Claire hastig mit bebender Stimme. »Es ist vorbei.«

»Du meinst, jetzt brauchen wir ihn nicht mehr auszuschalten, ja? Das kommt dir sehr entgegen, habe ich recht, Claire? Ist es nicht so?« Phelps Stimme klang jetzt sehr angespannt.

Aber Claire nickte nur. »Ja.«

»Jim«, sagte Ethan ruhig. »Sie hat recht. Es ist vorbei.«

Ethan erhob sich und machte einen Schritt auf Phelps zu.

»Ethan, ich habe dir immer gesagt, daß nichts gefährlicher ist als die Wahrheit. Sie kann einen umbringen.« Phelps Züge waren wutverzerrt.

Blitzschnell schwenkte er die Waffe herum und feuerte auf Claire.

Ethan stürzte sich auf ihn und stieß gegen seinen Arm, ehe er den nächsten Schuß abfeuern konnte. Die Pistole flog durch die Luft und schlitterte über den Boden. Phelps' Uhr piepte erneut. Das Zögern, das dieses Geräusch bewirkte, genügte Phelps, um Ethan das Knie in den Magen und den Ellbogen gegen das Kinn zu rammen. Benommen ging Ethan zu Boden. Phelps schnappte sich den Umschlag mit den Schatzbriefen und stürzte davon.

Nach Luft schnappend, kroch Ethan zu Claire hinüber.

Sie lebte noch. Sie atmete schwer und flach. Aber sie lebte.

Im schwachen Licht suchte er nach der Schußwunde. Phelps hatte sie in die Brust getroffen. Er dachte an die Droge, die sie in Kiew benutzt hatten, um ihren Tod vorzutäuschen, als sie den korrupten russischen Politiker hereingelegt hatten. Hinterher hatte er ihr Gesicht mit beiden Händen umfaßt und zugesehen, wie Leben in ihre Augen zurückkehrte. Sie war in diesem seltsam zärtlichen Augenblick so glücklich gewesen, ihn zu sehen, beinahe, als wäre es Ethan gewesen, der sie ins Leben zurückgeholt hatte, und nicht das chemische Gegenmittel.

Aber diese Schußverletzung würde sich nicht heilen lassen. Er wußte, welche Art von Geschoß Jim benutzt hatte, und er wußte, welche verheerenden inneren Verletzungen es verursachte. »Claire ...« sagte er.

Sie hob eine Hand und betastete ihre Brust. Und da wußte auch sie, wie es um sie stand.

»Das Zeug ist so klebrig«, sagte Claire über das Blut an ihren Fingern.

»Claire.«

»Schon gut, Ethan«, sagte sie. »Du bringst mich doch heim ... oder?«

Er strich ihr über das Haar. »Das habe ich doch immer, Claire.«

Sie schloß die Augen und hörte auf zu atmen.

Ethan hielt sie noch eine Weile und ließ ihren Kopf dann vorsichtig auf den Boden sinken.

Als Phelps Ethan und Claire miteinander bekannt gemacht hatte, hatte Ethan gleich gewußt, daß es ein böses Ende mit ihnen nehmen würde. Wie hätte es anders sein sollen? Jim war sein Boss und Freund. Claire war Jims Frau. Ethan hatte sich beinahe auf den ersten Blick in sie verliebt. Und er wußte, daß auch sie sich zu ihm hingezogen fühlte. Es hatte nur böse enden können.

Und so war es denn auch gekommen.

Er fragte sich, ob er vor zwei Jahren Claire und der IMF den Rücken hätte kehren sollen. Vielleicht. Wahrscheinlich. Aber wozu? Sie wäre trotzdem da gewesen, in seinen Gedanken und Gefühlen, hätte ihm keine Ruhe mehr gelassen. Zwei Jahre in ihrer Nähe zu sein und seine Gefühle zu verbergen, hatte weh getan, aber sie zu verlassen wäre noch schmerzlicher gewesen.

Und jetzt lag Claire tot neben ihm.

Es war nicht seine Schuld, aber was spielte Schuld in diesem Augenblick für eine Rolle. Jim hatte sie erschossen, aber für Ethan war der Verlust ebenso groß wie für ihn.

Ethan hatte Jim mit Hilfe der Visco-Brille vor Kittridge als Verräter entlarvt; er hatte seine eigene Unschuld bewiesen und überließ es Kittridge, Max daran zu hindern, die Liste weiterzuleiten. Mission beendet.

Und? fragte er sich.

Und?

Claire lag tot vor ihm. Ethan fühlte sich um seinen Respekt für Phelps und seine Gefühle für Claire betrogen.

Aber was konnte er tun?

Im Augenblick gab es nur eins, was er tun konnte. Seine Mission vollenden.

Jim Phelps war entkommen.

Kapitel 14

Auf

Als Ethan sich aufrappelte, ging ihm auf, daß Phelps den Gepäckwagen durch die hintere Tür verlassen hatte. Wohin wollte er? Dahinter kam nur die zweite Lok, die auf dieser Fahrt das Schlußlicht bildete. Aber der Zug hatte inzwischen eine Fahrtgeschwindigkeit von 100 Meilen pro Stunde erreicht, und bald würden es 150 Meilen sein. Phelps konnte also kaum abspringen. Kittridge und Barnes hatten zweifellos Anweisung gegeben, den Zug zu umstellen, sobald er in Paris eintraf, so daß Phelps dort nicht würde entkommen können. Ethan wußte jedoch, daß Jim Phelps ohne ausgeklügelten Fluchtplan keinen Fuß in den Zug gesetzt hätte. Tatsächlich würde er sich vermutlich sogar zwei solcher Pläne ausgedacht haben. Einen für die erfolgreiche Übergabe der NOC-Liste an Max, den Mord an Ethan und einen zügigen Abgang mit den Schatzbriefen in Paris. Plan B sollte nur in Kraft treten, falls etwas schief ging. Unter den gegebenen Umständen würde Phelps auf Plan B umgeschwenkt haben. Und Plan B konnte nur vorsehen, den Zug während der Fahrt zu verlassen. Das Piepen von Phelps' Uhr und seine Sorge wegen des Rendezvous mit Krieger verrieten Ethan, worin der Fluchtplan bestehen mußte, aber es fiel ihm dennoch schwer, an seine eigene Theorie zu glauben.

Er lief durch die hintere Tür in die Zwischenraum zwischen dem Gepäckwagen und der Lok. Dort fand er seine Antwort. Neben der Tür zur Lok befand sich eine

Metalleiter, die zu einer Luke führte, durch die man auf das Zugdach gelangte.

Und oben auf der Leiter war Jim Phelps.

Phelps hatte sich eine Schutzbrille aufgesetzt und hielt die gleichen magnetischen Saugnäpfe in den Händen, wie sie Ethan und Krieger benutzt hatten, um durch die Lüftungsschächte im CIA-Hauptquartier zu kriechen.

Ethan machte zwei Schritte und sprang hoch. Jim traf ihn mit einem Stiefel seitlich am Kopf und schleuderte ihn zu Boden. Als Ethan sich wieder hochgerappelt hatte und an der Leiter war, war Phelps durch die Dachluke verschwunden. Ethan stieg die Leiter hinauf, sich gegen den heißen Wind stemmend, der durch die Öffnung wehte. Er steckte den Kopf durch die Luke und sah Phelps einige Meter entfernt auf dem Bauch kriechen. Mit Hilfe der Saugnäpfe schob er sich auf das Ende der Lok zu, das zur Windschutzscheibe hin steil abfiel. Das Kriechen war eine zeitraubende, beschwerliche Angelegenheit, aber Phelps zog sich entschlossen immer weiter über das schimmernde Metalldach des Zuges.

Der Wind dröhnte in Ethans Ohren und zerrte an seinen Kleidern. Aber er ließ sich hiervon nicht abhalten. Er schob sich auf das Dach und klammerte sich an die kleinen Windablenkplatten entlang des Zugdachs.

Als Phelps zurückblickte und sah, daß Ethan ihm folgte, traute er seinen Augen nicht. Er rief Ethan etwas zu, das aber vom Fahrtwind und dem Rattern des Zuges verschluckt wurde.

Als der Zug an eine leichte Biegung gelangte, wurde Ethan durch die Schwerkraft zur Seite gedrückt. Wind geriet unter seinen Körper und schleuderte ihn herum, so daß er in die Phelps entgegengesetzte Richtung blickte. Er kämpfte darum, nicht den Halt zu verlieren.

Phelps erreichte mit Hilfe seiner Saugnäpfe das Ende des Zuges. Dort holte er eine große Metallöse aus seiner Hüfttasche und befestigte sie an seinem Gürtel.

Ethan, der fast vom Dach geweht wurde, beobachtete ihn.

Dann erschien in der Ferne hinter dem Zug ein kleiner, schwarzer Punkt, der rasch größer wurde.

Ein Hubschrauber.

Krieger.

Phelps winkte ihm, und Ethan durchschaute endlich, was Phelps vorhatte. Das Manöver bestätigte Ethan, daß Krieger Golitsyn und Sarah getötet hatte, bevor er von Claire »angeheuert« worden war, ihnen beim Diebstahl der NOC-Liste aus dem CIA-Hauptquartier zu helfen. Das alles war Teil von Jims Plan gewesen. Und jetzt näherte sich Krieger dem Zug in einem Hubschrauber, aus dem ein Kabel mit einem Haken baumelte, um Phelps aufzunehmen. Phelps blickte über die Schulter und sah in der Ferne die Öffnung des Tunnels, der unter dem Ärmelkanal herführte. Hektisch winkte er Krieger, sich zu beeilen.

Plötzlich verlor Ethan den Halt und rutschte mehrere Meter über das Zugdach. Im letzten Moment gelang es ihm, sich wieder an einer der Windablenkplatten festzukrallen.

Der Hubschrauber verlor an Höhe, und Krieger dirigierte das beschwerte Kabel auf Phelps zu. Phelps brauchte nur den Haken am Ende des Kabels zu packen und an seinem Gürtel zu befestigen. In der Sekunde, in der ihm das gelang, würde er frei sein. Aber im starken Fahrtwind schwang das Kabel vor und zurück, und Krieger mußte weite Bögen fliegen, um in dem starken Sog nicht die Gewalt über die Maschine zu verlieren.

Krieger sah die Tunnelöffnung viel zu schnell näherkommen und signalisierte Phelps eindringlich, das Kabel zu greifen, während er unmittelbar über der Lok dahinflog, um das Stahlseil in Position zu bringen. Schließlich bekam Phelps das Seil zu fassen und wollte es gerade einhaken, als Ethan ein lebensgefährliches Manöver wagte. Er nahm die Hände von den Windablenkplatten, und der Wind blies ihn über das Zugdach geradewegs auf Phelps zu. Er rutschte gegen seine Beine, so daß Phelps auf das Dach stürzte, riß ihm das Kabel aus der Hand und befestigte den Haken an einer der offenen Windablenkplatten. Entsetzt stellte Krieger fest, daß der Hubschrauber am Zug verankert war. Phelps kämpfte mit Ethan, um das Kabel zu lösen, aber Ethan leistete erbitterten Widerstand.

Krieger blieben nur noch Sekunden, ehe er an dem Fels über der Tunnelöffnung zerschellte. Er umklammerte den Steuerknüppel und bemühte sich, den Hubschrauber wieder unter Kontrolle zu bekommen. Ethan und Jim klammerten sich beide mit einer Hand an denselben Saugnapf, während sie sich mit der anderen bekämpften. Sie sahen das Entsetzen auf Kriegers Gesicht, blickten zurück, sahen die Tunnelöffnung und drückten sich flach an das Dach, als der Zug in den Tunnel rauschte.

In allerletzter Sekunde gelang es Krieger, den Minihubschrauber herabzudirigieren, wobei die Rotoren die Tunnelwände nur knapp verfehlten. Er mochte ja ein zweifacher Mörder sein, aber er war außerdem ein verdammt guter Pilot – der Kerl schaffte es tatsächlich, den Hubschrauber im Inneren des Tunnels zu fliegen.

Der Zug des Hubschrauberkabels an der Windablenkplatte hatte in der vorderen Lok einen Alarm ausgelöst, und der Ingenieur setzte sich mit dem Führer der hinteren Lok in Verbindung. Keine Antwort. Hierauf informierte er einen Sicherheitsbeamten im letzten Passagierwagen. Als der Beamte zur hinteren Lok lief, fand er den Lokführer tot in der Kabine vor, ein früheres Opfer von Phelps. Dann blickte er auf und sah ebenso verblüfft wie entsetzt, daß ein Hubschrauber an den Zug gekoppelt war. Am Steuer des Helikopters saß ein bärtiger Mann, der die Maschine entschlossen beschleunigte und auf das Zugende zuhielt. Als er dem Ingenieur Meldung machte, reagierte dieser ungläubig.

»Ich sehe ihn doch vor mir«, brüllte der Wachmann ins Telefon. »Beschleunigen Sie, oder es kommt zum Zusammenstoß!«

Der Ingenieur folgte der Anweisung, und als der Zug abrupt beschleunigte, begann Phelps, den Halt zu verlieren. Langsam glitt er an der Windschutzscheibe der Lok herab auf die Geleise und den sicheren Tod zu. Aber Ethan zog sich in die Mitte des Daches und reichte Phelps, dessen Kräfte rasch nachließen, die Hand. Jim griff nach Ethans ausgestreckter Hand und umklammerte sein Handgelenk. Die Adern an Ethans Hals und Stirn traten hervor, als er Phelps auf das Zugdach zurückzog. Phelps sah fix und fertig aus, als er den ebenen Teil des Daches erreichte, aber dann holte er blitzschnell und unerwartet aus und schlug Ethan ins Gesicht, so daß dieser den Saugnapf losließ, an den er sich bis dahin geklammert hatte. Ethan glitt auf die Seite des Zuges zu und bekam gerade noch den zweiten Saugnapf zu fassen, ehe er vollends über den Rand stürzte. Mit den Beinen strampelnd, versuchte er, sich wieder hinaufzuziehen.

Als Krieger sah, daß Ethan vorübergehend außer Gefecht gesetzt war, bedeutete er Phelps, sich an der abschüssigen Nase der Lok herabgleiten zu lassen, um von dort aus auf eine Kufe des Hubschraubers springen zu können. Es gab keinen Raum für Fehler, aber Phelps wußte, daß, wenn er nicht bald etwas unternahm, er früher oder später den Halt verlieren und zu Tode stürzen würde.

Der Lärm im Inneren des Tunnels war ohrenbetäubend. Der Fahrtwind heulte wie ein tropischer Sturm, und der Motor des Helikopters dröhnte bei Kriegers gewagten Manövern.

Krieger flog den Chopper so weit vor, daß er fast die Spitze der hinteren Lok berührte. Phelps tat einen tiefen – und wie er hoffte nicht seinen letzten – Atemzug, ließ den Saugnapf los, glitt die Windschutzscheibe hinab und krallte sich an die Scheibenwischer, die so groß waren wie Baseballschläger. Das Kabel ruckte und hüpfte, während Krieger sich bemühte, die Kufen des Hubschraubers in Phelps Reichweite zu bringen. Jim richtete sich auf und streckte einen Arm nach der linken Kufe aus.

In diesem Augenblick kreuzte sie kreischend der TGV aus der Gegenrichtung auf dem Weg von Paris nach London. Krieger riß den Hubschrauber hoch.

Phelps verfehlte die Kufe und fiel auf die Windschutzscheibe zurück, wo er sich mit ausgebreiteten Armen und Beinen festklammerte, so gut es ging. Kriegers Chopper verlor abrupt an Höhe und schwenkte nach links. Dann brachte Krieger ihn in Schräglage, mit gesenkter Nase wieder nach vorn, dichter an den Zug heran, und versuchte, Ethan mit den Rotorblättern in Stücke zu hacken. Aber eins der Rotorblätter streifte die Tunnelwand, und Funken sprühten in alle Richtungen. Einen irren Blick in den Augen, richtete Krieger den Hubschrauber auf und konzentrierte sich wieder auf Jim. Die zehn Millionen Dollar weckten in ihm einen Mut, von dem er selbst nicht geahnt hatte, daß er in ihm steckte.

Jim richtete sich erneut auf und versuchte verzweifelt, eine der Kufen zu packen. Sie kam in Reichweite, und diesmal gelang es Jim, sie zu fassen, warf ein Bein hinüber und zog sich hinauf. Er setzte sich auf und blickte zu Ethan hinüber. Durch Phelps Gewicht wurde der Chopper herabgezogen, und Ethan mußte blitzschnell eine Entscheidung fällen. Der geringste Fehler würde ihn das Leben kosten. Er befand sich in Höhe der zweiten Kufe. Er löste seinen Griff von dem Magnetsaugnapf und sprang. Er bekam die Kufe zu fassen und zog sich hinauf. Jetzt saßen Ethan und Phelps jeweils auf einer Kufe, knapp unterhalb und seitlich von Kriegers Cockpit. Krieger neigte den Hubschrauber zur Seite, um Ethan abzuschütteln, aber im Tunnel waren nur sehr begrenzte Manöver möglich. Und Ethan hatte ohnehin nicht vor, lange dort zu verharren. Er griff in seine Jackentasche und holte ein Stäbchen von Jacks Zauberkaugummi heraus. Der Wind riß das Silberpapier fort, und die rot-grüne Knetmasse verriet Phelps, was Ethan vorhatte.

Seine Augen weiteten sich hinter der Schutzbrille. Er schrie Krieger etwas zu, der ihn jedoch nicht verstehen konnte. Jim gab ihm mit Handzeichen zu verstehen, daß er ihm eine Waffe herausreichen solle. Krieger griff nach der Browning unter seinem Sitz.

Ethan knetete die »Kaugummihälften« zusammen und klatschte die Kugel fest an die Unterseite des Hubschraubers.

Jim versuchte, die Knetmasse mit den Füßen zu entfernen, während Ethan in die Hocke ging, um auf den Zug zurückzuspringen. Aber Krieger ließ den Hubschrauber zurückfallen. Der Abstand war zu groß, doch Ethan hatte keine andere Wahl, als zu springen, wenn er nicht mit dem Hubschrauber in die Luft gehen wollte.

Die Knetmasse explodierte gerade in dem Augenblick, da Ethan den unmöglichen Sprung wagte. Die Druckwelle verhalf ihm zu dem zusätzlichen Schwung, den er benötigte. Er landete hart auf der Windschutzscheibe des TGV und klammerte sich dort fest. Die Explosion riß die Unterseite des Choppers auf, der stark nach links trudelte. Die Rotorblätter gerieten zu nah an die Tunnelwand und zerbarsten. Das, was vom Hubschrauber noch übrig war, stürzte wie ein Stein zu Boden und explodierte in einem gewaltigen Feuerball. Ethan legte schützend einen Arm über den Kopf, fühlte jedoch, wie rasiermesserscharfe Schrapnelle sich in seine Beine und seinen Rücken gruben. Als es zur Detonation kam, drückte der Ingenieur den Alarmknopf, und die hochentwickelte Bremsvorrichtung ließ den Zug bemerkenswert rasch an Geschwindigkeit verlieren. Ethans einziges Problem war, daß der zerstörte Hubschrauber noch schneller vorwärtsrollte und -hüpfte, als der Zug hielt, denn einer der Rotoren drehte sich immer noch rasend schnell. Als der Zug zum Stehen kam, prallte der Helikopter gegen die Tunnelwand und schoß auf die Lok zu. Der Rotor sauste wie eine Kreissäge auf Ethans Kopf zu. Nur zehn Zentimeter von Ethans Gesicht entfernt kam er zum Stillstand.

In Ethans Ohren dröhnte es, wenngleich sich urplötzlich gespenstische Stille im Tunnel ausgebreitet hatte, als der Zug unter dem Ärmelkanal stehengeblieben war.

Minuten zuvor, als der TGV in den Tunnel eingefahren war, hatte Matthias wütend geflucht und Max die niederschmetternde Nachricht auf dem Computerschirm gezeigt:

Verbindung abgebrochen
Übertragung nichtig

»Können wir es von vorn probieren, wenn wir wieder aus dem Tunnel raus sind?« fragte Max Matthias.

»Nein«, entgegnete er düster.

Sie musterte ihn fragend.

Sein Blick war auf den Bildschirm gerichtet, auf dem ein wahrer Datensalat abliet.

»Das Programm ist darauf ausgerichtet, sich selbst zu löschen, wenn eine Übertragung ohne korrekten Abschluß abgebrochen wird. Das Programm ist nur für eine einzige Übertragung vorgesehen, hinterher zerstört es sich selbst.«

Max schnaubte wütend.

»Iob wird das wiedergutmachen müssen«, teilte sie Matthias mit. »Ich schlage vor, du redest ein Wörtchen mit ihm.«

»Wie wäre es, wenn Sie statt dessen mit mir Vorlieb nähmen?« sagte eine Stimme hinter ihnen.

Max und Matthias fuhren herum und sahen sich Eugene Kittridge, Harry Barnes und Luther Stickell gegenüber.

»Computer sind schon ein Fluch, nicht wahr?« sagte Luther zu Matthias.

Max musterte das Trio abschätzig. Dann klopfte sie auf den freien Sitz neben sich und bedeutete Kittridge, Platz zu nehmen. Max schien völlig entspannt.

»Das wird ein Freudenfest für meine Anwälte«, sagte sie honigsüß. »Anstiftung zu einer Straftat, fragwürdige Zuständigkeit ...«

Kittridge beugte sich vor und senkte die Stimme zu einem höflichen Murmeln: »Vielleicht halten wir die Gerichte der Einfachheit halber heraus.«

Sie nickte. »Ich bin sicher, daß wir etwas finden, für das Sie Verwendung haben.«

Er erwiderte ihr Lächeln. »Wissen Sie, das wäre wirklich einen Versuch wert.«

Barnes betrachtete Kittridge, der zum erstenmal in den zwei Jahren, seit sie zusammenarbeiteten, einen glücklichen, entspannten Eindruck machte. Das ärgerte Barnes. Die NOC-Liste war gerettet, und Kittridge würde Max zweifellos wertvolle Geheiminformationen entlocken dafür, daß er sie ungeschoren davonkommen ließ. Der Verräter Jim Phelps war enttarnt. All das machte Kittridge richtig zufrieden.

Und dabei wußte er nicht, ob Ethan Hunt – die Person, die das alles erst ermöglicht hatte – noch lebte. Und das, bemerkte Barnes, schien Kittridge nicht im mindesten zu kümmern.

Hunt war IMF-Agent, was bedeutete, daß er allein für sein eigenes Überleben zuständig war.

Kapitel 15

Paris

Während der drei ruhelosen Tage in einem Londoner Krankenhaus dachte Ethan kaum an etwas anderes als an Jim und Claire.

Warum hatte Jim für seinen schmutzigen Coup so viele Leben geopfert? Jack, Sarah, Hannah, sogar Claire. Hatten dreißig Jahre in der IMF ein Menschenleben für Jim so wertlos gemacht wie einen falschen Paß? Einige Fragen würden unbeantwortet bleiben – Jim war tot und hatte seine Geheimnisse mit ins Grab genommen. Nur wenn er selbst bei der IMF blieb, würde Ethan Jim Phelps besser verstehen lernen. Aber bei der IMF zu bleiben kam für Ethan nicht in Frage.

Seine Gefühle zu Claire in die Reihe zu bringen, erwies sich als noch komplizierter als das Grübeln über Jim.

Entgegen der IMF-Politik verließ Ethan das Krankenhaus und flog nach Paris, um an Claires Beerdigung teilzunehmen. Sie hatte beide Eltern, eine ältere Schwester und einen älteren Bruder zurückgelassen. Der Familie hatte man erklärt, Claire wäre bei dem Versuch, einen Raub zu verhindern, gestorben – sie glaubten, sie wäre Ermittlerin bei Interpol gewesen –, und man überreichte den Hinterbliebenen eine Tapferkeitsmedaille, die Claire posthum für ihren mutigen Einsatz verliehen worden war. Orden führten im allgemeinen dazu, daß Familienmitglieder keine unangenehmen Fragen stellten. Sie würden nie erfahren, daß ihre Tochter willige Komplizin bei einem Diebstahl gewesen war, bei dem die NOC-Liste für zehn Millionen Dollar an die Unterwelt verkauft worden war. Wären sie und Phelps erfolgreich gewesen, hätte sie ihre Familie niemals wiedergesehen, wäre irgendwo in Brasilien oder auf den Fidschi-Inseln untergetaucht. Weitere Fragen, die nie beantwortet werden würden. Der greifbaren Trauer, die Claires ganze Familie an den Tag legte, entnahm Ethan, daß sie nichts von ihrem Doppelleben ahnten und wohl auch nie davon erfahren würden. Und das war gut so. Von Ethan würden sie jedenfalls nie über Claires Doppelleben aufgeklärt werden. Ethan war ihrer Familie nie vorgestellt worden und konnte sich auch jetzt nicht mit ihr in Verbindung setzen. Wenn er dies täte, würde er sie damit in Gefahr bringen und nur Salz in die Wunden streuen. Außerdem könnten diese Menschen auch Spitzel von Kittridge sein, die jeden in die Irre führen sollten, der über Claire Bescheid wußte. Wer konnte an diesem Punkt schon sagen, was die Wahrheit war?

Er beobachtete das Begräbnis aus der Ferne, von einem fünfzig Meter entfernten Hügel aus, Kopf und Gesicht schutzlos dem warmen, lautlosen Frühlingsregen ausgesetzt.

Unbemerkt beobachtete er die kleine Trauergemeinde, die andächtig der Grabrede lauschte. Ethan fragte sich, was er überhaupt hier wollte. Claire hatte Jim gebeten, ihn nicht zu töten, war jedoch gewillt gewesen, mit Phelps unterzutauchen und Ethan niemals wiederzusehen. Er fragte sich, was sie wohl als nächstes getan hätte, wenn sie nicht gestorben wäre. Vielleicht hätte sie Jim getötet und das Geld an sich genommen. Vielleicht hätte sie sich Monate später bei Ethan gemeldet und versucht, den Schaden wiedergutzumachen. Aber alle Wenns der Welt würden nichts an dem ändern können, was geschehen war.

Von der Sekunde an, da Jim Phelps in Prag den Abbruch der Operation befohlen hatte, hatte Ethan gespürt, daß etwas nicht stimmte, etwas, das über das Scheitern einer Mission hinausging. Jim war zu nachdrücklich gewesen, zu klar inmitten einer unklaren Situation. Dann Kriegers Messer, das in den Computerraum in Langley gefallen war, ein Messer von gleicher Art wie jenes, mit dem Sarah und Golitsyn getötet worden waren. Da war die Bibel aus dem Drake Hotel und Phelps, der plötzlich in London auftauchte, mit Antworten auf Ethans sämtliche Fragen bezüglich der Prager Mission, sogar Antworten auf Fragen, die Ethan gar keine Zeit gehabt hatte zu stellen. Jim Phelps war gründlich gewesen, soviel mußte Ethan ihm zugestehen. Und Claires Kuß in ihrem Londoner Unterschlupf. Er war leidenschaftlich gewesen, aber auch erfüllt von einer Trauer und Endgültigkeit, die nicht von ihm ausgegangen waren. Claires Herz hatte sie schon lange vor ihrem Verstand verraten.

Es schmerzte Ethan, sich einzugestehen, daß er

Claire immer noch liebte. Und doch kam er nicht gegen seine Gefühle an. Sogar das Bewußtsein, daß sie den Tod seiner Kollegen und Freunde mitverschuldet hatte, vermochte an seiner Liebe nichts zu ändern. Irgendwie führte er wider besseren Wissens ihr Handeln auf Jim Phelps' amoralischen Einfluß zurück. Zumindest jetzt noch, da er versuchte, an jenem Augenblick vor wenigen Nächten festzuhalten, da sie sich nach dem Treffen mit Krieger und Luther in ihrem Zugabteil geküßt hatten. Ihre Lippen hatten sich versehentlich gestreift und dann aus übermächtigen Emotionen heraus zum Kuß getroffen. Er würde niemals eingestehen, wie sehr er diesen Moment genossen hatte. Es gab so vieles in Ethan Hunts Leben, das er niemals einem anderen Menschen anvertrauen konnte.

Was hatte es zu bedeuten, fragte er sich, als Claires Leichnam in die nasse Erde herabgelassen wurde, daß er jemanden lieben konnte, der alles verraten hatte, woran er glaubte?

Natürlich wußte er im Grunde sehr gut, was es bedeutete.

Es bedeutete, daß das Herz sich auch über die Moral hinwegsetzte.

Wenn Gefühle im Spiel sind, geschehen Dinge einfach, weil sie geschehen *müssen*, ungeachtet der Konsequenzen.

Das war die älteste aller Wahrheiten in einer Welt voller Lügen.

Kapitel 16

Ihr Auftrag, Mr. Hunt

Es regnete den ganzen Tag und bis weit in die Nacht hinein. Den Großteil des Nachmittags und Abends nach Claires Begräbnis streifte Ethan durch die Straßen von Paris und sah den Menschen zu, die in den kleinen Lebensmittelläden einkauften, sich in Cafés niederließen, um einen Espresso zu trinken und eine Zigarette zu rauchen, Bücherstände durchstöberten oder Arm in Arm mit Freunden vorbeischlenderten. Ethan lief trotz seiner Schmerzen stundenlang durch die Straßen; er wollte Menschen sehen, die ein normales Leben führten, wollte sie Entscheidungen fällen sehen, die nichts mit Leben oder Tod zu tun hatten, sich um nichts Wichtigeres drehten als um die Fragen Rotwein oder Weißwein, Fleisch oder Fisch. Er kehrte in Studentencafés ein, nur um ihren leidenschaftlichen Unterhaltungen zu lauschen, ihrem Gelächter, dem Puls des Alltagslebens.

Spät am Abend ging er zum Trocadero und betrachtete die blinkenden Lichter der Stadt und den Eiffelturm. Dann suchte er eine Straße auf, von der er wußte, daß sie Jahrhunderte alt war. Die Steine dieser Straßen hatten der Pest, Weltkriegen, den Nazis und sogar der Rapmusik standgehalten. Dieselben Steine würden aller Wahrscheinlichkeit noch da sein, lange nachdem Ethan Hunt vom Angesicht der Erde verschwunden war. Es tat ihm gut, über etwas so Dauerhaftes und Solides zu laufen wie diese Pflastersteine.

Am Morgen flog er zurück nach Heathrow, wo er sich in einem kleinen Pub mit Luther Stickell traf. Beide hatten einen Flug in die Staaten gebucht, wenn auch mit unterschiedlichen Zielen. Luther würde via New York nach Washington und Langley fliegen; Ethan via Chicago nach Madison, Wisconsin. Heim.

Sie bestellten zwei Watney's.

Luther zeigte auf einen Fernseher über der Bar. Anläßlich einer Wochenübersicht wurde noch einmal ein CNN-Bericht über die dramatische Hubschrauberexplosion im Eurotunnel berichtet. Die Polizei war zu dem Schluß gekommen, daß es sich um den spektakulären Selbstmord eines Wahnsinnigen gehandelt hatte. Von kämpfenden Männern auf der hinteren Lok wurde kein Wort erwähnt. Ebensowenig wie von der toten Frau im Gepäckwagen oder einer Waffenhändlerin, die an Bord des Zuges einen Handel mit der CIA abschloß.

Tatsächlich hieß es, daß es wie durch ein Wunder weder Personen- noch Sachschäden gegeben habe. Nur ein Bekloppter, der in einem Hubschrauber dem TGV hinterhergeflogen und dabei zu Tode gekommen war.

»Hast du mit deiner Familie gesprochen?« fragte Luther, als die Bedienung das Bier brachte.

Ethan nippte an seinem Glas und nickte.

»Und was sagen sie?«

»Wozu?«

»Zu der offiziellen Entschuldigung des Justizministeriums und der VIP-Behandlung. Dem ganzen Brimborium halt.«

»Na ja, meine Mutter war ein wenig verwirrt davon,

daß die Bundespolizei sie und Onkel Donald für Drogenschmuggler in Floridas Keys hat halten können.«

Luther lachte und stieß mit Ethan an.

»Onkel Donald ist noch ziemlich unglücklich«, fuhr Ethan fort. »Er ist nicht überrascht von der peinlichen Panne von Regierungsseite, diesen Teil betrachtet er als ganz natürlich. Er kann einfach nicht fassen, daß nicht der Präsident persönlich bei ihnen angerufen hat, um ihnen sein Bedauern auszusprechen.«

»Echt?«

»Ich habe ihm geraten, lieber nicht mit angehaltenem Atem darauf zu warten, sondern es vielmehr als ein weiteres Zeichen des Untergangs der westlichen Zivilisation abzuhaken.«

»Das würde er wohl lieber vom Präsidenten hören.«

»Genau das hat er mir geantwortet. Vielleicht gibt er sich mit Ophra zufrieden.«

Ethan brachte einen Toast aus. »Auf dich, Luther.« Sie stießen an. »Darauf, daß du nicht mehr auf der schwarzen Liste stehst.«

Sie tranken. »Hey, Mann«, sagte Luther lächelnd. »Ich bin der Star des Monats.«

»Du bist mehr als das, Luther. Sie haben sich in dir getäuscht und versuchen jetzt, dir zu zeigen, daß sie sich dessen bewußt sind. Sie wollen dich zurückhaben.«

»Klar. Sie wollen mich wiederhaben, damit ich nicht wieder bei ihnen einbreche. Sie können immer noch nicht begreifen, wie wir das geschafft haben.«

»Du hast es ihnen bei deiner Berichterstattung nicht erzählt?«

»Wozu meine Trumpfkarte voreilig ausspielen? Ich

dachte mir, ich lasse mir erst rückwirkend mein Gehalt für die letzten Monate auszahlen, lasse mich befördern und sehe mir mein Büro in Langley an. Und dann, vorausgesetzt ich bin in der Stimmung, können wir uns vielleicht und nur vielleicht darüber unterhalten.«

Ethan lachte. »Richtig so. Wenn du durch das Hauptquartier spazierst, werden die Elektronikspezialisten aus ihren Büros herausschauen, nur um einen Blick auf dich zu werfen. Die Rückkehr der Legende.«

»O ja. Und glaub ja nicht, daß ich das nicht ausnutzen werde. Wenn Kittridge sich einbildet, er könnte mich ohne Sonderbehandlung abspeisen, hat er sich geschnitten.«

Die beiden Freunde lachten und bestellten noch eine Runde.

»Es ist alles nur eine Frage der Verhandlung, stimmt's?« sagte Ethan.

Luther blickte eine Weile nachdenklich drein.

»Ethan, warum kommst du nicht mit mir zurück nach Langley?«

Er schüttelte langsam den Kopf. »Ich habe gekündigt, Luther.«

»Ja, das haben sie mir gesagt. Du kannst Kittridge nicht leiden.«

»Allerdings nicht.«

»Der wird sich nicht mehr lange halten. Früher oder später wird der Vorfall mit der NOC-Liste auffliegen, und dann wird Kittridge nicht mehr viele Befehle erteilen können.«

»Trotzdem«, entgegnete Ethan. »Ich wüßte einfach nicht, wozu ich zurückgehen sollte.«

»Was hast du jetzt vor?«

»Ich gehe heim. Meine Familie besitzt eine Farm. Ich verstehe etwas davon und denke, daß ich ihnen helfen kann, den Laden wieder in Schwung zu bringen.«

Luther nippte an seinem Bier und musterte Ethan aufmerksam. »Du kehrst also zurück in ein schlichteres Leben.«

»Ja, genau das habe ich vor.«

»Klingt gut«, sagte Luther. Er wollte sich solidarisch zeigen, klang aber nicht sehr überzeugt.

»Du hältst das nicht für möglich?«

»Bei einem so jungen Kerl wie dir ist alles möglich. Trotzdem wird es für mich ein ganz schöner Schock, wenn ich dich jemals wiedersehe und du keinen Overall trägst.«

Ethan lachte.

Luther musterte ihn eine Weile schweigend. »Du hast Jim Phelps wirklich sehr gemocht, stimmt's?«

»Stimmt.«

»Er ist schwer zu durchschauen.«

»Er war sehr, sehr lange Zeit ein toller Kerl. Nur eben nicht lange genug.« Ethan sah auf die Uhr. Zeit zu gehen. »Ich muß los.« Er legte etwas Geld auf den Tisch, erhob sich und klopfte Luther auf die Schulter. »Und, was ist das für ein Gefühl, wieder ein anständiger Bürger zu sein?«

»O Mann, ich weiß echt nicht, ob ich damit klarkomme. Ich werde es vermissen, ein Abtrünniger zu sein.«

»Wenn es dich tröstet«, entgegnete Ethan, »verspreche ich, dich immer als solchen in Erinnerung zu halten.«

Das war sein letzter Flug auf IMF-Kosten. Von jetzt an würde er sich mit der Touristenklasse begnügen müssen wie jeder Normalsterbliche. Ethan sagte sich, daß er ebensogut jede Minute dieses letzten Fluges in der ersten Klasse genießen konnte. Pantoffeln, warme Handtücher, französischer Wein, Appetithäppchen, Vorspeisenauswahl, Eisbecher mit heißer Schokoladensoße, Filme, alles, was die Fluggesellschaft zu bieten hatte. Und er wußte, daß er all das brauchen würde, nur um sich von der Erinnerung an Jim, Claire und sein Team abzulenken.

Als Ethan Kittridge am Vortag mitgeteilt hatte, daß er kündigen werde, hatte Kittridge völlig emotionslos reagiert. Er hatte nur gesagt: »Ihre Berichterstattung wird mindestens drei, vier Tage in Anspruch nehmen.«

»Ich werde keinen Bericht erstatten«, hatte Ethan entgegnet.

Kittridge hatte etwas sagen wollen, dann aber nur genickt – das Fiasko mit der NOC-Liste hatte Kittridges Einfluß auf Ethan zunichte gemacht.

Als die 747 ihre reguläre Flughöhe erreichte, neigte Ethan die Rückenlehne seines Sitzes zurück und nippte an einem Glas Rotwein. Er war lange nicht mehr zu Hause gewesen. Er freute sich darauf, seine Mutter und seinen Onkel wiederzusehen. Und wen noch? Eigentlich niemanden. Die fünf Jahre bei der IMF hatten ihn von jedem außerhalb des engsten Familienkreises entfremdet. Alte Freunde führten inzwischen ein Leben, an dem er keinen Anteil mehr hatte. Und Einzelheiten aus seinem eigenen Leben konnte Ethan auch mit niemandem teilen.

Die Isolation auf der Farm war vielleicht genau das

Richtige. Er würde mit den Händen im Dreck wühlen. Aber hatte nicht Ethans Vater gesagt, daß es eine Schande wäre, wenn ein so begabter Junge wie Ethan Hunt sein Leben am Steuer eines Traktors verbrachte?

Tatsächlich würde es ihm schwerfallen, seßhaft zu werden, ob zu Hause oder sonst irgendwo. Und dessen war er sich sehr wohl bewußt. Luther Stickell wußte es ebenfalls, und darum hatte er Ethan auch so skeptisch angesehen, als er ihm erzählt hatte, daß er heimkehren würde, zurück auf die elterliche Farm. Er hatte mit zwanzig verschiedenen Identitäten die ganze Welt bereist, hatte – widerstrebend, aber effizient – getötet und war selbst mindestens ein Dutzend Mal beinahe ums Leben gekommen. Er hatte jeden neuen Morgen mit einer Intensität erlebt, die nur jene Menschen verstehen konnten, die selbst regelmäßig dem Tod ins Auge sahen.

Er kehrte heim, aber für wie lange?

Eine Stewardeß kam den Gang zwischen den Sitzreihen hinunter und verteilte Programme. Als sie zu der Frau gelangte, die vor Ethan saß, lächelte sie und warf Ethan einen flüchtigen Blick zu. Etwas an ihr schien sich zu verändern, aber Ethan vermochte nicht zu sagen, was.

»Möchten Sie vielleicht einen Film ansehen, Miss Walsh?« fragte sie, und die Frau nahm das Programm entgegen. Die Stewardeß trat an Ethans Sitz. »Möchten Sie sich einen Film ansehen, Mr. Hunt?« fragte sie kühl.

»Nein, danke.«

Sie rührte sich nicht von der Stelle. »Würde Ihnen vielleicht ein Film über die Karibik zusagen?«

Er starrte sie verblüfft an. War es möglich? Konnte es sein, daß Kittridge ihn besser kannte als er sich selbst?

Die Stewardeß beugte sich zu ihm herab. »Über Aruba vielleicht?«

Er erstarrte. Und sie wertete seinen Blick als Zustimmung.

Sie hatten ihn gefunden. Sie wollten ihn zurückhaben.

Die Stewardeß ging, um ihm seine Kassette zu holen, eine Spezialkassette, die sich in einem verschlossenen Behälter im Videofach befand.

Ethan lehnte sich in seinem Sitz zurück. Er wußte, daß er sich das Band ansehen würde, ob er es wollte oder nicht.

Er durchwühlte die Taschen seines Jacketts, fand jedoch nicht, wonach er suchte. Dann sah er in das Fach an der Rückseite des vorderen Sitzes. Dort lag, in rote Folie eingewickelt, eine Packung Zigaretten. Irgendwie hatte er gewußt, daß sie dort sein würden.

Band 12398

Erika Holzer

Eye for an Eye
Auge um Auge

Freispruch für den Mörder ihrer Tochter – was würden Sie tun, wenn Recht und Gesetz versagen?

Karen Newman muß am Telefon miterleben, wie ihre Tochter Sarah, die in einem abgelegenen Haus lebt, von einer Horde maskierter Jugendlicher überfallen, vergewaltigt und ermordet wird. Die einer New Yorker Streetgang angehörenden Täter werden schnell ermittelt, doch zu Karens Entsetzen für ihre scheußliche Tat nicht zur Rechenschaft gezogen. Aufgrund ihres Alters setzt sie der Richter auf freien Fuß…
Als Karen das vernimmt, zerbricht in ihr der Glaube an alles Gute in der Welt. Und plötzlich verfolgt sie nur noch das eine Ziel: das Verbrechen an ihrer Tochter selbst zu rächen… Auge um Auge…

BASTEI
LÜBBE

Band 12497

Franz Lidz

Entfesselte Helden

Mit zwölf Jahren schon sieht Steven Lidz seine Welt in Scherben zerbrechen. Er erträgt es nicht länger, mit seiner dahinsiechenden Mutter und einem gefühlskalten Vater zusammenzuleben. So läuft er weg und kommt bei zwei höchst exzentrischen Verwandten unter: Onkel Danny und Onkel Arthur. Steven ist verwirrt von den Tragödien, die um ihn herum geschehen, doch er findet Trost in den Eigentümlichkeiten der seltsamen, wunderbaren Welt seiner Onkel. Dort beginnt für ihn die Reise von der Unschuld der Kindheit zur Klarsicht eines jungen Mannes. Von dieser Reise erzählt die Tragödie: ENTFESSELTE HELDEN.

Band 12499

JUMANJI

Vorsicht: Spielen Sie dieses Spiel nur, wenn Sie es auch zu beenden gedenken!

JUMANJI heißt das Brettspiel, das Alan Parrish entdeckt, und schnell findet er heraus, daß es wie kein anderes ist, das er je gespielt hat. Und als er den Würfel wirft, verschwindet Alan selbst in dem Spiel. Doch JUMANJI ist noch nicht vorüber...
Sechsundzwanzig Jahre später werden Peter und Judy Sheperd Teil des Abenteuers, auf das Alan sich vor so langer Zeit eingelassen hat. Unglaubliches wird plötzlich erschreckende Wirklichkeit. Riesenmoskitos infizieren alle Einwohner der Stadt mit einem mysteriösen Fieber, Erdbeben erschüttern die Häuser, und Horden wilder Tiere drohen alles niederzutrampeln.
Können Judy und Peter die Stadt retten? Nur wenn sie erneut würfeln, werden sie die Antwort finden...

BASTEI LÜBBE